三島由紀夫

戏剧集
上

[日]三岛由纪夫 著

玖羽 译

中国友谊出版公司

目录

尼俄柏　　　　　　　1

大障碍　　　　　　　35

鹿鸣馆　　　　　　　57

清晨的杜鹃花　　　　151

黑蜥蜴　　　　　　　189

源氏供养　　　　　　301

尼俄柏

时　间

　　一九四九年五月中旬，晴朗的下午

地　点

　　S 医院屋顶的庭园

登场人物

　　大德寺定子　五十岁

　　大德寺良雄　五十五岁，政治家，定子的丈夫

　　栗田顺一　三十岁，良雄的秘书

　　国会议员　A、B、C

　　大德寺智子　十六岁，定子的女儿（不登场）

　　护士（无台词）

第一场（良雄、栗田）

良　雄　哎呀，空气真清新。病房里的甲酚味儿实在让人受不了。（从栏杆上探出头）……呵，这么望过去，东京也复兴起来了……栗田君，你看，那不是国会议事堂吗？

栗　田　（正在盯着走过的年轻护士看。听到叫他，转过视线）是啊，这会儿，那里面又开始吵架、打盹儿了。

良　雄　因为今天的法案不是什么重要议题。

栗　田　只有三项修正法案，以及设立外务省的法案而已。

良　雄　都是没有异议就能通过的。今天就算出席，也没什么意思吧。只不过，今天的议院运营委员会①……

栗　田　您是说设立参政官的法案吗？

良　雄　那个会，我倒是有点想出席。

栗　田　是松阪议员的问题吧？

良　雄　是啊。我做了十足的防备，应该不会发生这种事；不过，要是他当上了财务省的参政官，那就没有意思了。

栗　田　因为您有很多敌人啊。

良　雄　对政治家来说，政敌就像是恋人一样。

栗　田　可是，就连您自己所在的党里也有一大堆敌人……

良　雄　就是说啊，敌人才是最诚实的。他们永远不会背叛

---

①　日本国会的"委员会"是对预算、条约、法案等提交全体会议之前进行预备审议的机构。"议院运营委员会"是常设的核心委员会之一。——译者（本书脚注均为译者所加）

你。给自己制造一大堆敌人，这才是保身之道……
算了，别提这事了。悲剧戏码已经把我弄得疲惫不
堪了。

栗　田　可是，她难道不是您自己的千金吗？您的千金正
命在旦夕，您却像事不关己一样，说什么"悲剧
戏码"……

良　雄　其实，不是我自己的。智子她不是我的女儿。

栗　田　对着我这样的人，把您家里的秘密和盘托出，您到
底是怎么想的？我是真不明白。

良　雄　你不是我的秘书吗？明明什么都知道，却佯装不
知，这正是秘书的工作啊。我已经把信息提供给
你了……哎，真是家寒酸医院。这椅子，摇摇晃
晃的。

栗　田　我给您换一把吧。

良　雄　嗯，你给我换吧。

　　　　　[暂时沉默。]

良　雄　今天是东京赛马会的第二天啊。晚报还得等好一阵
子啊。

栗　田　（愕然）啊，是啊。

良　雄　我让大贯君替我去了。我打算赌第三场，让他帮我
买了一百张"亚洲之光"单胜①的马券。结果大概
会跟我预测的一模一样。

---

① "亚洲之光"是赛马的名字。单胜，即赌这匹马获得第一名。

栗　田　是。

良　雄　不说这个，到时候你去给《日本新闻》打电话，问他们赛事快报。打给体育部的川口君……等到正好的时候，我会告诉你的。

栗　田　是……

　　　　［长久的沉默。］

栗　田　可是那个……　⎤
良　雄　这个事儿……　　⎦（两人的话撞在一起）

良　雄　你想说什么？

栗　田　这个……

良　雄　你大概吓了一跳吧？也是，你根本没有办法体会我的感受。在这种时候，就算是我，也有权对赛马的胜负产生兴趣。不光是这次，这已经是第四次了……

栗　田　第四次……您指什么？

良　雄　第四次的闹剧。我对外界公开的孩子一共有五个，两个男的，三个女的。次子战死的时候，我由衷地感到悲痛，因为只有他真真确确是我的孩子。至于另外四个呢，他们肯定是内子生的，这倒没错；可他们的父亲却肯定不是我。长子、次女、长女，这回是三女，这四个孩子以这个顺序一个接一个地死了。也不知道是为什么，反正他们就这么一个一个地，被干干净净地解决掉了。每当这种时候，我都必须像现在这样，忍受这种难熬的闹剧。

栗　田　不是知道他们的父亲是谁吗？既然这样，为什么还把这四个孩子都……

良　雄　内子就是那样一个博爱主义者啊。她简直都快变成"万物之母"了。只要是她经历分娩的痛苦而生下来的孩子，她一定会把他们留在自己身边，不许稍离片刻。真正的父亲是谁，这根本就不是问题。可是，话说回来，很可笑吧？她的丈夫却依然只有我一个人，这一点是绝对不会动摇的。只要是跟我相关，内子的贞洁就是绝对不会动摇的。证据就是，她生下来的孩子全都冠上了我的姓。你觉得如何啊？这不正是无可辩驳的贞洁的证据吗？

栗　田　这可真是太棒了。

良　雄　你就别取笑我了……听啊，是脚步声。内子走上来了。她是来告诉我智子即将去世的消息的吧？

栗　田　远远看去，她可真是年轻。

良　雄　她已经五十岁了，想要诱惑男人，也是理所当然的吧。你也要小心呀，你是单身，也不羞怯，还稍微有那么一点仪表堂堂……别生气，别生气……对了，不好意思，刚才拜托你的事，给报社打电话，麻烦你现在去打吧。

栗　田　遵命。

第二场（定子、良雄）

[定子身着华美的和服登场，护士跟在她的身后。她就像好不容易才走到这里一样，在椅子上坐下。护

　　　　　　士用眼神向她行礼，然后退场。]

良　雄　病情有变化吗？

定　子　没有。

良　雄　你为什么来这里？

定　子　因为难受……我看着她，实在太难受了。

良　雄　我也是。

定　子　你也是啊。

良　雄　（辩解一般地）我刚才在这里和栗田君谈话来着。

定　子　是在谈赛马的事吗？

良　雄　哎呀，真令人惊讶。

定　子　行了，你不用瞒我。赛马的事，你大声地说也
　　　　行。不要摆出一张好像在参加葬礼的脸……你也是
　　　　啊。你也是这样啊，已经把智子当成死人来看待
　　　　了。智子她还活着呢。（用力跺地，踏出声音）她还
　　　　在楼下，通过吸氧器，好好地呼吸这个世界的气息
　　　　呢……我已经没法再待在她的身边了。已经筋疲力
　　　　尽了……怎么办呢，在这段时间里……在这段流逝
　　　　的时间里……我很清楚，医生们、护士们，还有聚
　　　　集在病房里的人们，他们全都在等智子咽气。是他
　　　　们杀了那孩子。花费了这么长的时间，给了我这么
　　　　多的希望，明明没有发笑的理由，却一直微笑着。
　　　　看到那个院长微笑的表情，我只有一个念头——杀
　　　　人肯定是他的兴趣。

良　雄　你不要这么感情用事。

定　子　拜托，今天你就别对我说教了……我刚才碰到院长了。我当着他的面大骂："你这杀人凶手！"

良　雄　那你可真是立了一大功啊。

定　子　于是，大家都说我还是去呼吸一点外面的空气比较好，叫那个护士把我拽到这里来了。就好像叫人牵着吠叫不停、吵闹不堪的狗出去散步一样……我是能看到的，通过他们每一个人的眼睛，我能看到他们心里在想什么。那个坐在智子床边、明明还很年轻，却装模作样地留着胡子的……

良　雄　你是说胁村医生？

定　子　对，那个姓胁村的就坐在床边。这一次，我从他那一本正经的眼神里，看到了他瞒着太太去见的那个女孩子的脸。在那两个像小孩子一样的护士的眼睛里，我看到了满满一大碗馅蜜①；她们两个一定约好了，下班之后就一起去吃。在那个循规蹈矩的小山医生的眼睛里，我看到了他的博士论文的手稿，智子的症状被他写进了那篇论文……今天早上，智子的同班同学们来看望她，在病床前哇哇大哭；那时，你不是显得很窘迫吗？我倒是看得清楚。她的一个同学一边哭，一边不时地瞥向那个放在智子枕边的、大大的洋娃娃……她一定是盘算好了，想以纪念死者的名义要走那个洋娃娃。

---

① 馅蜜，一种日本甜点。

良　雄　原来如此，政治家的夫人的目光，是可以敏锐到这种地步的。自然而然地就练出来了。

定　子　我可以从那些人的眼睛里看见各种东西；而你，总是逼迫自己去迎合那些东西。

良　雄　这也没有办法。让你所谓的"各种东西"出现在眼睛里，是活着的人的权利。

定　子　我是绝对不会允许那些东西存在的。

良　雄　这样一来，那些人就只能去死了。

定　子　我不要。我才不要输掉。生了五个孩子……啊，神啊……只有这第五个……只有这最后一个，请您不要……

良　雄　好了，好了，我理解你的感受。

定　子　她是最后一个呀。是最后的一个呀。

良　雄　对我来说，难道不是吗？

定　子　撒谎。撒谎……不过，我知道，就算是摆着一张若无其事的脸的你，多少也是有点悲伤的……赛马什么的，不过是为了撑场面罢了……不过，既然要撑场面，就请你尽情地撑场面吧。对于我的悲伤，请你一个指头也不要碰。

良　雄　可是，就算是我，也曾经好几次抱着智子和你一起散步，从我们在高树町①的那幢宅子一直走到六

———————

① 高树町，在本剧写作的时代存在于东京的町名，相当于现在的东京都港区南青山六丁目和七丁目，属于高级住宅区。

丁目^①。

定　子　即使你知道了一切……是啊，无论何时，你的那份荒谬绝伦的自尊心都拖拽着我。每当我生下孩子的时候，你都满不在乎地这么对我说："哎呀，起码这次也是日本人，还好啦。"

良　雄　因为我信奉"一视同仁主义"。

定　子　正是因为这个，我才爱上了你。即便你和我联起手来，把我的恋人们一个个地在精神上杀死，我也爱你。也许是我们这样做的报应吧，孩子们……

良　雄　你的一个恋人是自杀的，没错吧？

定　子　是栋方。他是死去的邦雄的父亲，自杀的时候还是学生。他在晚上饮酒之后，借着酒劲，到你那里去说这件事了，是吧？

良　雄　他的面色惨白，（露出残忍的、侮辱性的微笑）……哼，说什么"请您把太太让给我吧。我会负起责任，养这个孩子的。邦雄是我的儿子"。

定　子　他是我喜欢过的男人。大家都叫他"日本的瓦伦蒂诺^②"。

良　雄　哼。当时，我遵照你写好的剧本，这么回答他了："不管你怎么说，定子的孩子就是我的孩子。"然后，那家伙，（噗嗤一声笑了出来）然后，那家伙大

---

① 六丁目，指赤坂青山南町六丁目，当时毗邻高树町的一个街区。

② 鲁道夫·瓦伦蒂诺（Rudolph Valentino, 1895—1926），出生于意大利的好莱坞电影明星，以英俊著称。

吃一惊，就跳到华严瀑布①里去了。（做出大笑的样子）哈哈哈。哈哈哈。

定　子　你就这样笑吧。平等地嘲笑一切事物，对你来说，实在是再适合不过了。但我却不一样。（变得歇斯底里起来）只有我一个人不一样……我可是母亲啊。四个孩子已经死了，第五个孩子马上就要死了，只有我是这样……你倒是只顾自己省心。自从孩子上了小学之后，你就几乎没跟孩子说过什么话……我是多么用心地养育着孩子啊。我是多么衷心地宠爱着孩子啊……就连智子，第五个……最后的……啊，我受不了了。为什么只有我遇到了这么悲伤的事情？……神啊，我只剩最后一个孩子了，请您救救她吧……哪怕是我替她去死也行……只有她，请您……

良　雄　我理解你。事到如今，没有办法就是没有办法了。

定　子　正是因为这种做派，你才当不上大臣啊。当然，也是因为这个，你才没有被流放出去。

良　雄　因为我是一个讨厌政治的政治家啊。

定　子　只要你是一个会说这种话的人……

良　雄　就怎么样？

定　子　你的领带又歪了。我帮你正过来。真像个小孩子。

---

① 华严瀑布，位于枥木县的观光名胜。1903 年 5 月 22 日，一个名叫藤村操的学生留下遗书后在此跳崖自杀，成为社会话题。其后追随者络绎不绝，遂使此地成为日本著名的自杀地。

良　雄　哎呀，你喷香水了？

定　子　你才注意到啊。怎么会这样，你老得连鼻子都不灵啦？

良　雄　你嘴上说自己是多么多么悲伤，这不是还有闲心喷香水吗？你身上的和服也华丽得很嘛。（冷笑）你也差不多该说实话了吧？我是不相信的。我完全不相信——人类的悲哀呀，苦恼呀，痛苦呀，绝望呀，像这一类的东西，我无论如何都不相信。我有一种拯救他人的欲望，因此，我是一个不合格的政治家；但是，拜这种欲望所赐，不知从什么时候开始，我有了一种乐天主义的理想。那就是，只要这么一动不动地偷懒，问题终归会巧妙地解决的。我愿意陪你给孩子彻夜守灵，是因为我接受了这样的角色——在你的悲剧戏码中充当安慰者和见证者的角色。说什么"这次是最后了"，照我看，你的意思是，穿着华丽的装束在医院里走来走去，然后让自己的丧服引人注目，这是你的最后一次机会了。我只能这么理解。

定　子　也有这个意思。

良　雄　你倒是承认得挺痛快的。

定　子　为什么我不能这样？我已经背负上不输给任何人的悲伤了，自然也有权获得不输给任何人的美丽。

良　雄　说起来简直丢脸，食欲，以及其他随便什么东西，你都不想输给任何人吗？

定　子　在最为悲伤的时候吃羊羹，有什么不对吗？

良　雄　护士们都在走廊里笑话你了。

定　子　那是因为我一点都不分给她们，她们怨恨我。

良　雄　昨天傍晚，院长向你宣告智已经回天无术的时
　　　　候，你哭了一个小时，然后补妆又花了一个小时。

定　子　哎呀，真讨厌，你怎么像私家侦探似的。

良　雄　说到底，不把一切都抓到手里，你是不会罢休的。

定　子　是啊，我曾经非常幸福。我是这样美丽，我母亲出
　　　　自皇族的家系，我又有你这样一位出色的丈夫，还
　　　　生了五个孩子。像我这样受人羡慕的女人，恐怕不
　　　　会再有第二个了。即使是现在，我也不愿放弃这些
　　　　东西中的任何一样。每当有一个孩子死去，我就又
　　　　一次得到了不输给任何人的悲伤。

良　雄　说得也是。你现在想要独占世界上所有的悲伤，
　　　　是吧？

定　子　是啊。现在，只有这悲伤，我是不会分享给任何
　　　　人的。

第三场（栗田、良雄、定子）

栗　田　议员先生，我一直打到刚才，但怎么都打不通……

良　雄　啊，辛苦你了。现在，正是市中心的电话局最忙的
　　　　时候……好了，一家人都不在病人身边，还摆着一
　　　　副事不关己的表情，这像什么话。我再去一趟病
　　　　房。你呢？

定　子　我还想待在这里……还想在这里多待一会儿。

良　雄　（朝着想要跟在他后面的栗田说道）你就稍微休息一
　　　　下吧。让内子一个人待在这里，我也挺担心的。

第四场（栗田、定子）

栗　田　哼。"让内子一个人待在这里，我也挺担心的"，说
　　　　得倒是好听。

定　子　如果是你一个人待在这里，他也会担心的。

栗　田　您这么说，很没有意思。

定　子　求你了，今天就别欺侮我了。

栗　田　您脸上的涂料都剥落了。顶着这样的妆，男人可是
　　　　不会接近您的。

定　子　我哭得脸上都花了。（掏出镜子补妆）我一哭，脸就
　　　　会变丑，妆容会被弄花……为了不哭出来，我不知
　　　　忍耐了多少次，但还是不行。

栗　田　您这个人，哪怕是看无聊的电影，也会哭得稀里哗
　　　　啦的。

定　子　因为这段时间我看的电影，都是讲死了孩子的母亲
　　　　的。智子的情况已经非常不乐观了，我产生了不好
　　　　的预感，所以才会哭。

栗　田　眼泪生产过剩了。这就是这些电影没人看的原因。

定　子　这是因为你是一个顽固的人，平时不怎么笑，更不
　　　　会哭……我记得，还在打仗的时候，你第一次来我
　　　　家拜访。那个时候，我想，就算挠你的脚心，你可

能也不会笑。当时，你穿着陆军中尉的军服，看起来就是一个潇洒帅气的中尉；可是，战争结束之后，你却成了我家的秘书，真是奇怪的因缘啊。

栗　田　这回，您又以主人自居了。

定　子　这可不是闹别扭啊，都这么大年纪了。

栗　田　请您不要用这种媚声媚气的腔调说话，都这么大年纪了……就是因为受不了您的这种撒娇的声音，小姐她才会自杀的，不是吗？

定　子　自杀——你在说什么呀？

栗　田　一个早熟的、十六岁的女孩子去世，这就跟自杀一样，不是吗？……难道不是吗？所谓的"自杀"，并不是只有世间所说的一般意义上的自杀。除此之外，还有许多种自杀。自然而然地患上了不治之症，这难道不也是一种出色的自杀吗？

定　子　那孩子会自杀……啊，这种事……只是想一想，就让我汗毛倒竖……那个不谙世事的、十六岁的孩子……

栗　田　您在十六岁的时候，也是个孩子吗？

定　子　是啊。而且，在玩歌牌的时候，即使碰到其他男人的膝盖，我也毫不在乎呢。

栗　田　所以说呀，如今您五十岁，就愈发地孩子气了。

定　子　先别说这个，智子她到底怎么了？

栗　田　那孩子得知了与她的年龄并不相称的秘密，她为此所苦，渐渐地患上了病。阿智她察觉到了您和我的事。我们三个不是一起在银座吃过饭吗？

定　子　咱们三个一起吃过好几次饭啊。那孩子那么可爱……

栗　田　那是一层精心的伪装……还是刚一开始的时候，去年夏天，就在阿智的生日那天，我们带她去看了宝冢剧团的演出，然后去克特尔①吃饭。在回去的路上，我想要买衬衫，我们就绕道去了田屋②。当时，您说，您要掏钱给我买下来；阿智向您瞥了一眼。然后，您粗心大意地对店员说："给我看看衬衫。尺码是十五寸③。"话一出口，阿智陡然变了脸色，差不多要哭出来了。然后，直到回家，她几乎没有说过一句话。

定　子　这是你想多了。智子她什么也没有察觉。别的暂且不说，我喜欢过的人的衬衫尺码，我全部都记得。要问为什么，因为所有人都是十五寸，我想忘也忘不掉。真的非常奇怪，我喜欢过的男人的衬衫尺码全都是十五寸。只有我家老爷是十五寸半……

栗　田　智子的父亲、安子的父亲、那什么子的父亲、邦雄的父亲，全都是一样的尺码？

定　子　智子的父亲曾经是舞蹈教师。也不知道他现在怎么样了。（含着轻蔑）肯定已经变成乞丐或者脚夫，睡在上野的地下通道里了。

---

① 克特尔，银座的一家德式餐厅。
② 田屋，银座的一家专卖领带、衬衫和西装配饰的男士用品店。
③ 这里指衬衫的胸围，单位是英寸。

栗　田　您为什么说得这么残忍呢？（讽刺地）明明是被您
　　　　抛弃的男人。

定　子　（得意地）我没给他送过一分钱生活费。

栗　田　这么说来，我得趁着自己还没被抛弃，竭尽全力地
　　　　管您要零花钱才行。

定　子　你要多少？

栗　田　现在的话，一捆①就行。

定　子　什么时候要？

栗　田　明天之前。

定　子　你看一下情况吧。现在，就算是特等绉绸，也卖不
　　　　上好价钱。戒指更是多低的价钱也卖不出去……更
　　　　何况，智子的住院费也是一大笔钱呢。

栗　田　您把您那口子的西服料子给卖了吧。

定　子　你是说那匹英国呢绒？真是的，你这人怎么什么都
　　　　知道。

栗　田　那玩意，做一件衣服的尺寸，可以卖三万呢。

定　子　是啊，我考虑考虑吧。

栗　田　然后，咱们就去雅叙园宾馆②花天酒地一番吧。瞒
　　　　着您那口子，尽情地放松放松。

定　子　这是为了安慰不幸的我吧？但是，你从我这里拿了
　　　　钱之后，也只会在我身上花费大约三分之一罢了。

栗　田　对男人来说，工作第一嘛。

---

① 一捆，指银行的一捆钞票。
② 雅叙园宾馆，东京一间著名的高级酒店。

定　子　秘书的工作，是查询赛马的输赢吗？

栗　田　并不全是。我刚才就被吩咐了，要监视您的行动。

定　子　（第一次笑了出来）那个人是不会这么吩咐你的。

栗　田　您真的是非常信任他啊。不过，从您先生嘴里，我的确得到了一些关于您的过去的预备知识。

定　子　我没有什么秘密。我的事，你应该全都知道才是。

栗　田　当然，在您那口子的坦白里，我没有听到任何前所未闻的信息……没有发现任何新的事实……可是，即使挖出了金矿，在外行人看来，那也只不过是石块罢了。但我却以科学家的态度去观察它，于是，我发现了。

定　子　发现了什么？

栗　田　发现了您的秘密。主宰着您的秘密的，一直都是您的虚荣心。在您的"母性之爱"的那一面中，基本没有什么虚荣心，所以我一直都没有发现这个秘密。话说回来……

定　子　我哪里有什么秘密。

栗　田　为什么女人会这样呢？正是因为，她们就连"自己拥有秘密"这一点也毫不知情……您听我说，您对您先生隐瞒的唯一一个秘密就是，并不是您抛弃了那四个男人，而是他们抛弃了您。我没说错吧？大德寺先生在这种奇怪的地方死要面子。他并不像那些俯拾皆是的平凡丈夫一样，最害怕自己被老婆戴绿帽子；他最害怕的，是对您产生怜悯之心。他就

是所谓的利己主义者，对利己主义者来说，没有比
"必须抱有怜悯之心"这件事更能让他们害怕的了。
更何况，这是在自己的家里发生的事情……对于他
的这个致命弱点，您大概也是知道的。

定　子　你可真是大错特错了。反对。我反对。我的长子的
父亲是个年轻学生，他为我自杀了。跳到华严瀑布
里去了。

栗　田　华严瀑布？噗嗤。您别跟我说那学生叫藤村操。

定　子　你是在取笑我的年纪吗？[①]

栗　田　不，我是在取笑那个学生。

定　子　你这个人，真的是什么都不明白。

栗　田　如果这是真的，我就跳到华严瀑布里去。

定　子　每一个男人都抛弃了我……只把生下来的孩子推给
我……你是想这么说吗？

栗　田　我可没这么说。毕竟，这是您的秘密。

定　子　我知道啦！你已经不爱我了。

栗　田　您的逻辑跳跃得也太快了。

定　子　你太狠心了，偏偏在我的女儿快要去世的时候……

栗　田　这两件事之间有联系吗？

定　子　我才不管有没有联系。我已经看到了你不再爱我的
证据。照你的意思来说，我是一个"一直被人抛弃
的女人"，对吧？正是因为你想抛弃我了，所以才

---

① 本剧的时间是 1949 年，距藤村操自杀已有 46 年。

会这么看我。

栗　　田　我是不会随随便便地抛弃您的。我对物品可是很珍
　　　　　惜的。

定　　子　求你了，不要抛弃我！

栗　　田　我从来没说过我要抛弃您，好吗？您这个样子，简
　　　　　直就像小孩子画了一个妖怪，然后自己被这个妖怪
　　　　　吓到一样。

定　　子　我也只有对你才会这么低三下四了。

栗　　田　您这么说，可一点也没法让我高兴。我取笑的是您
　　　　　的虚荣心。

定　　子　虚荣心？都这时候了，我哪里还有那种东西……

栗　　田　没错，您没有抱持那种东西的权利。您想一想吧，
　　　　　去年三月，最开始的那个时候。

定　　子　（用撒娇的声音）阿顺！

栗　　田　（粗暴地推开她）从那一天起，我就堕落了。直到
　　　　　三十岁，我才知道什么是堕落。自从那一天之后，
　　　　　我就总是对自己发火……那天晚上的大德寺夫人，
　　　　　简直就像一只母猫。

定　　子　你说得太过分了……要是你这么说的话……

栗　　田　我以前也在什么地方见过那种精心算计的伎俩。在
　　　　　外地①的时候，我在街娼身上见得多了；可是，良家
　　　　　妇女却没几个人知道那种伎俩。有那么两个月，我

---

① 外地，指 1945 年之前遭到日本侵略、占领、不被日本视为本土的地区。

居然觉得您只有三十多岁。您真是个色情狂。

定　子　只要把真心掏给对方，就是会变成色情狂的。

栗　田　因为，您的真心，可是花了不少的化妆费呢。

定　子　是你主动诱惑我的。

栗　田　是您把我关进"诱惑别人"这台机器里，然后按下
　　　　启动按钮的。

定　子　说到底，都是我的错喽？

栗　田　不管什么事都能归结到"你说都是我的错？"的女
　　　　人，对男人来说，可是珍品啊。

定　子　新桥①的千鹤子又怎么说？百合香呢？

栗　田　这些都是我的错。

定　子　你拿着我的钱，去跟她们玩乐……

栗　田　所以呀，我不是免除了您的责任吗？

定　子　啊，我是孤零零的一个人。

栗　田　这也是"画出来的妖怪"。

定　子　我的第五个孩子现在正命在旦夕。

栗　田　您只在用得上的时候才想起这件事来。

定　子　对于这一点，你没有干涉的权利。这是我自己一个
　　　　人的问题。我的悲伤，甚至跟智子也没有关系；这
　　　　是跟世界上的一切事物都没有关系的悲伤。

栗　田　这么说来，也是。只有自己一个人陷入了不幸——
　　　　有的时候，这种想法是会让人心情舒畅的。

———————

① 新桥，东京著名的风月区。

定　子　不幸？五个孩子接连死去，你管这叫不幸？只有这
　　　　么简单？

栗　田　（打了个哈欠）那，您就管这叫幸福好了。

定　子　你这孬种！为什么就不能认认真真听我说呢？……
　　　　每年都有一个孩子去世，也不知道为什么，从战争
　　　　结束的前一年开始，次子、长子、长女、次女……
　　　　这个家简直是被诅咒了。只有次子是战死的，我没
　　　　能见到他的遗容；另外三个孩子的遗容，我都见到
　　　　了。他们的脸色就像牛皮纸，那些脸正往深处坠
　　　　落下去。不管我怎么往上拽，他们的脸还是无可
　　　　遏止地往下落去，就像塌方一样垮塌……啊，再
　　　　过不久，我就又一次地，不得不见到那幅景象了
　　　　吗？……不会的，不会的。智子会活下来的，是
　　　　吧，阿顺？智子她会复活的。

栗　田　（恼火地）会复活的，会复活的。

定　子　没错，她是会复活的。命运之神无论怎样残酷，
　　　　这一次，它是会向我让步的……她才十六岁，不
　　　　是吗？……她还是一个不谙世事的女孩子，不是
　　　　吗？……我是肯定不会变成孤零零的一个人的。我
　　　　是肯定不会变成五个孩子全死光了的母亲的。

栗　田　您一进入这种状态，就没有容我置喙的余地了。

定　子　……已经死了五个……

栗　田　不是四个吗？"已经死了"的。

定　子　啊，在我心里的某个地方，我已经失败了。怎么办

　　　　呀，虽然我想应该不会发生这种事……

栗　田　请您振作一点，在内心里振作一点。

定　子　你这种慰问的套话，真的是太过分了……你也没法
　　　　理解我啊。（哭泣）全世界没有一个人理解。没有
　　　　一个人会理解五个孩子全死光了的母亲的悲伤。

栗　田　在战争中遭遇不幸的人可太多了。

定　子　不，谁也不理解。也许，只有这样的一个人会理解
　　　　我——如果有人跟我生了五个孩子，然后又送走了
　　　　这五个孩子，他就会理解了。

栗　田　大德寺先生怎么样？

定　子　他只死了一个孩子。

栗　田　那个跳进华严瀑布的学生呢？

定　子　他也只死了一个孩子。

栗　田　您的要求可太挑剔了。

定　子　就算你不懂，也没有关系……但是，无论如何，我
　　　　想让智子活着呀！……啊，神啊……无论如何，请
　　　　让智子……

栗　田　这种祈祷要是能见效，早就已经见效了。

定　子　这是最后一个孩子呀！喂，栗田先生，是最后一个
　　　　孩子呀！

栗　田　说到底，您这还是自私自利、只为自己着想的祈
　　　　祷，不是吗？您杀了那孩子，然后又想让她活
　　　　下来……

定　子　我杀了她？你这个人，到底在说什么呀？说话还不

　　　　　说全，"我杀了她"是什么意思？我杀了她？

栗　田　是的，可以这么说。那孩子会生病，正是因为她陷
　　　　　入了苦恼。迄今为止，我一直没有说过这件事，但
　　　　　我现在可要说啦？……去年夏天，在大矶①的别墅
　　　　　里，她看到了我们睡觉的样子。这件事，您不知道
　　　　　吧？当时正值晌午，我们走进了堆满被子的储藏
　　　　　室，然后把门锁上，是有这么回事吧？即使是在那
　　　　　个时候，您也诱惑我跟您睡觉。那间储藏室只有一
　　　　　扇窗户，窗户上装着百叶窗。虽然百叶窗紧紧地关
　　　　　着，梧桐的叶片却伸到了窗前，绿色的光一闪一闪
　　　　　地透了进来……

　　　　　　　我听到了叶片拂动百叶窗的声音。照在地板
　　　　　上的阳光被遮住了一半……我走出储藏室，绕到后
　　　　　门那边，在储藏室的外墙上发现了带泥的鞋印。于
　　　　　是，我去阿智的房间察看情况……这回，轮到我偷
　　　　　窥了。她正趴在榻榻米上哭着。她一边抽泣，一边
　　　　　独自一人做着让我难以启齿的事情。（声音低沉起
　　　　　来）她当时才十五岁……

定　子　啊！

　　　　　［护士小跑着登场，在定子的耳边低语。定子怀着绝
　　　　　望、悲伤和惊讶之情，瞪大了双眼。护士陪着她退
　　　　　场。栗田也跟在后面。——舞台上暂时空无一人。］

---

① 大矶，位于神奈川县南部的海滨城镇，有许多政要的别墅。

第五场　间狂言①（国会议员A、B、C，栗田）

栗　田　（再次登场）有劳各位专程前来，但是，实在是
　　　　很不巧，现在正是患者的临终之时，病房里都是
　　　　家属……

　　A　（望着天空）哎呀，是一架自旋翼机。

　　B　在哪儿呢？

　　A　你看，就是那架背着螺旋桨的。真少见哪。

栗　田　很遗憾，这家医院没有舒适的休息室，只能请各位
　　　　在此稍做等候。

　　A　没事，这儿挺好的。

　　B　不过，我们来探病，却正好赶上了临终啊。

　　C　还请节哀顺变啊。明明还是个年轻姑娘……她多
　　　　大了？

栗　田　这个，今年十六岁。

　　C　十六岁啊。俗话说"女孩十六也靓，粗茶新沏也
　　　　香"嘛。

　　A　不对，是"鬼女十八也靓，粗茶新沏也香"②。

　　C　这句谚语的重点不是鬼女，而是将未成年的少女比
　　　　喻为新沏的、冒着香气的粗茶。

栗　田　没有给各位奉茶，实在抱歉。

　　B　等一会儿，我们见到大德寺议员的时候呢，这个，

---

① 间狂言，在能剧演出的中途插入的狂言演出。这里是借用这个概念。
② 日本谚语"鬼も十八、番茶も出花"。

　　　想告诉他，这个，在他没有出席的时候，这个，我
　　　们负起责任，干得非常不错，这个，我们会告诉他
　　　"您就安心吧"，这个……

栗　田　请问，今天的议院运营委员会是什么情况？

　C　我们不是委员，没法告诉你，不过，投票差不多已
　　　经结束了。

栗　田　被选为财务省参政官的是哪一位？

　B　那肯定是松阪君啦。没问题的。

　C　松阪君。我赞成。

　A　我对此也非常鼓励。

　B　这个任命呢，这个，很罕见地，没有人反对，这
　　　个，所以就这样啦。

　A　哎呀，从这儿能望见国会议事堂啊。

　C　（毫无讽刺之意）什么呀，那是个煤气罐啊。

　B　这个，五月的天空真是晴朗啊，这个，这个景象
　　　啊，这个，可真是不错呀。

　C　"五月的晴天"① 可以说是日本人的国民性的象征。

　A　嗯，我也这么觉得。

　B　我去英国的时候，这个，到了五月，这个……

　A　我跟你说呀，柏林的五月呀，那才叫棒啊。Flieder，
　　　也就是丁香花啦，它和 Kastanien，也就是七叶树
　　　啦，到了五月呢，Flieder 和 Kastanien 的花争奇斗

---

①　日语"五月晴"，指梅雨季节中的晴天。

艳，简直让柏林变成了一座花城。（对栗田）在柏林
呀，我跟你说，五月啊，就是春天的先锋啊。

栗　田　是。

　A　所谓的五月，就是春天呀。

栗　田　是。

　A　真是有趣呀，是吧？

栗　田　是。

　B　这个，在伦敦，这个……

　C　（和A一起走开）我说……就是这样。

　A　唔，唔。

　C　出了那个问题……你看……是吧……

　A　唔，唔。

　C　问题就在这里！我跟你说啊。

　A　（冷笑）哼哼。

　C　但是，这里又有问题了，就是那位 Mr. T。他和 S……

　A　啊，是吗。唔，唔。真有趣啊。

　B　（在A和C说话的时候，拽住栗田）你陪陪我。（坐
在那把摇摇晃晃的椅子上）哎呀，我跟你说，其实
呀，最近呢，我家啊，这个，进贼啦。

栗　田　哎呀，这可真是……

　B　而且呢，这个，真是倒霉，那个贼呢，只把我太太
的和服偷走啦。

栗　田　这样啊。

　B　然后呢，这个，我太太呀，这个，就觉得我跟贼是

一伙的，哭了起来……

栗　田　嘿。

　B　于是呢，这个，我那上小学六年级的三儿子，因
　　　为太爱他妈妈了，这个，就要把我拽到警察那
　　　儿去……

栗　田　是吗。

　B　就到了这一步，这个……（椅子被坐塌。摔了个屁
　　　股墩）……啊唷！！！

栗　田　您不要紧吧？请您振作一点。

　B　（站起来）这是你坑我的吧?!

栗　田　在下不敢。

　B　既然没有恶意，这个，我就原谅你吧。

　C　（兴致勃勃地）不过，在这椅子坏了的背后，可是有
　　　着巨大的政治问题呀。

　A　即使是在这家医院的经营者身上，也能看到牢固
　　　的、对社会政策之思考的贫瘠性。

　C　完全没有考虑到公共利益。

　A　质量过于低劣，实在教人困扰。

　C　换句话说，坐着摇摇晃晃的，而且又不过于坚固的
　　　椅子，才是最好的。

栗　田　这把椅子在坏之前，一直都是这样的。

　A　但是，既然已经坏了，就毫无用处了。

　C　可是，将一把不会损坏的椅子设为公用，这又是一
　　　种危险的思想。

A   没什么的，你就当是用于宣传的，允许了吧。

栗　田　（不耐烦地）将一把会坏的椅子用于宣传，我认为这是一种顶顶健全的思想倾向。

C   为什么？

栗　田　因为，它可以帮助人们形成这样一种认识——椅子这种东西，不是用来坐的。

A   你是在愚弄我们吗？

C   真是缺德透顶！

栗　田　实在非常抱歉。

B   （在他们对话的时候，一直坐在另一把椅子上，从口袋里掏出报纸看。这时，抬起头来）原谅他吧。这个，他是没有恶意的。一点都没有，这个，他是没有恶意的。

　　　〔护士登场，一边擦着眼泪，一边走到台唇处，向栗田示意。〕

栗　田　让各位久等了。现在就带各位到病房去。（B把报纸放在椅子上。所有人一齐退场）

第六场（定子、良雄、栗田）

　　　〔定子独自一人，踉踉跄跄地从另一个方向登场。她站在椅子前，毫无意义地盯着椅子，然后拿起报纸，坐在椅子上。不知不觉间，报纸从她的膝盖上滑落到地上，但她只是茫然地望着天空。突然，她用手帕捂住脸，俯下身，哭泣起来。哭声停止。然后，

她保持这个姿势，一动不动。〕

良　雄　（脸色大变地登场）定子！定子！

栗　田　（跟在良雄后面登场）夫人！夫人！

良　雄　她在这儿。怎么了？（摇晃她的肩膀）定子！怎
　　　　么了？

栗　田　夫人，请您振作一点！

良　雄　啊，太好了。（不由自主地望向屋顶的栏杆）真是吓
　　　　死我了。我跟议员们打招呼的时候，你突然就不见
　　　　了……好了，到楼下去吧。你最好也去跟大家打个
　　　　招呼。

栗　田　议员先生，我觉得，还是先让夫人在这里静一静比
　　　　较好。

良　雄　是吗。

定　子　死了……孩子们都死了。

良　雄　我很理解——我很理解。

定　子　你不理解……我的悲伤究竟有多么巨大，没有人能
　　　　够理解……就算理解了，也什么都做不了……我的
　　　　悲伤是只属于我一个人的东西……不是你们的东
　　　　西……我变得孤零零的了……（哭泣）在这个世界
　　　　上，我变成孤零零的一个人了……

良　雄　这个世界上还有更大的不幸呢。

定　子　但是，我不幸的资格并没有受到侵犯。

栗　田　即使有人和您有同样的资格？

定　子　死了五个孩子的母亲，没有人和她有同样的资格。

栗　田　有的——那就是一个孩子也没生过的母亲。

良　雄　这句话真是至理名言。

定　子　……啊，闭嘴……你们根本就不理解我……这是你们愤恨于自己不理解我，所以才想要伤害我。

栗　田　这个嘛，夫人，这就是"小孩子画出来的妖怪"呀。（注意到地上的报纸，捡起来看）

定　子　第五个也死了……所有的孩子都死了。

栗　田　（低声）这是今天的晚报。

良　雄　给我看看。

栗　田　在第二版。

良　雄　（低声）啊，登出来了，登出来了。

栗　田　（低声）您押注的"亚洲之星"怎么样了？

良　雄　（脸色发白）摔倒了。一万元全损失掉了。

定　子　（抬起脸看着他们）你的脸色终于跟这个家相称了一点嘛——跟这个发生了不幸的家。（嘲讽地）这是什么情况啊，栗田先生？

栗　田　这是因为，所有的人类都是不幸的吧？

良　雄　（咬牙切齿地）没错。所以呀，人类这种东西，就算是无可拯救，也会好好地活着。政治家可以死得瞑目了。

定　子　夫君，你跟桐谷火葬场预约了吗？

良　雄　这问法真讨厌，就好像在问我有没有预约自己的火葬一样……葬礼上的一切事情都得按部就班地进行。

定　子　（陶醉地）阿智的遗容可真漂亮啊。是五个孩子里最漂亮的。看到她的脸，我几乎都要喜欢上死人的面容了。

栗　田　比活人的面容更喜欢吗？

定　子　没错。事到如今，你还在问什么呀？

良　雄　好了，议员们想跟你打个招呼。

定　子　……再等一会儿……让我在这里再待一会儿。

栗　田　（仰望天空）真是的，天气这么好，让人感觉它是这么冷淡。

良　雄　就算是栗田君你，也有仰望天空的时候啊。

栗　田　您别看我这样，我也有感伤的一面。

定　子　感伤？哼，你倒是轻松。我已经没有活下去的动力了。

良　雄　好了，你冷静冷静。冷静冷静。

定　子　邦雄死了……春雄死了……安子死了……朝子死了……

良　雄　啊，不要再说了！

定　子　最后一个孩子……阿智也不在了……阿智！阿智！不要抛下妈妈啊……

良　雄　栗田君！

定　子　啊，阿智……

良　雄　我不能再待在这儿了。定子就拜托你了。

栗　田　咦？

良　雄　我下去之后，你让她镇静下来，然后把她带过来。

栗　田　是。

定　子　谁会去啊……啊，我已经完了……我的一切都已经
　　　　完了。

栗　田　（在她的耳边悄声说道）没关系，您的身边还有我
　　　　在。至少还有一个人活着呢。

良　雄　（正要起身离开，偷听到了这句话，猛然回头看去。
　　　　他的脸上挂着又哭又笑的表情）哎呀，请你节哀顺
　　　　变啊……哈……哎呀，真的是请你节哀顺变啊。
　　　　［说罢，低垂着头退场。二人愕然地目送他离去。］
　　　　——幕落——

大障碍

—— 为杉村春子女士而作

第一场（岑子、阿辰）

[西式的客厅兼起居室。院子里春光普照，阳光一直照进室内。在房间的一角，墙上有一个像壁龛一样的凹陷，里面安置着一座佛龛。]

侍　女　（阿辰，四十岁左右）您总这样的话，对身体不好的，夫人。您偶尔出去走走也不错啊。在这样春光明媚的日子里，如果您散步半个小时左右，一直走到堤坝那边的话，心情一定会马上变得舒畅起来的。

夫　人　（岑子，四十五岁左右）不用了。你无数次地劝过我，我无数次地拒绝了。像这样循环往复的每一天，绝对不是没有意义的。如果我照着你说的——去做，去散步、去看戏，用这种方式散心的话，肯定又会有另外的空虚感向我袭来。在从今往后的每一天、每一天，我都会像这样，坐在同一张椅子上，注视着那幅恐怖的绘画，对我来说，这样还比较幸福……好了，你想一想，如果我去外面散步或者看戏的话，反而会让那幅绘画上的鲜血淋漓的身姿鲜明地复活。一定会的。但是，如果我夜以继日地盯着它看的话，眼睛会疲劳，视野也会变得模糊，那幅血淋淋的绘画就会像画着晚霞的绘画一样，在我眼中暂时变得和平而美丽。那就是我的休息，我的安慰。

侍　女　虽然您是这么说，可是已经过了三个月了，您也没怎么吃东西，渐渐地消瘦了……哎呀，（看了看佛龛）少爷的照片已经摆进去了。

夫　人　是啊，看到那张年轻而充满活力的笑脸，我就觉得一切都是谎言。在正月的御前比赛上，早上还在家里吃红豆饭庆祝，穿着全新定做的骑马服，带着笑容出门的那个孩子……

侍　女　夫人，您不要再说了……

夫　人　不，世人总是一味地逃避恐怖的回忆，但我却恰好相反。带着笑容出门的那个孩子，三个小时之后，在前去观赛的我的眼前，没能跳过大障碍①，头盖骨摔裂了，马场的沙地变成了一片血海……

侍　女　啊，夫人！

夫　人　我要说。我要屡次三番地说。习惯了这个暴烈的词汇，将它说出口的我，要反反复复地说，直到这种可怕的词语一个接一个地被我习惯，我在面对它们的时候什么都感觉不到为止。难道不是吗？阿辰。大障碍，只要习惯了这个可怕的词，这个世界上就没有什么话说不出口了。大障碍，大障碍，我要不

_____

① 大障碍，日本马术用语，指马术场地障碍赛中的最高等级障碍。亦指使用这种障碍的比赛。

断地重复这个词，阿辰。直到我即使在字典或报纸的角落里偶然看到这个词，也不会慌慌张张地移开视线为止，我要一直重复这个词。

侍　女　因为夫人您很坚强……

夫　人　就连你也敷衍我吗?

侍　女　不，我的生活方式，就好像一直在可怕的东西面前逃来逃去一样。也没有结婚。

夫　人　过去，我向你介绍了好多次亲事，可是……

侍　女　因为我的固执，我把那些全都拒绝了。在少爷娶到妻子之前，我不打算出嫁。

夫　人　你总是这么说。但是，你现在可以出嫁了，阿辰。

侍　女　我已经没有那种心情了，夫人。因为，幸福会以怎样的方式结束，我已经看到了。

　　〔二人沉默。门铃响了。夫人用手势示意。侍女走出门去，很快又折了回来。〕

侍　女　牧村先生来了。

第二场（牧村、岑子）

　　〔牧村在侍女的引导下登场。侍女退场。〕

牧　村　（精力充沛的青年，二十二岁左右）哟，我又来打扰了。

夫　人　请吧，请吧，请坐……你真的来了，我太高兴了。现在，阿久在学校里的朋友，只有你还会来了。直到头七为止还是那么热闹，大家都来了；可是，在那之后，就突然没人来了。只有你还会来，真的，牧村先生。

牧　村　（为难地微笑）

夫　人　只有在这种时候，才能看出谁是真正的好朋友。阿久大概也会感到很幸福吧。在学生时代交到了一个好朋友，而不是谈什么奇怪的恋爱，那孩子的一生该是多么幸福啊。

牧　村　您这么说，我太高兴了。

夫　人　（和刚才正好相反，夸大自己的不幸）从那之后，我哪儿都没去过。大家为了让我散心，约我去很多地方，但我哪儿都不想去。就像这样，我仿佛一直封闭在一个蚕茧里。只有在见到你、跟你谈论关于那孩子的回忆的时候，我才感到自己终于又活了过来。

牧　村　我理解您的感受。

夫　人　（用可怖的谄媚语调说道）你可真是一个温柔的人啊。你踏入社会之后，该会是多么优秀啊。男人不能光是强大，必须得有一颗温柔的心才行。这样的春日让人们的心情变得喜气洋洋，可是，在当下的年轻人里，却很少有人会想起在这广阔东京的某处，还有一个失去了自己的独生子的母亲。

牧　村　那个……我想先拜一下，可以吗？

夫　人　好，请吧，请吧。阿久该是多么高兴啊……

　　　　　［夫人协助牧村烧香。牧村祈祷了一些什么。］

夫　人　非常感谢。（二人归座）

　　　　……你家里的人都还好吧？

牧　村　什么？

夫　人　你家里的人……哎呀，你刚刚拜过灵位，问这种

　　　　话，是不是失礼了呀？……我是问，你的家人都还

　　　　好吧？

牧　村　是的，还是老样子。

夫　人　真好啊……是啊，这样是最好的了。什么事也没

　　　　有，这是最幸福的了。

牧　村　是啊。（毫无意义地笑笑）

　　　　［侍女送来茶和茶点，然后退场。］

夫　人　你家的墓地①是哪个？

牧　村　是青山墓地②。

夫　人　哎呀，跟我家是一样的。是在墓地正中吗？

牧　村　就在从霞町③方向进去的右侧正中一带。在正中一

　　　　带不是有个像道路环岛一样的地方吗？从那边算

　　　　起，在最右侧的里边。

夫　人　我家的在左侧。（仿佛在做梦）……好朋友们，在一

　　　　起……喂，就在附近，真棒啊！

---

①　现代日本常见的埋葬方式是家族合葬。家族墓一般是一座包含纳骨室、
石碑以及其他石质装饰在内的石材综合体，在墓地中占有一小块固定不变的
区域，家族成员的骨灰全部安置在纳骨室中。

②　青山墓地，实际存在的墓地，位于东京都港区。

③　霞町，在本剧写作的时代存在于东京的町名，相当于现在的港区西麻布
一丁目至三丁目，以及六本木六丁目、七丁目。

牧　村　（为之粟然）咦？

夫　人　（完全没有意识到自己说的话包含着什么意思）咦？

牧　村　（苦笑）……没什么。

夫　人　无论什么时候见到你，你都非常健康。我们家的阿
　　　　久也是这样。你和阿久在我家吃饭的时候，不管给
　　　　你们多大的牛排，它们都会以同样的速度，眼看着
　　　　从我的眼前消失，就像向阳之处的积雪一样。虽然
　　　　你们的脸一点都不像，但你和阿久就是一对健康的
　　　　双胞胎呀。阿久不是在漫长地卧病之后死去的，这
　　　　可真是谢天谢地了。我觉得，即使那孩子的幽灵出
　　　　现了，他也会和你一样，带着精神饱满的笑容，从
　　　　那里突然现身。仅仅是向阳和背阴的关系；是啊，
　　　　牧村先生，你现在在向阳处，而阿久往阴影里稍微
　　　　藏了一点，我只能这么想。

牧　村　向阳也……是这样吗？您觉得我的向阳也不稳定
　　　　吗？所谓的年轻，只是……

夫　人　（特有的伪善）不！哪里的话！你的向阳既确实又稳
　　　　定。你就是这样的人。不会有错的。

　　　　［二人沉默。］

牧　村　（突然说道）其实呢，今天虽然不是久君的忌日，但
　　　　我还是想跟他打个招呼。明天，我要进行雪耻之
　　　　战……这么说有点太夸张了，我觉得，如果久君还
　　　　活着的话，当他听说我明天要做的事之后，大概会
　　　　非常高兴地拍着我的肩膀，给我鼓劲吧。

夫　人　哎呀，是要做什么呢？

牧　村　（害羞）不，也不是什么大不了的事。正如您知道的，我在马术上的本事，无论如何也赶不上久君。被选中参加障碍赛的选手，一直都是久君。如果一切顺利的话，久君以后肯定能参加奥运会……不过呢，现在，虽然我还很不成熟，但是已经被选为久君的接班人了。

夫　人　嗯……嗯。

牧　村　然后吧……然后呢，在明天的全国马术大会上，我会第一次跳那个和久君一样的障碍。

夫　人　大障碍！

牧　村　是的，大障碍。全高一米四的箱形障碍。

夫　人　哎呀，那可使不得呀，牧村先生。

牧　村　没关系，已经反反复复地练习过了，我相当有自信。另外，我的马也是一匹优秀的障碍马，它叫"常藤"。

夫　人　这种事真的使不得呀。你是不是瞒着家里人参赛的？

牧　村　不，怎么会瞒着……

夫　人　那，你母亲知道吗？知道？哎呀，难道她就默不作声地答应了？也不阻止你……这叫什么事啊。如果我是你的母亲，我绝对不会让你去，绝对不会。不管用什么办法，我都要阻止你。

牧　村　（失言）那，久君参赛的时候，您阻止他了吗？

夫　人　啊！你可别这么说！（突然发起火来）这么说来，
　　　　不光是你，就连你家里人也都十分有自信喽？即使
　　　　是阿久挑战失败的障碍，你也能跳过去，你们是这
　　　　么想的吗？

牧　村　我没有那个意思……这可麻烦了。可能……是我说
　　　　的话不对……我……该怎么说呢，在明天的大会
　　　　上，我想得到久君的鼓励，所以就说了这种话……

夫　人　（哭了起来）我知道。我早就知道。这样地失去理
　　　　智，真是对不起呀。你的心地是多么美丽，在阿久
　　　　死后展现出了多么不渝的友情，这些我都非常清
　　　　楚。正是因为太清楚了，所以才产生了误会。一定
　　　　是这样的。实在是太担心你的身体了，所以我……

牧　村　（提心吊胆地安慰）刚才阿姨说："即使是阿久挑战
　　　　失败的障碍，你也能跳过去。"这种事，我绝对没
　　　　有想过。

夫　人　啊，请你权当没听见吧，牧村先生。我是失去理智
　　　　了，才说了那样的话。

牧　村　但是，我……

夫　人　（多虑地）你是绝不会失败的。你一定会成功的。会
　　　　大获成功的。阿久的灵魂明天会保佑你的。你会
　　　　失败，那是做梦也想不到的……好恐怖啊，那血
　　　　海！……即使是谦虚，即使是撒谎，也不要说那
　　　　种话！

牧　村　（充满自信）不，我也不认为我会失败。而且，我

得说——迄今为止，我应该已经说过很多次了——久君也绝对没有失败。那只是极其罕见的、不幸的偶然而已。绝对不是久君的错。那是在马术界十年都不会发生一次的惨剧。仅仅因为某种微小的、肉眼看不见的挫折，就引发了那样的惨剧。那不是人的能力所能弥补的。命运，那场事故只能认为是命运；这句话，我已经说过很多次了。久君是个优秀的选手。绝对是。如今，已经没有久君这样出色的骑手了，这是马术界公认的。只有这一点不会改变，阿姨。

夫　人　这么说来，牧村先生，你对那场事故的解答，就是"不幸的偶然"喽？你只是在这个结论上强加了"命运"这个词而已……我觉得，那是人类的——是啊，是还活着的人类的骄傲自大啊。你也确确实实地有你自己的命运啊，牧村先生。

牧　村　（愉快地，但是带着一丝不安）讨厌，阿姨，您净吓唬我。

夫　人　我没有吓唬你。正是因为担心你的身体……

牧　村　谢谢您。但是，如果这么说的话，就根本搞不成体育运动了。因为，无论是什么运动，都隐藏着死亡的危险。

夫　人　戏弄死亡，能算得上是英雄吗？

牧　村　哎呀，不是那么夸张的事。不会有什么事的，不是吗？如果说，这是尝试从丸之内大厦上跳下去的话，那倒另当别论，但这仅仅是一匹马从不足两米高的横木上跳过去而已啊。只不过，我骑在那匹马的背上。身体前倾，抬起腰，鼓励着马，手握成拳，向前伸去，拉紧缰绳……我所做的，仅此而已，不会有任何事的。

夫　人　阿久就因为这个"不会有任何事的"事而死了。哪里有什么绝对安全的保证呢？

牧　村　所以说啊，所谓的死亡，就像中奖的奖签一样藏在身体里。哪里又有走在路上的人不会被汽车轧到的保证呢？

夫　人　虽然是这个道理……

牧　村　（自鸣得意地）您说是吧，阿姨？

夫　人　（表示不满）不，我的担心可是不讲道理的，牧村先生。有什么东西正在借着我的嘴说话。有什么不是我的东西正在阻拦你。你不这么想吗？我这么说，也许你会介意，但是，刚才你从门口进来的时候……

牧　村　咦！

夫　人　我看到你，就仿佛看到了阿久。为什么你跟阿久那么像呢……然后，跟你谈话的时候，不可思议的不安感越来越强。你虽然人在这里，但是却仿佛马上就要消失了；这是一种说不出来是什么的、虚幻的感觉。

牧　村　（稍微有点不安，但还是反抗地说）这就是常见的志忐不安吧，阿姨。

夫　　人　（逐渐沉醉在自己的话语之中）我的不安更加深刻、更加真实。该怎么说才好呢，你现在人在这里，但是却总归是要回去的。我总觉得，如果你回去的话，事情就无法挽回了。就在这个时候，你突然提起了大障碍。啊，我……（说着，按着额头，低下头）

牧　　村　（站起身来）您怎么了？您还好吧？

夫　　人　嗯，嗯，谢谢，没了。最近，我时不时地就会像这样头晕目眩……已经没事了。我会在你面前像鹦鹉一样翻来覆去地说的。大障碍，大障碍……

牧　　村　（被煽动着）大障碍，大障碍……

夫　　人　这是一个拥有可怕魔力的词语。对你来说，它就像设置在闪闪发光的屋顶上的风向标那样，是光荣的词语，华丽的词语；但是，对我来说，它却是沾满了血污的词语。这个词语，听起来就仿佛包含着死亡和不幸，包含着这个世界上所有的黑暗之物。你明白吗，牧村先生？从你按你自己的印象说出的同一个词语中，我会获得和你完全相反的印象。

牧　　村　是……我明白了。

夫　　人　请你听好。然后，那个不祥的印象就把你全部包裹了进去。你的血染红了马场的沙地，逐渐地，你的脸变得苍白，你的头包上了绷带……

　　　　　［牧村下意识地按住自己的头。］

我刚才说过，明天你一定会成功，是吧？那是谎言。那是为了和自己不祥的预感战斗，将它打消，我才那样说的。

牧　村　（被恐怖攫住）这样啊……

夫　人　这样的话，事情就渐渐地清楚了。自从进入这个房间以后，你为什么看起来变得那么虚幻呢……然后，我也清楚，你要是回去，就再也无法挽回了……

牧　村　您说，无法挽回，是吗？

夫　人　是的，除非你明天放弃出场。

牧　村　（与恐怖搏斗）不会放弃！我是绝对不会放弃的！

夫　人　那样的话，就无法挽回了。

牧　村　（激动起来）太过分了！阿姨您太过分了！既然我已经决定要出场了，爽快地鼓励我不就好了？送给我力量不就好了？……我难得来您家拜访，您却这么过分……

夫　人　（冷冷地）所以，你放弃就好了。

牧　村　（双眼充血）您以为我现在可以放弃吗？

夫　人　啊，再多责备我一点吧！你生气的样子真是太棒了。如果你的这张脸从我的眼前消失，事情就无法挽回了。绝对无法挽回了……

牧　村　（被岔开了话）什么？您在拿我开玩笑吗？您可真坏啊。

夫　人　怎么会拿你开玩笑呢……不行了，我到底在说什么呢？……喂，请你稍微安静一下，我要想一想。刚才我到底要说什么来着……

牧　村　我……那个……

夫　人　安静一下，好吗？拜托了。我总觉得，在我眼前，能看到像火一样的东西，能看到像振翅飞过的蝴蝶的翅膀一样的东西……我，我呀，（说着，闭上眼睛）我觉得，你会去很远的地方，然后事情就会变得无法挽回。只留下我一个人……为什么？（睁开眼睛）为什么呢？这种想法很奇怪呀。现在，当你人在这里的时候，我觉得，如果我不能永远地阻止你的话，就再也无法挽回了。现在的时刻……是什么特别的时刻吗？你在那里，我在这里……我在想什么呢？现在，我觉得自己好像醒过来了。无可替代的时间已经过去了。越过障碍，越过大障碍的瞬间，一定也是这样的心情。空气像火，我的身体像冰，是啊，可怕的冲击，蓝天摇摇晃晃地向我冲来，刺进我的额头……狂烈的波浪……头晕目眩……现在，我跳过了大障碍。然后，眼前就出现了你……牧村先生……

牧　村　（并没有察觉这突然发作的恋爱的告白，只是被气势压迫，站起身来，一边后退一边飞快地说）……有个朋友在等我。叫人家等太久不好，我现在就领进来。

夫　人　牧村先生！（说着，站了起来）

牧　村　我去去就回。就是把人领进来而已。

　　　　［牧村朝庭院跑去。夫人茫然地望着那边，慢慢地，
　　　　犹如不省人事般地坐下。牧村陪着冴子，从庭院的
　　　　方向再次登场。］

第三场（牧村、岑子、冴子）

牧　村　我来介绍一下，她叫浮田冴子，是联合马术俱乐部
　　　　的会员。

冴　子　（二十岁左右）您好。在这种时候打扰您，真是过意
　　　　不去。

夫　人　我是津川。你好。

牧　村　我说进去坐坐就回来，请她在您家门口等我，但我
　　　　感觉让她等得有点太久了……

冴　子　对不起啦。因为您家院子里的花很漂亮，所以我
　　　　就从庭院的栅栏门进来了。（对牧村）我也是挺大
　　　　胆的。

夫　人　（竭力掩饰嫉妒和绝望的感情）你姓浮田，那你父亲
　　　　就是浮田人寿保险公司的……?

牧　村　是啊。

夫　人　那样的话，我先生应该跟你父亲打过高尔夫。

冴　子　是的，爸爸以前也提到过。（视线落在佛龛上）这
　　　　次，真的是……我可以拜一下吗?

夫　人　（没有站起来）请吧。

　　　　［牧村陪冴子拜佛龛。］

牧　村　（对冴子说）阿姨叫我明天无论如何都不要跳大
　　　　障碍。

冴　子　哎，为什么？

牧　村　因为很危险……（向夫人讨好地说）您会这么说，
　　　　是理所当然的，我特别感激您。

冴　子　哪里危险？

牧　村　因为……（朝佛龛使了个眼色，但冴子没有注意到）

冴　子　没关系的嘛，你可真是个胆小鬼啊。

夫　人　（震惊地）你说，没关系？

冴　子　（被夫人的语气吓到）是啊……可是……

夫　人　阿久可是跳了同样的障碍啊。

冴　子　哎呀，可是，阿久他真的只是运气不好而已呀。那
　　　　种事故是特别罕见的。（对牧村）你知道的，我是个
　　　　狂热的马术障碍迷，对吧？

夫　人　（第一次表现出明显的敌意）这可真是朝气蓬勃的年
　　　　轻人、一次也没有摔过跟头的人的想法啊。

冴　子　到现在为止，我都从马上摔下来七次了。

夫　人　没有哪里摔坏了吧？

冴　子　嗯，是啊。（为难地看向牧村）

夫　人　厄运这种东西，是很罕见的。但是，一旦被它造
　　　　访，不仅是当事人，另外的几个人也都必须和这种
　　　　厄运生活一辈子。他们会成为"厄运之国"的居
　　　　民。这样的"厄运之国"的语言，和你们的国家是
　　　　无法沟通的。无论如何也无法沟通。在你们和我之

间，横亘着不可跨越的国界。这条国界无法跨越，这一点对你们来说是幸福的，也许对我来说也是幸福的。我只要和阿久的厄运，和你所说的"罕见的厄运"永远生活在一起就可以了。

牧　村　那……还真是不好办啊。虽然不太明白，但是我问的事情却让您产生了这样的心情。（坦率地）如果我说得有什么不对的话，我道歉。

夫　人　（碍于情面）你在说什么可爱的话啊？

冴　子　（侧耳倾听）牧村先生，该告辞了吧？

夫　人　没关系的，请多待一会儿吧。（拍手）阿辰！阿辰！（阿辰登场）给客人上点心。（阿辰退场）

冴　子　您不用这么客气，真的。

夫　人　喂，我可以问你个问题吗？

牧　村　咦？

夫　人　不是问你，是问冴子小姐。

冴　子　嗯。

夫　人　你和牧村先生是单纯的朋友关系？还是恋人？

冴　子　哎呀，讨厌，第一次见面，您就问这个问题？您也太大胆了。

夫　人　（强作微笑）告诉我嘛。我想向年轻人学习学习。我好像比自己想的还要落后于时代，所以想跟你们年轻人好好学习一下。因此呢，我想尽可能地把话说得直率一点。

冴　子　牧村先生，你来回答这个问题吧。

牧　村　这可真是为难了。

夫　人　算了，不用了，我懂了……然后，我想问一下冴子小姐，虽然已经反复说过好几遍了，不过，对于明天的牧村先生，你真的一点都不担心？

冴　子　一点都不。

夫　人　（仿佛在刺激她）真的？

冴　子　是啊。我都说了，我完全不担心。

夫　人　即使之前阿久摔成了那样？

冴　子　（一边思考一边说）是啊……虽然这么说可能不太好……但我觉得，这个跟那个完全不是一回事。

夫　人　你是说，阿久的事情不会成为任何教训，也完全没有任何意义？

牧　村　不，不是的。我觉得那是可敬的牺牲。在面临比赛的思想准备上，这可以让我更加紧张起来，一想到这是为阿久报仇雪耻的战斗，我就更加升腾起斗志，那是……

夫　人　（叹气）那，这样就没有任何问题了，是吧？

冴　子　没有任何问题了。

牧　村　（撒娇般地）就是说，您终于允许了？

夫　人　我还没答应到那一步呢……不过，还真是了不起啊，你们真的是生活在另一个世界里的。无论是对预感，还是对前兆，或者是对未来，你们都没有丝毫畏惧……一点都不担心。（终于笑了出来）一点都不担心。你是这么说的吧，冴子小姐？

冴　子　请您别捉弄我。我这个人有点笨。

夫　人　这样就好。

牧　村　您是说，有点笨，这样就好？

夫　人　（超然地，对牧村）你就不要说了。你什么都不明白。你不需要明白人类的事情，只需要明白马的事情就可以了。你是个既活泼又健康的小孩子啊。

牧　村　您说得可真过分啊。

夫　人　（盯着他）你什么都不明白。

冴　子　您说得不错，牧村先生与其说是个人，不如说是匹马。

牧　村　嘿，等会儿我饶不了你啊。

夫　人　真是一匹爱尥蹶子的小马驹呀。

　　　　［三人第一次爽朗地笑了起来。］

　　　　［阿辰端着茶和茶点登场。］

冴　子　（看向手表）哎呀，难得来您家拜访，可是……

牧　村　是啊，已经到时间了，得赶紧走了。

夫　人　接下来，你们俩要一起去什么地方吗？

冴　子　对，去个地方。难得您……（说着，看向茶杯）

夫　人　没关系的。快点，一口气把红茶都灌了就行了。

牧　村　那我们就在您面前不讲礼貌一下了。

　　　　［冴子站着把红茶咕嘟咕嘟地灌下肚。喝完之后，恶作剧般地看向二人。］

冴　子　那，恕我冒昧，我们先告辞了。

夫　人　请你们还要一起来呀。

牧　村　我告辞了。

夫　人　（拍着牧村的背）明天要加油啊！

牧　村　是，我会加油的。

　　　　［牧村再次向佛龛行礼。阿辰把冴子的鞋从庭院旁边
　　　　拿到门口，引导冴子走向门口。二人离去。夫人和
　　　　阿辰出门目送他们，最后回到房间。］

第四场（岑子、阿辰）

阿　辰　（一边收拾一边问）我刚才听到，牧村先生明天要跳
　　　　大障碍了，是吧？

夫　人　（黯然地坐到椅子上。——停顿。——仿佛在自言自
　　　　语）……大障碍……从今往后，家里再也不许提到
　　　　这个词。

　　　　——幕落——

鹿鸣馆

四幕悲剧

时　间

明治十九年（一八八六年）十一月三日（天长节①），
从上午到半夜

地　点

第一幕　影山伯爵邸内，潺湲亭
第二幕　同第一幕
第三幕　鹿鸣馆大舞厅
第四幕　同第三幕

登场人物

影山悠敏伯爵
其夫人　朝子
大德寺侯爵夫人　季子
其女　显子

———————————

① 天长节，在日本指天皇的生日，此处指明治天皇的生日。

清原永之辅

其子 久雄

飞田天骨

女仆长 草乃

宫村陆军大将

其夫人 则子

坂崎男爵

其夫人 定子

侍者领班 山本

侍者 川田、小西 等

工匠 松井

女仆 A、B

　　　＊

伊藤博文，及其夫人梅子

大山岩，及其夫人舍松

英国海军副提督汉密尔顿，及海军军官数人

清国的陈大使及其一行

其余众多舞会客人

第一幕

[明治十九年十一月三日（天长节），上午十时。

　　茶室"漱溲亭"坐落在影山伯爵邸内的广阔庭院里的小丘上。茶室旁有一道溪流，庭院中种满了菊花，有踏脚石、石洗手台、竹引水管等陈设。在舞台上，就好像是往茶室的左侧可以俯瞰位于山丘脚下的后门及门卫房，往右侧可以眺望远方的日比谷练兵场一般。用踏脚石铺成的小路从舞台左侧延伸过来，绕茶室一周，又往舞台右侧延伸过去。茶室的屋檐上挂着一块古旧的牌匾，上书"潺湲亭"三字。

幕布拉开之后，茶室的纸门被推开，一位女仆将五六个坐垫放在纸门外的窄走廊上。另一位女仆正在准备茶点。

没过多久，从舞台左侧，女仆长草乃抱着望远镜，引着女客们来到茶室这里。走在最前面的是大德寺侯爵夫人季子及其女儿显子，跟在她们后面的是宫村陆军大将夫人则子和坂崎男爵夫人定子。这四人均穿着正式的西式礼裙。]

草　乃　请各位在此稍事休息，我家夫人很快就来。

季　子　没关系，没关系。不用这么客气。

则　子　望远镜借我看一下。

草　乃　请。（将望远镜递给她，从舞台左侧退场）

[时不时地，从舞台右侧有军乐声乘着风远远地飘来。]

则　子　（用望远镜看向舞台右侧）哎呀，真漂亮。那么多插在军帽上的羽毛都在迎风招展。

定　子　您看见您先生了吗？

则　子　那么多军帽，实在是……

定　子　不过，陆军大将应该是没有几个的。

则　子　啊，看见了。我先生的胡子。今天早上，他打了一
　　　　大堆胡蜡才出门，让胡梢正好可以挑到耳边……他
　　　　又往这边看了。（放下望远镜，捂着胸口）怎么办
　　　　呀，要是被他发现我从这么远的地方窥视阅兵式
　　　　的话。

定　子　没关系，从那边是不可能看见这边的。（接过望远
　　　　镜，开始眺望）

季　子　您看见这家的主人了吗？

定　子　我肯定得看一看他呀，毕竟，我们正在叨扰他的宅
　　　　子……哎呀，扬起了那么多尘土！整个练兵场都朦
　　　　朦胧胧的……啊，尘埃的云团逐渐远去了。这里的
　　　　主人——影山伯爵，是哪一位呀？要是他能举手示
　　　　意一下就好了。

季　子　他肯定在陛下的帐幕里。

定　子　在帐幕里的话，就彻底没办法了。就连站在最边上
　　　　的人都穿着大礼服，胸前闪闪发光，但是他们的脸
　　　　都被帐幕挡住了。

则　子　（对季子）大德寺侯爵没参加阅兵式，是吧？

季　子　嗯，我先生从发梢到指尖都风雅无比。像马啊，还
　　　　有士兵的行军啊，都让他特别害怕。

定　子　（用望远镜看着）骑兵队开始前进了。哦，真是威武
　　　　雄壮！最前面的天皇旗看得清清楚楚的。（军乐声

越来越大）风又朝这边刮过来了；沙尘把他们都包
裹住了。（把望远镜递给显子）小姐，你也看看吧？

显　子　（一直非常消沉。拒绝了定子）啊，我真的不用了。

季　子　这孩子随她父亲。（扶着显子的肩膀，让她坐到茶室
外的窄走廊上。另外二人依然用望远镜看着）

显　子　影山先生的夫人还没来吗？

季　子　她是故意来迟的。她是个特别体贴的人，在其他夫
人像这样眺望自己先生的身姿的时候，她会特意回
避。你也知道，这是我们的习惯——每年天长节的
早晨，当我们去宫中参贺完毕之后，在回家的途
中，一定会来这里叨扰。因为只有在这里，我们才
能站在比天子还高得多的地方眺望阅兵式。不过，
话说回来，为什么每年的天长节，天气都是像这样
的小阳春呢？在冬天来临之前，最后一个绚丽的秋
日。菊花的清香。早晨清澈干爽的空气……你看。
（说着，指向观众席）这广阔庭院里的所有树木、池
塘上粼粼的波光、主屋的屋顶安安稳稳地伸展开来
的样子……还有栽在池塘里的小岛上的、形状优美
的小松树。看起来，就像幸福正屏着呼吸，住在每
一个角落中一样。难道不是吗？（温和地）你悲伤
的表情和这幅风景可不相称呀。

显　子　可是，妈妈，只有悲伤的人才有资格眺望美丽的景
色，难道不是吗？幸福的人还需要什么景色呢？

季　子　照你这么说，这个庭院的主人并不幸福喽？

［则子和定子也走到茶室这边，坐在窄走廊上。］

则　子　这次的天长节，影山先生的夫人依然没有去参贺。
　　　　好不容易，在日本也形成了妻子可以陪同丈夫入宫
　　　　参贺的成规。

定　子　先不说这个，今晚她不出席鹿鸣馆的舞会，这才更
　　　　是奇怪。毕竟，主办这场舞会的不是别人，正是她
　　　　的先生影山伯爵呀。我们是不是应该劝劝她，今晚
　　　　能去还是去……

季　子　不，不，她是肯定不会去的。您别看她那个样子，
　　　　其实她在心里是特别固执的。她要是决定不去，那
　　　　就是肯定不去了。

则　子　但是，伯爵肯定会很困扰吧？他那么热爱应酬，一
　　　　个人就能操持起鹿鸣馆的舞会，可他的夫人却是那
　　　　么消极。

定　子　（压低声音）您道她为什么那么消极？我觉得，她肯
　　　　定是对抛头露面多有顾虑。她曾经是新桥的名妓，
　　　　但我们都不明白她为什么对这件事这么在意。难道
　　　　我们因为这件事歧视过她吗？从来没有过嘛。

季　子　这一点当然不用说。但并不是只有这个原因。我比
　　　　任何人都更了解她——我有这个自信。的确，这里
　　　　面可能有她出身于新桥的缘故，但这同时也意味
　　　　着，从那时开始，她就已经是男女风流情事的专家
　　　　了。不过，我们女人或多或少，不都是这个领域的
　　　　博士吗？男人们就像是工程师，而我们是负责学术

理论的人……而且，她不喜欢政治。她不喜欢一切公开抛头露面的事情。因为，公开抛头露面的事务是谎言和虚假的开始。男人的谎言，都是在抛头露面的世界里养成的。

则　子　可是，花柳界不是一个充满了谎言和算计的世界吗？

季　子　那只不过是软弱的女人为了保护自己而编出的谎言。她不喜欢去公开抛头露面的地方，因为在那种地方，女人会和男人一样，自愿学会说谎。

定　子　照您这么说，我们已经变成了比她更大的骗子？

季　子　我已经是这样了。但她不是。她十分珍惜她自己那不加矫饰的真情实感……没错，她的先生总是非常热情、非常费心地想要把她拽到抛头露面的场合，他给她请舞蹈教师、为她约法国裁缝。藏在她衣橱里的晚礼服一定比我的多得多。我可以保证。她的舞蹈无可挑剔，她穿上西式礼裙的样子无比优雅。然而，她却固执地穿着裙摆拖地的和服，从不出现在公开场合，不管是什么场合。

定　子　在这个新的、美好的时代里？

则　子　在这个几百年来女性第一次能够沐浴在阳光下的时代里？

季　子　是的。但是，没有人可以批评别人的喜好。

则　子　（看向舞台左侧）她来了，她来了，从泉水旁边的小路上过来了。

显　子　她终于来了。

季　子　（对自己的女儿）记住，不要着急，等我把话说完。

　　　　　[从舞台左侧，女主人——影山伯爵夫人朝子登场，
　　　　　草乃跟在她后面。朝子拎着自己和服的下摆①，所有
　　　　　的花纹都是御殿风②。]

朝　子　欢迎各位。让各位等了这么久，实在是万分抱歉。

季　子　不用这么多礼。我们只是在商量，有没有什么办法
　　　　　能请您参加晚上在鹿鸣馆的舞会。

朝　子　您可真会开玩笑。像我这样一个古板守旧的女人，
　　　　　怎么可能去那样一个时尚的地方呢。

定　子　不管什么时候，这个庭院看起来都是这么漂亮。

朝　子　不不，我家的院子实在是疏于打理。对了，宫村夫
　　　　　人，您看到您先生了吗?

则　子　嗯，他那胡子可显眼了，一下子就找到了。

朝　子　您先生的胡子真是特别漂亮。

则　子　他成天只知道照顾他的马，梳理他的胡子，我像这
　　　　　样穿上西式礼裙的时候，他连看都不看一眼。

定　子　那，我就告辞了。我必须在我先生从阅兵式上回来
　　　　　之前到家。

则　子　我也是。承蒙您的款待，但我真的得告辞了。实在
　　　　　是不好意思。

———————————

①　这是艺妓特有的姿势，走路时用左手拎着和服的下摆。
②　御殿风，又称"御所解"，是江户时代贵族女性和服的一种复杂而奢华
的花纹样式。

朝　子　我送您到门口。

季　子　我想跟您稍微说两句话。

朝　子　那就……啊，草乃，就麻烦你送二位夫人吧。（草乃将之前的女仆从茶室的一个房间里叫出来，吩咐她们侍候朝子和季子）……那，我就不送了。（则子和定子鞠躬致意，从舞台右侧离开。朝子对季子及其女儿说）那，咱们就进去吧？进去消消停停地，慢慢说。（草乃将两张椅子搬进茶室。季子及其女儿走进茶室，坐在椅子上。朝子也走进茶室，坐在坐垫上。草乃在适当的时候去往另一个房间，退场）

季　子　您招呼她们俩的手法可真是出色。即使是伪善，在您的手中也变得像芬芳的花束一样。

朝　子　您说得太过分了。我只是向每一个人奉上合适的花束而已。

季　子　您这个辛辣的人！但是，恰恰因为您是这样的人，我才想要拜托您，来这里征求您对我女儿的建议。我希望我女儿能够尽情地活在新时代之中，过上我所不能过的那种人生。从这个意义上说，她的恋情也是我的恋情。

朝　子　您家小姐这么天真烂漫，您却说她恋爱了？

季　子　是的。她的双亲都出自公家①，可是，就像她那有着

① 公家，指明治维新之前京都朝廷中的公卿贵族，与出身于武士、在幕府体制下掌控实权的武家贵族不同。

　　　　累赘的、长长的衣袖的祖先 ① 一样，她喜欢激进的
　　　　事物。真正的公家血统是激进派的血统。就像只有
　　　　有钱人才能鄙视金钱一样，只有我们这些在仓库里
　　　　装满了陋习弊病的人才能鄙视陋习弊病。像我先生
　　　　这样优柔寡断的人，根本不能算是公家。

朝　子　听您的意思，脸蛋这么可爱的她，陷入了一场激
　　　　进的恋爱？她的恋人是谁？难道是个蓝眼睛的外
　　　　国人？

季　子　我倒是很喜欢外国人，但显子不喜欢。（说着，看着
　　　　女儿的脸）

朝　子　难道她爱上了底层的老百姓？

季　子　不，他不是底层的老百姓，但他站在那些人的
　　　　一边。

朝　子　难道是自由党 ② 的残余分子……

季　子　很可能是自由党的残余分子。

朝　子　（变了脸色）咦？

季　子　是的，您应该感到震惊。他们是您先生的敌人，据
　　　　说他们还要暗害您先生呢。

朝　子　哎呀！

季　子　来吧，显子，把一切都告诉阿姨。从今往后，一个

————————

① 武家贵族需要穿着铠甲，所以衣袖较短。而公家贵族养尊处优，所以衣
袖长而累赘。

② 自由党，在自由民权运动的影响下，于 1881 年建立的政党。由于无法
遏制党内的激进派，于 1884 年解散。这里的"残余分子"系指这些激进派
而言。

女人必须能清楚地谈论自己的事情。

显　子　　那……那是在夏天即将结束的时候。霍乱 ① 依然在肆虐，爸爸不允许我走出家门，但妈妈和我偷偷溜了出去，去看查里尼马戏团 ② 的马戏。

季　子　　（对朝子）您看过查里尼马戏团的马戏吗？

朝　子　　没，还没有。

季　子　　您还没看过吗？他们演得可有意思了。

显　子　　我们俩已经很久没有出去了，马戏又特别有意思，所以我们特别高兴。

季　子　　在查里尼的指挥下，那两匹马跳舞的样子！

显　子　　它们叫富加尔和博米托。

季　子　　那两匹马随着音乐起舞。它们头戴冠冕，冠冕上的星星闪闪发光，简直就像两匹天马。在那两匹白马肩膀下的肌肉里，肯定藏着翅膀。

显　子　　看过狮子的表演之后，马戏就结束了。（对母亲）我和妈妈走出筑地海军原 ③ 的帐篷。夏天的月亮挂在海面上，就像一面当当作响的铜锣一样。

季　子　　那是一轮嘈杂的月亮。

显　子　　那是因为我们的心被搅乱了。然后，妈妈，您发现您那个从法国进口的手袋丢了。

---

① 指 1886 年日本爆发的全国性的霍乱疫情。
② 查里尼马戏团，一个意大利马戏团，1886 年至 1889 年来日本演出，在日本大受欢迎。
③ 海军原，当时位于东京筑地的一个地区。

季　子　　没错。手袋里有一枚钻石戒指。由于它有点松动，我就摘下来，把它放进了手袋。

显　子　　然后，他叫住了您。那时的他，上穿白地碎纹的衣服，下穿和服的裙裤。

季　子　　我从他的手里接过手袋，然后要答谢他。

显　子　　但他就只是笑了笑，露出一闪而过的白牙，摇了摇头。

朝　子　　所以，那个学生就成了你的情人？

季　子　　是的，他一直拒绝，但我们硬是劝说，最后让他答应第二天和我们一起吃午饭。您可能会觉得我们这么做太轻浮了，但那学生身上有一种能够真正吸引人心的东西。嗯，怎么说呢，如果他是个女人的话，他就是像您这样的人。

朝　子　　哎呀……所以，显子小姐和他的交往，没能得到令人满意的结果？

显　子　　嗯。昨天晚上，他来向我告别了。他说，我们在这个世界上可能再也没法相见了……我反复问为什么，他就是不愿意告诉我。但我看得出，他正在做一件需要赌上性命去做的事情。

朝　子　　你怎么知道……？

季　子　　因为自由党的残余分子正吵吵着反对鹿鸣馆。

朝　子　　所以，你发现那个学生是他们中的一员？

季　子　　那个人的父亲是个有名的人。只要提到他的名字就能让人害怕——他是反政府组织的领导人。您知道清原永之辅吗？

朝　子　（惊讶）咦，清原……？

显　子　不知道出于什么原因，他离开了他父亲的家，不和他父亲住在一起。但他的性情十分刚烈，我知道，他正准备为了他的父亲，赌上性命去做什么事情。

朝　子　那个学生叫什么名字？

季　子　他叫久雄。

朝　子　（大吃一惊）久雄……我明白了。那，我能做什么呢？我怎么才能拯救显子？麻烦您告诉我。只要是我力所能及的，我什么都愿意做。

季　子　我的愿望是，平安无事地结束这可怕的一天，不要让任何人受伤。明天，我就可以让这孩子和久雄一起逃走，去一个遥远的地方。我来拜托您，不是为了别的，一方面是求您巧施援手，挽救这两个年轻人的幸福，另一方面也是为了您自己……

朝　子　为了我自己？

季　子　是的，您可以用您自己的力量拯救您先生。久雄什么都没跟我们说，但社会上有传言说，自由党的目的是要暗杀您先生。如果久雄放弃他的使命，和显子私奔，您先生的生命危险自然也就消失了。

朝　子　为了我先生……在咱们的考虑里，还是把他排除在外比较好。我宁愿您说这是为了那个学生和显子；既然您决定在恋爱的问题上拜托我，我会尽我所能地为他们两个人开拓恋情的道路。为了这件事，我

　　　　可以爆发出勇气。不管有多粗的巨树挡住了他们恋
　　　　情的道路，我都会为他们把树伐倒，尽管我是女
　　　　人。不过，万一久雄遭遇了不测，你打算怎么办？

显　子　我会追随他而去。

朝　子　单凭这句话，我就有信心为你做一切事情。您听好
　　　　了，夫人，那个学生赌上性命去做的事情——那种
　　　　让男人下定了决心之后就会忘记女人的事情——我
　　　　们女人必须将那种事情粉碎才行。

季　子　这是当然。我们女人必须齐心合力，抓住正准备盲
　　　　目地向前冲去的男人的脚，把他拉回来。男人会为
　　　　了毁灭自己而沉浸在兴奋之中。女人，只有女人，
　　　　才是男人唯一可以合理地沉浸进去的对象，其他的
　　　　一切都毫无价值……所以，您答应帮我们？

朝　子　没错。

季　子　谢谢。真的非常感谢。真是太好啦，不是吗，显
　　　　子？现在就请久雄过来吧。

朝　子　那个学生会到这里来吗？

季　子　我们想方设法说服了他，把他带到您家里来了。我
　　　　们觉得，只要让他跟您见面、感受到您温柔的品
　　　　质，他那颗被政治弄得硬邦邦的心就会融化，从
　　　　此，他就会放弃用头脑思考一切的习惯，改用心
　　　　灵思考。（说罢，从茶室走进庭院，用望远镜向观
　　　　众席眺望，然后把它递给朝子）您能看到吗，在池
　　　　塘边的亭子里，有一个人影正时隐时现？（拿出一

把扇子）我把这把扇子放在胸前，打开，合上，这就是信号。您看，他不是正气喘吁吁地跑上庭院的石阶，往这里来吗？……（对女儿）好啦，他们俩说话的时候，咱们还是回避为好。你就放心，把一切都交给阿姨，咱们回家去等好消息吧。那，就拜托您了，朝子夫人。（草乃从另一个房间走出来，登场）

朝　子　请放心吧，小姐。

[母女二人被草乃引领着，从舞台左侧退场。当她们退场时，久雄从舞台右侧登场。他穿着蓝地碎纹的衣服与和服的裙裤，作学生打扮。]

久　雄　您好，初次见面……请问，大德寺夫人和小姐呢？

朝　子　她们先回去了。她们觉得，最好让我们两个人单独谈谈。

久　雄　……是吗。

朝　子　来，请坐吧。我们该从哪里谈起呢？对了……因为你的事，显子她都快疯了。她说，如果你有个什么万一的话，她会立刻随你而去。

久　雄　哦……

朝　子　你的反应爱搭不理的。还是说，你不喜欢显子？

久　雄　不。

朝　子　你对我怀有戒心，也是理所当然的。我先生是一位大臣，而你父亲憎恨这个内阁。换句话说，你现在就像是潜入了敌人的总部一样。

久　雄　不要说我父亲的事。

朝　子　是吗……那，我就不像女人一样，从琐碎的家务事开始谈起，而是像男人一样，单刀直入地向你提问，可以吗？

久　雄　不管您问什么，都是您的自由。

朝　子　那我就问了。你今天想要做的事，让你觉得必须向你爱的人告别。那到底是什么事？

久　雄　……

朝　子　你闭口不答，这说明，这不仅是一个秘密，而且是一件不能让别人提前知道的、华丽而出色的任务，对吗？

久　雄　完全不对。这是只有无耻之徒才会去做的任务。

朝　子　请你不要贬低一个男人赌上性命去做的事情——无论社会舆论怎么看待，纵使法律认为这是犯罪。

久　雄　既然您这么说了，那我只能这么回答——正如您所说，我为此赌上了我的性命，我不知道自己还能不能看到明天的太阳。但我的行为毫无意义，只会为历史增添一个小小的污点而已。

朝　子　如果是这样，为什么你还要赌上性命去做呢？

久　雄　我讨厌理想这种东西。像旗帜呀、漂亮的招牌呀，这种东西，我从心里讨厌。为了公开地惩戒那些为理想而死的家伙，我要因为一点微不足道的私事、因为我的个人情感而死。然而，我这样做，所需要的勇气和胆量，是和为理想而死同等的——不，它

　　　　　需要更多的勇气和胆量。我觉得，我有这种勇气和
　　　　　胆量。

朝　　子　那，显子会怎么样？

久　　雄　请您不要让我想起显子。

朝　　子　你打算干什么？请你告诉我。只告诉我一个人就
　　　　　行，请你一定要告诉我。就像你在和你母亲说话
　　　　　一样。

久　　雄　这和您没有任何关系。

朝　　子　但是，假如你今天的目的是要杀害影山伯爵的话，
　　　　　我毕竟是他的妻子呀。

久　　雄　（只是冷笑着，没有回答）……

朝　　子　所以，你无论如何都不打算告诉我。（犹豫了一下，
　　　　　下定决心）……假如，你要杀的人的妻子是你的母
　　　　　亲，你会怎么做？

久　　雄　我没有什么母亲。

朝　　子　是吗？（重新考虑，犹豫着要不要坦白）……是你父
　　　　　亲同时带着父母双方的爱把你养大的，对吧？

久　　雄　（断言道）不是。

朝　　子　咦？

久　　雄　我的父亲丝毫不顾家庭。从很久以前开始，他就把
　　　　　家里的一切都交给奶妈们照管了。我父亲的妻子早
　　　　　就死了。在五个兄弟之中，只有我不是他妻子的孩
　　　　　子，而是一个不知名的女人的孩子，因此，奶妈
　　　　　们对我——只是对我——十分怠慢。只有我这一个

孩子是在厨房里长大的，可我父亲却对我不管不顾。他是一个理想主义者。他只要为理想献身就可以了。

朝　子　哎呀，我都不知道这些。

久　雄　这是别人家里的事，您怎么可能知道呢？总之，随着我越长越大，我开始怨恨我的父亲。他是一个优秀的人，一个无可挑剔的理想主义者，一个就像是法国大革命的领袖一样的人物，一个纯粹的自由主义者。但这个理想主义者的家庭，却是彻底黑暗、阴惨的，是不能暴露在别人眼前的……因此，我渐渐地开始怀疑理想，这也是理所当然的吧？不知从什么时候开始，我产生了一种想法，想要狠狠地教训一下我父亲的理想。去年，我离开了家，开始和流氓无赖混在一起……那之后发生了什么，我就没法对您说了……哎呀，您为什么哭起来了？因为我说了这些话，所以您同情我？我该怎么做，才能让您不再对我感到同情？我赞美我的父亲，可以吗？……是呀，我可以向他献上如山的赞美之词——假如排除我的立场、我的人生的话。清原永之辅，他是一个高尚的人物。我从未见过父亲做出任何卑劣的行为，他对金钱无欲无求，在谈到他的理想的时候，他会马上燃起激昂的斗志。他是卢梭的信徒、日本的雅各宾派，为了自由和平等，不惜牺牲生命，简直是热血青年的偶像。等他哪一天死了，大概会被当作神仙，被供奉在某个全新的、西洋化的神社里吧。

朝　子　我明白了。所以，你要为你那高尚的——同时又是冷酷的父亲而死。

久　雄　这就任您想象吧。

朝　子　揭开我的秘密的时候到了。听好了，就在今天，我必须向你透露一个秘密——一个被我保留了二十多年的秘密。当我还是个小姑娘的时候，我曾经下定决心，一辈子都不向任何人透露这个秘密。

久　雄　您第一次见到我，就要说这种事吗?

朝　子　没错。对于第一次见面的你——尽管你成长得这么出色，但在你阴暗的脸庞上依然能看到我原本的罪孽；对于这样的、和我第一次见面的你……你可以随意地惩罚我、踹我，对于拥有这种资格的你……当然，我也可以为自己辩护。当时，我还是一个小姑娘，我一心一意地相信着——当你的父亲令人感激不尽地提出，从今往后由他来照料你的时候，尽管我觉得整个人仿佛都被撕碎了，但是，为了你的未来，为了你将来能够出人头地，我相信这样才是最好的。当时，你还不满一岁。和你分开之后，我整夜整夜地哭个不停，有时甚至还想自杀。但是，想到你的将来，我不能让你成为一个没有父亲的孩子。

久　雄　您说，您是我的母亲?（思考片刻）我不能相信；这是什么闹剧，太荒谬了。

朝　子　我理解你为什么不相信。请你继续问我，问我各种事情。然后，你会逐渐地发现，我并没有说谎。

久　雄　那我问您，假设，只是假设，您把孩子交给我父亲养育，自己离开，然后您怎么样了？

朝　子　我病恹恹地生活了很长时间。

久　雄　然后呢？

朝　子　我逐渐接受了这个事实——我是一个艺妓。

久　雄　然后呢？

朝　子　真是残酷的追问！但这也无妨。你什么都可以问。然后……（转过脸去）我逐渐忘记了。

久　雄　啊，您很诚实。我至少明白了这一点。然后，过了很长时间之后，您嫁进了这个家。

朝　子　……（沉默地点点头）

久　雄　（不由自主地激动起来）就在您忘记我的时候，我开始长大了。我的身体里具备了一颗心，具备了悲伤和烦恼。您知道吗？自打我记事的时候起，我就没有一天不想到我的母亲——那个我从来没有见过面的母亲。而您却完全忘记了我。（回过神来）无聊！全都是无稽之谈。我被一场难以置信的闹剧欺骗，竟然这么兴奋。

朝　子　（悄悄地）我知道，在你背上的右侧有一个小胎记，形状就像一片枫叶；在你的左膝上有一个小小的、细细的疤痕……那是一个夏天的下午，你睡着之

　　　　　后，我不由自主地打起盹来。就在这当口，你醒过
　　　　　来，爬走了，被一把剪刀刺伤了膝盖。伤口很大，
　　　　　需要缝两针……我是一个粗心的母亲。如果是被我
　　　　　养育长大，你不可能成长得这么出色。

久　雄　（又激动起来，压抑着冲动的情绪）够了！够了！您
　　　　　什么都知道，什么都清楚。您的的确确是我的母
　　　　　亲，我认定了，认定了！可以了吧！……我求求
　　　　　您，把您的嘴闭上一会儿。

　　　　　［久久的沉默。］

久　雄　……那，您爱我父亲吗？

朝　子　是的，我从心底里爱着他。

　　　　　［沉默。——突然，从舞台右侧远远地传来了礼炮的
　　　　　轰鸣声。］

朝　子　什么声音？

久　雄　是庆祝天长节的礼炮声。近卫炮兵队要开炮一百零
　　　　　一次……那，您现在也是吗？

朝　子　咦？

久　雄　您现在还爱着我父亲吗？

朝　子　大约就在我忘记自己是一个母亲的时候，我又一次
　　　　　成了一个女人。你肯定觉得，这样的我太卑鄙、无
　　　　　耻了。从那时起，每一天，每一个月……

　　　　　［又是一阵礼炮的轰鸣声。］

久　雄　咦？

朝　子　……每一个月，每一年，我对你父亲的爱意都在加

深，我已经想忘也忘不掉他了。即使是我来到影山
家之后，这种感情也没有改变。说起来，这是很对
不起我先生的，但除了你的父亲之外，我从未爱上
过任何人。在我不再见他之后，这种感觉变得愈发
强烈……

[又是一阵礼炮的轰鸣声。——沉默。]

久　雄　我今晚打算杀的人，不是您的先生。

朝　子　咦？

久　雄　我今晚打算暗杀的人，是我的父亲。

——幕落——

第二幕

[同一天，下午一时。舞台布景与第一幕完全相同。
当幕布升起时，朝子和草乃站在一起，正在交谈。]

草　乃　夫人，您再看一眼表？

朝　子　（从和服的腰带里取出一块小金表，打开表盖，看了
一眼）现在一点了。他还没来。不管发生什么事，
我都必须在老爷从内阁的午餐会回来之前跟他谈
谈。草乃，你肯定是完全妥当、万无一失地把事情
办好了，没错吧？

草　乃　是的，夫人，绝对没有任何疏忽。

朝　子　给后门的看门人的指示也完全传达了，对吧？

草　乃　请您不要担心。（说着，走到茶室的左侧，做出仿佛
往下看去的动作）夫人，守门人正在挥舞毛巾，发

出信号。他终于来了。

朝　子　快把回信传出去，快！

　　　　[草乃挥动手帕。她们二人背对观众席，暂时远眺了
　　　　片刻，然后回到舞台正面。]

朝　子　他来了！他来了！草乃，我现在做的事是多么无耻
　　　　啊，就像把一个姘头叫到家里一样！

草　乃　现在不是说这种话的时候。清原先生、久雄先生、
　　　　显子小姐——现在正是拯救他们三人性命的紧要关
　　　　头，难道不是吗？

朝　子　但是，你想啊，草乃，一直以来，我都只能想象着
　　　　传闻里的他——据说，随着他的年龄与日俱增，他
　　　　的样子也变得越来越杰出、雄伟。而我却一直待在
　　　　家里，长年累月地不在世间抛头露面，这是我让自
　　　　己避免碰到他的一种手段。但是，现在，我到了这
　　　　个年纪，却突然派你作为信使召他前来；无论他的
　　　　样子有了什么变化，无论我的感觉如何不变，映在
　　　　他的眼里的我，会是多么衰老、多么丑陋啊。

草　乃　您明明这么年轻、漂亮……

朝　子　你不用说这种话来宽慰我。他是喜欢和服呢，还是
　　　　喜欢洋装？他强烈反对现在的内阁，就像反对鹿鸣
　　　　馆的喧嚣一样，所以，我觉得他肯定不喜欢洋装。
　　　　但与此同时，我又觉得，男人的品位与他们的意识
　　　　形态或者思想没有关系。如果他现在不喜欢和服，
　　　　我怎么能让他看到我穿这种下摆拖地的和服的样子

呢？……啊，我像小姑娘一样，心怦怦直跳。快点，让我赶紧再看看手镜。你看啊，草乃，都是因为我这么固执地要把这么严重的消息告诉他，我的衰老难道不是比平时更加明显地刻在脸上了吗？在我这个年纪，要同时表现出真诚和年轻是很困难的，不是吗？因为，如果你要看起来年轻，就必须多多少少表现出一些虚假，而虚假会削减至为关键的真诚。

草　乃　请您放心吧，夫人。就像朝阳一样，您的决心正从您的身体内部发出亮光，让您的脸庞变得年轻、紧致，甚至不用搽胭脂……他来了。我听到了他的鞋子走上石阶的声音。

朝　子　好了，马上把他请过来。在我和他说话的时候，你必须把早晨用过的望远镜转向主屋，注意老爷是不是往这边来了。

　　　　〔在朝子说话的时候，清原身着西服，从茶室后面走上来，登场。草乃引他过来，然后遵照指示，将望远镜转向主屋。〕

朝　子　来，请到这边来。预备着万一有事情发生，你好迅速离开，请坐在这窄走廊上面吧。

清　原　真的是好久、好久不见了。

朝　子　你没有变……你一点都没有变。你的头发依然油亮乌黑。

清　原　你以为我会变得弯腰驼背吗？如果你觉得我没有变老，那可能是由于政府压制的缘故。我亲眼看到，

无论在哪个国家，被压迫的民众都比统治者更加年
轻。不过，我必须得说，这个理论却不能解释你这
不可思议的年轻。

朝　子　那一定是因为，你的青春是真正的，而我的青春是
　　　　虚假的。但是，你却能一见面就对我说这种俏皮
　　　　话，就像我们昨天刚刚见过面似的。这一点，你和
　　　　二十年前简直一模一样。为什么从我的嘴里也能轻
　　　　轻松松地说出话来？我本以为一见到你，就会变得
　　　　张口结舌。

清　原　我们一定是在反复地练习，以便在时机来临的时
　　　　候，随时能够重温旧日的时光。我们相遇了，从那
　　　　一刻起，旧日的时光就开始了。这让我们稍微有点
　　　　眩晕，但只要我们乘上旧日的时光，它就能带着我
　　　　们毫不费力地向前行去。

朝　子　真的是这样吗？实在是不可思议，这样和你在一
　　　　起，我感觉不到丝毫的拘谨，反而觉得非常自在。
　　　　就仿佛空气都突然变得容易吸进肺里一样；就仿佛
　　　　我刚从一个拥挤、窒息的房间里出来，突然进入了
　　　　一片广阔的原野……我们为什么能够这么自然呢？

清　原　难道不是因为你已经离开自然的感情太久了吗？

朝　子　一定是这样的。"爱是令人窒息的"——这是一种
　　　　幼稚的想法，不是吗？你看看我的手。虽然隔了这
　　　　么长时间才和你见面，但我的手甚至没有颤抖。相
　　　　反，它们比平时更加生机勃勃，简直就像变成了

翅膀。

清　原　（握住她的手）请你不要乘着这双翅膀飞走。即使你不飞走，时间也在无情地飞逝。让我们赶快谈谈吧。说实话，我也有不得不向你当面道歉的事情。是关于久雄的……

朝　子　久雄！

清　原　是的。我是一个不称职的父亲。到了现在，我只能得出这个结论。

朝　子　久雄他……

清　原　你听说过久雄的消息吗？

朝　子　不，不，没听说过。

清　原　去年，他突然离开了家。我完全不知道他去了哪里；他连一张纸条也没留下。我想他应该还活着——我希望他还活着，但我不能确定。我没有时间照顾家庭，所以对他无能为力。但是，如果他决定回来，我随时都准备热情地欢迎他。

朝　子　（故作惊讶）哎呀，久雄他……！

清　原　我必须向你道歉。真的非常对不起。

朝　子　请不要向我道歉。既然你把这件事告诉了我，我会尽我所能，找到久雄。但是，如果我们找到了他，最重要的是你的感情——我可以问一下吗，清原先生，你还会不会继续对他抱有父亲般的感情？

清　原　即使是现在，我的感情依然没有改变。他是个一心一意的好孩子。和我的其他几个儿子相比，他没有

　　　　继承我那令人讨厌的一面。你的长处，加上我的长
　　　　处——尽管可能很少——构成了他，让他长成了一
　　　　个一心一意的年轻人，甚至因此变得十分脆弱。我
　　　　很疼爱久雄。虽然我从来没有用实际行动表示过，
　　　　但身为父亲，我的感情更倾向于他，而不是我的其
　　　　他儿子。现在回想起来，我不应该隐藏这些感情，
　　　　而是应该更多地把它们展露出来。

朝　子　唉，事情很少会顺心如意的。它不会顺心如意……
　　　　但是，听到你这番话，我就放心了。不，现在还不
　　　　是可以放心的时候；如果你的感情真实无虚的话，
　　　　那么，我无论如何都必须要求你做一件事。除了这
　　　　父亲般的感情之外，没有其他办法可以拯救你自
　　　　己、治愈久雄那颗受伤的心。它甚至可能拯救你的
　　　　性命和久雄的性命——要拯救你们两人的性命，这
　　　　是唯一的办法。

清　原　你好像知道什么关于久雄的事情。

朝　子　不，我什么都不知道。就算我知道，你现在也不要
　　　　问我。你什么都不要问。另外，你现在面临的危
　　　　险，也跟那孩子没有关系。

清　原　我现在面临的危险？

朝　子　我直截了当地告诉你吧，今晚，你会有生命危险。

清　原　咦？

朝　子　你不相信我吗？我今天特意把你请来，就是想救你
　　　　一命。

清　原　我很感谢你的这份心意，但我是一个生活在危险中的人。危险是我的日常。哪怕就是这样和你说话，也是我危险生活的一部分。正是因为我在暴风雨中活了下来，在微风中，我会感到窒息。请允许我说几句大话。只有凶猛的夏天和严酷的冬天才适合我，像这种小阳春的天气，对我来说只不过是一种毒药。因此，即使在这样的日子里，我也必须在心中准备好一个炙热的夏天和一个冰冷的冬天。所谓的自由，就是这样的事情。我必须唤醒那些被这小阳春的天气所骗、正在打瞌睡的人……这就是我的想法。我从来没有珍惜过我的生命。

朝　子　你还是和过去一样。你还是和二十年前一样。你呀，你永远年轻！

清　原　即使我的年纪变老了，我的心里仍然住着一个不可救药的孩子。

朝　子　你必须珍惜那个孩子。女人所喜欢的，民众所喜欢的，正是那个孩子。虽然外表是一个英武、雄壮的男人，但在内心里却是一个纯洁无垢的孩子。我相信那个孩子，我继续说下去。我知道，今晚，在你的指挥下，自由党的残余分子——那些壮士[①]会亮出白刃，闯进鹿鸣馆的舞会。你会把你的马车停在鹿鸣馆的围墙外，在那里对闯入的壮士们进行指

---

①　此处的"壮士"是专有名词，特指明治时期从事自由民权运动的青年活动家。

挥。我说得对吗？

清　原　（惊讶得目瞪口呆）你是怎么知道的？

朝　子　我只是把我知道的告诉你而已。

清　原　你知道。但你却指责我。不过，你是女人，这也没
　　　　有办法。我想，你是要问我：进行这种危险的骚扰，
　　　　究竟能达到什么目的？或者，借用你先生的口吻，
　　　　大概可以这样问——为了日本的未来，政府正在迫
　　　　切要求修订条约。为此，我们必须向外国人展示一
　　　　个文明、开化、值得与之修订条约的日本。我们向
　　　　他们展示的，绝对不能是充满了霍乱和恐怖主义的
　　　　日本，而应该是鹿鸣馆的舞会。既然如此，你为什
　　　　么还要让年轻人在头上绑着白头带，挥舞着出鞘的
　　　　刀剑，冲进舞会，让他们再次看到一个野蛮、原始
　　　　的日本？——这只不过是老生常谈。这只不过是屈
　　　　辱的借口。

朝　子　你为什么要这么说？我从来没有站在我先生的立场
　　　　上对你说过一句话。照你的说法，就好像是我先生
　　　　在通过我的嘴责难你，就好像这一切都是我先生设
　　　　下的圈套。啊，你太多疑了，这样的多疑并不适
　　　　合你。

清　原　我知道，我知道你的真实想法。我过于愤慨，说走
　　　　嘴了。请你原谅。但是，你刺探出了理应没有任何
　　　　人知道的情报，我只能认为，这是你通过你先生的
　　　　手下知道的。

朝　子　不，我发誓，这不是靠我先生的门路，而是我自己发现的。我担心你的性命，所以才要这样恳求你——请放弃你今晚的计划。

清　原　（在久久的沉默之后）我知道……知道。（然而，又下定了决心）……谢谢你的良苦用心。很遗憾，计划虽然泄露，但我已经决定的事，我一定会做。至于我的性命，已经做了足够的防范措施，你不必担心。你事先告知计划已经泄露，这对我的帮助简直不可估量。谢谢你。我很感激。

朝　子　请你放弃这个计划。求你了。放弃这个计划吧！

清　原　你觉得这一切都无聊透顶。女人这么想，是可以理解的。但是呢，朝子。

朝　子　啊，这是你第一次叫我的名字。

清　原　但是呢，我听说过，你说，你讨厌政治。身处邪恶的政治和邪恶的外交的旋涡之中，你会这么想，是理所当然的。不过，你知道玛利亚·路斯号事件[①]吧？在明治五年的日本，还有这种独立自主外交的出色事例，有大江那种豪爽的正义之士。当时的外务卿副岛也是一个伟大的人物，担任法律顾问的美国人佩兴·史密斯也为日本独立自主的外交做出了

---

① 1872 年，秘鲁商船玛利亚·路斯号在横滨靠港，船上有 231 名受到虐待的中国苦力。其中一人逃跑，向一艘英国军舰求救，英方通报明治政府之后，外务卿副岛种臣命神奈川县县令大江卓主持审理此案，最后在美国法律顾问 E. 佩兴·史密斯等人的协助下，宣布释放中国苦力。这是日本第一次作为当事方参与国际仲裁。

杰出的贡献。但是，自从萨摩和长州的藩阀掌控政府之后，一切都开始走下坡路了。我们又回到了那个屈从于帕克斯大使[①]的恫吓的时代。在那些受邀参加鹿鸣馆舞会的外国人中，你觉得哪一个人会像政府希望的那样，对日本刮目相看，觉得日本已经文明开化，开始尊敬日本？所有的外国人都在心里嘲笑我们。他们对我们嗤之以鼻。在他们看来，贵妇人和艺妓没有区别，舞会上的舞蹈只不过是猴子在跳舞。[②]政府高官和贵妇人顺从的笑容根本无助于条约的修订，而只是会加剧外国人的蔑视。听我说，朝子，我去外国进行过一轮访问之后，明白了这一点：除非你是一个有自尊心的人，除非你的国民是一群有自尊心的国民，否则外国人永远不会尊重你。壮士们闯入舞会可能愚蠢无比，但只要能借这件事给政府浇上一头冷水，让外国人知道"还有一些日本人是有胆量的！"，那我就满足了。我已经命令他们，虽然要挥舞刀剑，但是不可以给客人留下哪怕一丝一毫的伤口。那些年轻人只不过是跳一场剑舞，然后大张旗鼓地撤退，仅此而已……除了这个，我并不指望更多。社会舆论谈论我，就好像我是杀人犯团体的老大，但那只不过是无凭无据的

---

① 哈里・S. 帕克斯（Harry Smith Parkes，1828—1885），1865 年至 1883 年任英国驻日大使。
② 这是一个著名的比喻，出自皮埃尔・洛蒂的《江户的舞会》。

谣言。如果我因为策划了这件事而被杀，那肯定是白白送死，但从那之后，继承我的遗志的人将会不断出现……你明白了吧？从年轻的时候起，我就不能忍受自己受到羞辱，也不能忍受别人自愿进行任何羞辱自己的行为。

朝　子　我完全理解你的意思，但我愿意无数次地重复，请你放弃这个计划。在男人做正当的事情的时候，女人不应该试图阻止，我十分清楚这一点。然而，我恳求你，（说着，将手撑在地上，做出行礼的姿势）一定要放弃这个计划。

清　原　事到如今，已经不能放弃了。你从来不去参加舞会，我可能会给你先生添一些麻烦，但不会给你添麻烦。

朝　子　（好像想到了什么）参加鹿鸣馆的舞会……我吗……？

清　原　有传闻说，你无论如何都不参加抛头露面的活动。这很合我的意。我知道，你毕竟是和其他人不同的。

朝　子　我，去参加舞会？……清原先生，假设，假设我这辈子第一次打破自己的规则，去参加舞会，你会怎么做？

清　原　你去参加舞会？那是不可能的。

朝　子　我是说，假设。假设我这样做了，你会鄙视我吗？

清　原　这种事不会发生。

朝　子　如果我去参加舞会，世间的人们一定会拍手大笑吧。对我来说，没有比这更大的耻辱了。但是，我会得到我应得的东西。用西洋式的说法来说，如果我参加了我先生举办的舞会，这场舞会就不是他举办的，而是身为女主人的我举办的——它是我朝子的舞会。

清　原　这倒也是。

朝　子　这样一来，你的人就不是在破坏我先生的舞会，而是在破坏我的舞会。你们破坏的就不是我先生的名誉，而是我的名誉。

清　原　你可真是给我出了个难题。

朝　子　（娇嗔地）还是说，你不喜欢我穿洋装？

清　原　我甚至无法想象。可能会很适合你，或者……

朝　子　我看起来可能会像一只猴子。

清　原　肯定是一只美丽的猴子。

朝　子　真是滑稽呀——身为伯爵夫人的猴子！不过，这样也好。正如你所说的，今晚我会成为一只猴子。

清　原　朝子……

朝　子　这是一个多么大胆的决心，对我来说是一种怎样的牺牲，你能想象吗？女人宁死也不愿毁掉世间对自己的评价，更不用说这评价是她自己创造的。但是，今晚我就让你看看，我是怎么亲手毁掉它的。

清　原　这实在是太难以忍受了。你自己投身于政治的旋涡中……

朝　子　不，我们谈论的不是政治。我们谈论的是爱情。你明白吗？你必须做出回应，不是政治上的回应，而是爱情上的回应。

清　原　你是什么意思？

朝　子　就像纯朴而贫穷的恋人相互交换真心的礼物一样，我要给你一份礼物。它对你没有用处，但至少它来自一颗真诚的心。

清　原　什么礼物？

朝　子　我今晚会去参加舞会。如果你爱我，你就必须以某种方式回应。

清　原　对我来说，这是一份痛苦的礼物。

朝　子　我知道。但我一心一意地想要拯救你的生命，这份礼物就出自我的这颗真心。所以，如果它触动了你的心，就请你回应它吧。

清　原　我知道，回应应该是：我放弃了今晚的计划，我不会去鹿鸣馆……但我不能。

朝　子　（跪倒在地，抱住他的膝盖）求你了，我求你了。如果你真的对我怀有哪怕一点点爱。

清　原　啊，你想要融化男人的工作、男人的义务。男人不能像这样屈服。但能够屈服的……

朝　子　也只有男人。从我们女人的眼里看来，没有什么荣誉能比这个更适合男人。

清　原　（抚摸着朝子的头发）你的头发……你的黑发……你这头被每一个黑夜的黑暗染成的黑发，在过去的二十年间，在我们无法相会的时候，它变得更黑、更长、更有光泽……

朝　子　对我的头发来说，黑夜总是漫长的，黎明仿佛永远
　　　　不会到来。当我的头发完全变白的时候，当我不再
　　　　是一个女人的时候，曙光将会染上我的白发——在
　　　　那曙光之中，没有烦恼，没有焦虑，也不用担心白
　　　　天会有什么事情发生。

清　原　你明白吗? 当男人违背义务的时候，会有一种恐
　　　　怖将他攫住。但那恐怖不是一种悲哀，而是一种
　　　　快乐。

朝　子　（起身，坐到清原身边）所以，你已经违背了你的
　　　　义务。

清　原　你知道得很清楚……订下诺言吧。

朝　子　我承诺，今晚我将穿着可耻的衣服去参加舞会。而
　　　　今晚在鹿鸣馆的舞会，将是我的。

清　原　我承诺，我已经取消了今晚的计划。我的马车不会
　　　　去鹿鸣馆。

朝　子　啊，我真不知道该如何感谢你。

清　原　彼此彼此。你也必须变成一只猴子才行。

朝　子　这真是太伟大了，真是太伟大了。现在，在女人的
　　　　眼里，你是一个无比耀眼的男人。（狂喜地站起来，
　　　　从靠近走廊的地方摘了一朵大黄菊花）我要向你颁
　　　　发一枚勋章。由女人颁发的勋章，不是用冰冷的、
　　　　死气沉沉的黄金和宝石做成的勋章，（把菊花插进清
　　　　原衣襟上的扣眼里）而是活生生的勋章，是每天早

　　　　　晨都会经历严霜，光泽与日俱增的勋章。

清　原　　可是，总有一天，这枚勋章会枯萎。

朝　子　　至少，它可以维持今天一天。

　　　　　〔此时，一直藏身在舞台左侧的草乃用一只手拿着望
　　　　　远镜，匆匆登场。〕

草　乃　　夫人！夫人！

朝　子　　怎么了？（站起）

草　乃　　老爷回来了。他带着一位客人，往这边来了。

朝　子　　（把手帕递给草乃）来，用这个向后门示意，不要让
　　　　　老爷发现。（扶着清原的肩膀）快，从后门走。（她
　　　　　把他带到舞台左侧，但又转回舞台右侧）你最好从
　　　　　这边走，然后从茶室的后面转过去。（她指引他从
　　　　　舞台右侧绕到茶室后面，暂时退场。过了片刻，草
　　　　　乃和朝子又从那里重新登场，往舞台左侧走到尽头，
　　　　　藏身在一棵树后，让观众可以清楚地看到她们）

影山伯爵的声音　　（从舞台左侧传来）就去那座潺湲亭好了。
　　　　　那里很适合谈话。

飞田天骨的声音　　（从舞台左侧传来）是，老爷。

　　　　　〔二人现身，进入茶室。〕

影　山　　你不要拘谨。

飞　田　　不胜惶恐，老爷。

影　山　　继续说……你看，飞田，我是这么想的。暗杀，通
　　　　　常是指不满分子对政府及执政党的重要人物或者统
　　　　　治阶级中的某个人物的杀害。谢天谢地，社会舆论

也是这么相信的。不用多说什么，他们自己就会觉得，刺客一定是自由党的余孽。拜此所赐，我每天都会收到同等数量的信——一边是号称要取我性命的"锄奸状"，另一边则是多愁善感的信件，说什么担心我的性命，为我进行了祈祷。这让我陷入了两难，我不知道是应该去死呢，还是应该继续活着。总而言之，你可以认为，现在社会上的大多数人都相信，我的性命正处于危险之中。

飞　田　正如您所说的，老爷。

影　山　这就是说，社会舆论不会觉得我在计划暗杀别人。万一，万一这件事情暴露，大家也会认为这是正当防卫。我说得对吗？

飞　田　正如您所说的，老爷。

影　山　执政的政府总是会遭到批评和攻击，但是，批评的声音越高，它的内容就会变得越整齐划一。它会变成"为了批评而批评"，而批评的根据，则会变得越来越薄弱。如果清原永之辅被杀，社会舆论会立即对我展开攻击——即使没有一个人认为是我杀了他，我也会遭到攻击。但是，事实上，这种攻击会帮助我们。随着攻击力度的增加，在他们眼里，我的清白也会变得越发明晰。

飞　田　正如您所说的，老爷。

影　山　这是因为，如果我听到了清原的死讯，我有资格流着眼泪感叹："我失去了一个伟大的对手。"人们觉

得，仇恨和杀意只与不满分子有关，而与政府无
关。反对派代表人性，而政府则代表伪善……你明
白吗？我想杀死清原，不是因为仇恨或者敌意，而
只是因为他日夜吠叫，叫的声音有点大了。如果一
条狗的叫声把你惹恼了，你难道不想杀了它吗？

飞　田　我每次都会杀了那些狗。在我家附近一带，没有一
条狗能够活着。而且，我家的寄宿学生① 很喜欢吃
狗肉，总是想拿它们来煮火锅。

　　　　［在树后，两个女人十分震惊。］

朝　子　哎呀，暗杀的命令竟然是老爷下的。草乃，快点扶
住我。让我的旧情人和我的儿子身陷险境的，竟然
是我的先生！世界上哪有像我这样，被逼到这种境
地的女人？

草　乃　我理解您的感受，夫人，我真的理解。

飞　田　请您不要嫌我啰唆，老爷，我再问您一遍，您为什
么不把这个任务交给我飞田天骨呢？我不是自吹自
擂，在维新之前，谁杀的人也没有我多。而且，一
旦盯上一个人，我就决不会失手。我有用任何一种
武器杀人的经验——刀剑、匕首、长矛，还用过火
绳枪和手枪。虽然这么说可能不合适，但我和您一
样，从来没有因为个人恩怨而杀过人。我杀的每一
个人，都是服从命令而杀的。因此，我在杀人时的

---

① 寄宿学生（書生），寄宿在他人家中勤工俭学的学生。

心情，就像是受人所托，把一件物品交给别人一样；我不会产生怜悯之心，也喜欢欣赏鲜血。我觉得，把那么美丽——比红叶、比花朵还要美丽——的东西包在皮肤下面，简直是一种浪费。秋天的晴空和鲜血的颜色，是最能让我感到心旷神怡的了。我不理解，您为什么不把这个任务交给我呢？这对我的健康也有好处。

影　山　你又来了。如果是别的情况，我会毫不犹豫地找你。但是这次，我们有最好的刺客，他是求也求不来的，不是吗？只要用他，就算暴露了，别人也不会认为是政治暗杀。一个儿子杀了他的亲生父亲——这只是个人纠纷、家庭纠纷而已。

飞　田　正如您所说的，老爷。

影　山　我是在一个月前见到那个叫久雄的年轻人的。当时，他已经在你家无所事事地混了大约半年。我第一眼看到他的时候就觉得，他活在憎恨的生活里。

飞　田　而且，他甚至没有想要隐瞒他是清原的儿子。

影　山　他的眼睛里有杀气；这样的人是很难得的。和他相比，你就像是一个看到友禅和服①就兴奋不已的女人——在看到血的时候，你的眼睛里的那种爱好般的喜悦过于露骨了。当然，我必须得说，你这也是很难得的。

_____

①　友禅，一种布料的染色技法，使用这种方法制作出来的和服是图案高雅华丽的高级和服。

飞　田　正如您所说的，老爷。

朝　子　我以前从来没有想到，老爷竟然会把一个说着如此可憎、如此残忍的话语的人作为心腹使用。我现在明白了，这座宽广的然而又充满了奇怪的冰冷的宅邸，长久以来，一直都是血腥和罪孽藏身的巢穴。草乃，我再也不能忍受了。我必须出去，把该说的话告诉老爷。

草　乃　请再等一会儿，夫人。请不要着急。您必须听他们把话说完。对夫人您来说，现在可是千载难逢的机会啊。

朝　子　你说得没错，草乃。我必须暂时克制我这颗不安的心，听一听这桩会弄脏耳朵的诡计。啊，我感觉自己仿佛置身于一个恐怖的梦里，手脚都动弹不得。

飞　田　可是，老爷，我所怀疑的，还是他们的父子关系。不管儿子如何憎恨他的父亲，他能把这种憎恨贯彻到底吗？那用憎恨磨砺的剑尖，如果真的抵在父亲的面前，它难道不会有变钝的危险吗？我知道这样说很失礼，老爷，但您没有孩子，我恐怕您不会明白这一点。孩子真的是非常可爱的，俗话说"含在嘴里怕化了"，这的确是事实。

影　山　想必在你看来，就连孩子的血也是可爱的吧？

飞　田　哎哟，老爷，这真的是一个很恶劣的笑话。当我看到孩子爬来爬去的时候，是那么喜欢，几乎想要把他放进嘴里。

影　山　就像你家的寄宿学生的拿手好戏那样，你想把他放
　　　　进火锅里煮？

飞　田　哎哟，哎哟，您的笑话太恶心了。当我那天真幼稚
　　　　的孩子望着我这个父亲，脸上绽放出微笑的时候，
　　　　他的那张笑脸，他眼睛里的那种清澈的颜色——哪
　　　　怕我们将来成为敌人，我也无法想象他会对他的父
　　　　亲刀刃相向。

影　山　这样说来，你很了解孩子的感受。

飞　田　嗯，老爷，我可以彻底看穿他们。

影　山　这就是我不把这个任务交给你的原因。只有当你不
　　　　了解你所杀之人的感受时，你才能心安理得地杀
　　　　人。不过，对我来说，这还不够。即使是在我的命
　　　　令下杀死了清原，我也希望这中间另有一种复杂
　　　　曲折的感情。久雄的苦恼，久雄的犹豫——让这样
　　　　的感情积累得足够多，然后再让那个家伙杀了他的
　　　　父亲，只有这样，我才能感到满意。我喜欢别人精
　　　　神上的痛苦，虽然我不一定喜欢血。我希望杀人的
　　　　人和被杀的人之间有一种感情交流，至少得擦出一
　　　　点火花。我不想给予清原遭到刺杀的荣誉，我要让
　　　　他被自己的亲生儿子杀死，永远背上不可挽回的
　　　　耻辱。

飞　田　正如您所说的，老爷。

影　山　此外，你的类比也不能说是合适的，难道不是吗？
　　　　你的孩子是你和你妻子之间的孩子。而久雄呢，虽

然他肯定是清原的儿子，但他母亲的来历却完全不为人知。这也是他从小就一直在苦恼中度过的原因。

朝　子　即使是老爷也不知道，久雄是我的儿子。

草　乃　夫人，至少这个秘密，请您一定要珍重地保守。如果老爷知道了——啊，光是想象就很可怕了……

朝　子　你刚才在想象什么？

草　乃　毕竟，夫人，虽然是那样一个冷酷无情的老爷，可他仍然从心底里深深地爱着您。

影　山　所以，我要这样说——血缘骨肉之间的爱，一旦走上歧路，就会变成可怕的憎恨。在父母和孩子之间，以及兄弟之间，如果没有理解，他们的关系就会变得比陌生人更加疏远。我确实理解久雄对他父亲的憎恨，确实非常理解。所谓政治，就是理解陌生人的憎恨的能力。在这个世界上，有千百万憎恨的齿轮在转动，政治则会利用这些齿轮，操控整个社会。如果要操控别人行动，憎恨的效果，远远比爱情之类的玩意强得多……举个例子好了。比如说，你看那些菊花，它们奢华的黄色花瓣层层叠叠，在微风中轻轻摇曳；你以为它们是园丁的呵护和关爱的结晶吗？如果你会这样想，你就不可能成为一个政治家。一个政治家会这样理解这些菊花：它们是园丁的憎恨之花。园丁对自己低廉工资的不满，导致了他对主人，也就是对我的憎恨——这种憎恨就连他自己也没有察觉，但它已经在潜意识里凝结起来，转化到这华丽的菊花上，让菊花绽放。所有养花人身上都带着复仇的气息。画家、作家、艺术家也是这样。他们所创造的，是用软弱无力之人的憎恨培养出来的大朵菊花。

飞　田　正如您所说的，老爷。

影　山　你读过末广铁肠[①]那本愚蠢的小说《雪中梅》吗？不，不，现在不是谈小说的时候。今晚所有的工作都已经准备就绪，万事俱备了，没错吧？

飞　田　我已经和久雄讲好了，不会有任何问题。王妃殿下一行会在今晚十点半出席鹿鸣馆的舞会，清原和他的人不希望他们的行动波及皇室成员，他们预计会在十点之前闯入。大约在那个时候，清原会把他的马车停在鹿鸣馆的围墙外面，将它作为指挥所，观察事态的发展。当清原手下的壮士闯入的时候，他的马车周围缺乏防备，久雄会在黑暗里袭击他。计划就是这样。

　　〔在飞田说上面这段话的时候，朝子想从树后走出，草乃试图阻止她，两人争执了一阵。最后，朝子走了出来，穿过架在溪流上的小桥，堂堂正正地站在她的丈夫面前。飞田的话音刚落……〕

朝　子　老爷，这个情报是错误的。今晚不会有壮士闯入。

---

① 末广铁肠（1849—1896），支持自由民权运动的日本评论家、政治家。《雪中梅》是一本政治小说，出版于1886年。

飞　田　哎呀，夫人。

影　山　（巧妙地掩饰了惊讶，彬彬有礼地）哎呀哎呀，来了
　　　　一位罕见的客人。

朝　子　是的，我一直在偷听。

影　山　这可真是稀奇。这么说来，你开始对政治感兴趣
　　　　了，是吗？如果是这样的话，我可以成为你在政治
　　　　方面的向导。

朝　子　但是，我刚刚听到的那种政治讨论，是最最卑劣
　　　　的。这可是我第一次听到政治讨论……

影　山　你说得对，说得对。纯粹是出于偶然，你最先看到
　　　　了政治的下水道。从现在开始，只要有机会，我就
　　　　会带你参观厨房、起居室和客房……话说回来，你
　　　　刚才带着极大的信心，向我们传达了非常值得一听
　　　　的情报。

朝　子　这个嘛，我不知道对您来说是否值得一听，老爷。

影　山　你不要取笑我。

朝　子　我说，今晚壮士闯入舞会的计划已经被放弃了。

影　山　是吗。我不知道这个消息是怎么来的，你有可靠的
　　　　根据吗？

朝　子　我不能把根据告诉您。但我可以为了我的话，向天
　　　　地间的所有神明起誓。今晚不会有壮士闯入。

影　山　向天地间所有的神明发誓——这可不像你会说的
　　　　话。你只向你自己发誓就好。你只向你那头乌黑油
　　　　亮的秀发发誓就好。

朝　子　现在，我想听一听关于政治的高尚而美丽的话语。

影　山　飞田，你可以走了。（飞田诚惶诚恐地鞠了一躬，从舞台左侧退场。同时，草乃走进了茶室的一个房间，退场）来吧，让我听听你的政治理论。然后，让我确切地了解一下，你那非常值得一听的消息究竟有什么根据。（他一边说，一边微笑）

朝　子　这可真让人惊讶。您像往常一样温和地微笑着，就好像在开什么玩笑。（妩媚地）您要记住，您心底里的极度可怕的秘密，刚刚被泄露给了偷听的妻子。

影　山　我是一个永远不会失态的人，这一点你应该早就知道。

朝　子　我知道。但我希望您的反应至少要像捉迷藏时被发现的孩子一样。

影　山　男人会为自己能够保持神色自若而自豪，但女人似乎不喜欢男人这样。

朝　子　我们女人觉得，一个平时不会惊惶失措的男人变得惊惶失措的时候，那才可爱呢……

影　山　但我知道，无论你掌握了什么秘密，你都会把它藏在你的"女人"这个手匣里，绝不会把它带到公共场所。我很乐意借此机会向你揭开所有的政治秘密。

朝　子　我很高兴您信任我。

影　山　所以，我可以认为你的偷听是单纯天真导致的吗？

朝　子　我早就已经过了单纯天真的年纪，但我不介意您这样想。

影　山　你一定是因为什么事生气了。在我和飞田的谈话里，有什么东西能让你生气？

朝　子　（为了防止丈夫进一步探究，竭力用开朗的语气说道）谈论杀人之类的话题，可能会吓到女人，但是不会让她生气。只有在爱情被人背叛，或者感到嫉妒的时候，女人才会生气。

影　山　你是说，就算你知道你丈夫是个杀人犯，也没什么好生气的？

朝　子　没错。

影　山　啊，你真是个心胸宽广的人，真是个善解人意的、宽容的人物。我倒是未必会说你是个温情脉脉的人，不过，大体来说，老好人和我的性格不合……好了，让我们进入正题吧。你说，今晚壮士的闯入已经被放弃了，这是从哪里听来的谣言？

朝　子　这不是谣言；这是事实。

影　山　一般来说，我们不会把尚未发生的事情称为事实。

朝　子　照您这么说，今晚壮士的闯入也只是谣言。

影　山　你问住我了……嗯……好吧，你说吧。你把你心里想的全都告诉我吧。

朝　子　只要您比较这两个谣言，然后比较把这两个谣言带给您的两个人，您就会发现哪一个人更加接近事实——其中一个人是飞田，另一个人是我。

影　山　我不是不相信你，但飞田是那个领域的专业人士，而你在那个领域里却完全业余。

朝　子　那么，您接受谁说的话——究竟是一个专业人士为
　　　　了他自己的利益，假模假式地对您说的话呢，还是
　　　　您的妻子——一个业余人士——向天地间的所有神
　　　　明起誓之后告诉您的话？

影　山　（沉思片刻）嗯……好吧。我相信你，不相信他。毕
　　　　竟，这是丈夫的责任啊……嗯，嗯，不过呢，这一
　　　　切都意味着你随随便便地抛弃了这么多年来的消极
　　　　态度，第一次给我提供了政治上的建议。我是不是
　　　　可以认为，从现在开始，你会在政治上和我合作？

朝　子　有很多人和您合作，不是吗？

影　山　你指的是谁？

朝　子　所有那些聚集在鹿鸣馆的美貌的贵妇人。

影　山　今天真是有太多稀奇的事了。你是说，你吃醋了？

朝　子　是啊，如果我说，我的嫉妒正在与日俱增，现在正
　　　　在谋划一些真的会让您感到不安的事情，您会怎
　　　　么做？

影　山　你不会是打算暗杀我吧？

朝　子　不，是特别好的事情、特别棒的事情。我正在谋划
　　　　一些真的会给您添很多麻烦的事情。

影　山　告诉我，告诉我。

朝　子　我今晚要参加鹿鸣馆的舞会。

影　山　咦？

朝　子　（站起身来，开始跳舞）我会穿上您为我定做的露肩

晚礼服，跳起您教给我的舞步，今晚让所有的人震
惊。就像这样，老爷，我会跳出精彩的华尔兹和波
尔卡，给那些傲慢的贵妇人一个教训，叫她们大吃
一惊。今晚在鹿鸣馆举行的舞会，不会是一场普通
的舞会，它会变成我当年在新桥进行的艺妓首演。
我可以跳舞。我也是可以跳舞的。您看，我跳得多
好啊。而且，在招呼绅士们的时候，我也比那些普
通的贵妇人更有经验，难道不是吗？

影　山　喂，喂，你别忘了，你现在也是一位出色的贵妇
　　　　人哪。

朝　子　可是，其他的贵妇人都干劲十足，想要为了日本啊
　　　　政治啊之类的理由，在鹿鸣馆抛头露面。与此同
　　　　时，我却只想在鹿鸣馆展示我的姿色。这个机会终
　　　　于来了。这么多年来，我一直假装羞怯，仅仅是为
　　　　了今晚。

影　山　哎呀哎呀，你可真是一个心思比我深得多的阴谋家
　　　　呀。那，壮士闯入的事呢……？

朝　子　我要去参加舞会。我不会允许任何一个壮士闯入
　　　　那里。

影　山　这就是你的根据？

朝　子　这是一个绝好的根据。

影　山　（苦笑）可以请你稍微讲一点逻辑吗？

朝　子　女人不需要逻辑这种东西。请您听好了。（用明确宣
　　　　告的语调说道）今晚我会去参加舞会。不会有任何

壮士闯入。万一有壮士闯入，我这辈子就再也不见您了。（二人相互睇视。久久的沉默）

影　山　我明白了……那，你想让我做什么？

朝　子　请您马上把那个叫久雄的学生从那个可怕的任务中解救出来，把他交给我监管。

影　山　如果真的像你说的那样，不会有壮士闯入，久雄今晚就没有什么事了。但是，那样的一个学生，又和你有什么关系呢……？

朝　子　大德寺侯爵夫人拜托我了。那个学生是她女儿的情人。

影　山　（沉默地思考片刻）好吧。我明白了。那，我就把他交给你监管，条件是，你说的得是真的，今晚不能有壮士闯入。

朝　子　太感谢您了。这样一来，一切都解决了……啊，多亏了您，这个天长节会在晴朗的小阳春里结束，什么事也不会发生，空气里静静地飘荡着菊花的芬芳。

影　山　是的……什么事也不会发生。

朝　子　我讨厌硝烟的气味。

影　山　这只是阅兵式上礼炮的烟。

朝　子　到了晚上，则会有烟花的烟……但愿所有为了今天准备的火药，都只为庆祝而爆炸！

影　山　（还在想着什么）那是肯定的。今天是个喜庆的日子。

朝　子　但愿今天所有的红色，都被用在国旗的旭日和宴会的红酒上！

影　山　（背过脸去）我也不喜欢鲜血的颜色。

朝　子　这明煦温和的阳光，对人类绝无虚假。

影　山　你放心吧。我应该选另外一个日子才是。在这样一个明亮、温暖的日子里，本来就不应该有任何事情发生。

　　　　[这时，一个女仆从舞台左侧跑了过来。]

女　仆　夫人，大德寺夫人来了，要见夫人。

朝　子　我明白了。请你让她等一下，我马上就到。

影　山　你去吧。我也马上过去。

朝　子　那，我就先告退了。

　　　　[朝子跟随女仆，从舞台左侧退场。和上面这段对话同时，草乃走出茶室，想要赶快跟在朝子后面，但朝子没有注意到她，径自离开了。影山站在舞台中央，挡住了草乃。她走到右边，他就走到右边；她走到左边，他就走到左边，每一次都挡住她的去路。每一次她都鞠躬行礼，试图离开，但都失败了。]

影　山　你对夫人很忠诚，是吧？……真是忠诚啊……夫人总是表扬你……真是忠诚啊……

　　　　[他突然紧紧地抱住她，开始猛烈地亲吻惊愕的草乃。]

草　乃　哎呀，老爷……老爷……

　　　　——幕落——

第三幕

［同一天，下午四时，日落之前。

鹿鸣馆的二楼。在舞台左侧，可以看到通往一楼的大楼梯左右两侧的栏杆。中央是一个通往阳台的出口，从阳台上可以直接下到前面的庭院。接近舞台右侧，靠墙摆着一张自助餐桌，上面摆满了饮料和开胃菜。舞台右侧有一个高大的入口，奢华的门帘被拉了起来，暗示它通往一个大舞厅。再右侧，就好像有一个旁门楼梯可以下到一楼一样。到处都摆着椅子。

当幕布升起时，中央的阳台门被打开，穿着露肩装的显子和穿着舞会服的久雄正倚在阳台的栏杆上。

天空中出现了晚霞。］

显　子　太阳落山了。

久　雄　真是美丽的晚霞，不是吗？日比谷的森林看起来就像着了大火一样。

显　子　为什么没有人想过在这晚霞之中跳舞？他们只在深夜跳舞，在人造的灯光下，在人造的音乐中，在人造的地板上……

久　雄　那肯定是因为，这晚霞是一种过于响亮、过于震耳欲聋的音乐。在这样的音乐中，脚会畏缩，无法跳舞；呼吸会变得困难，无法露出笑容。

显　子　你这么说，是因为你现在虽然看起来很痛苦，但你却很注意我的感受，不想让我担心。为什么你依然这么悲伤？我现在已经安心了，我可以舒畅地呼吸，舒畅得甚至让我想在这样的晚霞之中跳舞。而且，这身西服很适合你，真的很适合。这一切都多亏了影山阿姨。

久　雄　那位夫人命令我穿上这样的衣服，和你一起参加今晚的舞会。她还叫我绝对不要离开她的身边。我觉得她依然在担心——如果我离开她的视线片刻，我就可能做出什么事情。

显　子　听你的口气，你好像还有什么不满！阿姨难道不是拯救了我们的神仙吗？你答应放弃今晚的任务，一旦今晚过去，就和我一起去遥远的地方旅行，这些难道不是她用她的力量做到的吗？对不起，对我来说，这一切都太完美了，让我喜不自禁。但是，请不要再难过了，因为我觉得，我的喜悦、我的幸福，同时也就是你的幸福……你决定放弃任务，这真是太好了。不，我不会说这是为了我。这是因为，阿姨她巧妙地、真诚地用她所有的温柔劝阻了你，就好像她是你的母亲一样。

久　雄　（突然一惊）我母亲？……不，没那回事。只是，怎么说呢，她那毫无矫饰的人格使我折服了。

显　子　没错。面对阿姨，每个人都会屈服。虽然屈服了，却有一种愉快的感觉……

久　雄　是的。包括她的自私自利在内，一切都是那么令人愉快。

显　子　你又在说恩人的坏话了。真是个坏孩子!

久　雄　我都听她的话老老实实的了,作为补偿,让我说两
　　　　句坏话也无所谓吧?当我说她的坏话的时候,实际
　　　　上是在赞美她。她一直随心所欲地活着。而且,没
　　　　有人可以因为这个责备她。就假设她是一只小鸟好
　　　　了。突然,她张开漂亮的翅膀,从窗口飞到你的桌
　　　　子上,站在你的汤盘边缘,开始唱歌——每个人都
　　　　会陶醉于她的歌声,而不会责怪她的无礼。

显　子　没错,她真是这样的人。

久　雄　还是拿小鸟做比方……比如说,她下了一个蛋。她
　　　　是在别人的巢里下蛋的。这样一来,生出的雏鸟肯
　　　　定会被虐待着长大,但即便如此,她也没有任何责
　　　　任。为什么呢?因为就连这只雏鸟也会用她响彻森
　　　　林的歌声来安慰自己的心灵。然后,这只雏鸟也会
　　　　开始祈祷,希望她的歌声中没有悲伤的音符,希望
　　　　她的歌声永远是一首欢快的情歌,永远不会衰老。

显　子　听了你这些话,我都开始嫉妒阿姨了。

久　雄　说什么嫉妒……你对她还太不了解了。

显　子　真能说!你明明今天才第一次见到她……但我不能
　　　　说阿姨的坏话。无论如何,由于阿姨的缘故,你已
　　　　经从那个可怕的任务的世界回到了我们女人的温柔
　　　　的爱情的世界。(玩着男人的外衣上的纽扣)现在,
　　　　我要用一根看不见的线把这些纽扣一个一个地缝到

我的和服上。请你把我想象成那个在星空之下搭起的查里尼马戏团的大帐篷——那是我们第一次见面的地方，那帐篷的顶端是用一根看不见的线缝在星空里的，这就是为什么帐篷不会倒在地上……你胸前的这些纽扣就是星星，而我就是和它们缝在一起的帐篷，现在正被风吹得鼓鼓的……如果你离开了我的话，帐篷就会坍塌到地上……就会死亡。

久　雄　嗳，我是说假设……假设星空被云层遮挡，又该怎么办？

显　子　无论空中有多少阴云，无论我要做什么事情，我都一定会找到星星。

　　　　［久雄把显子抱在怀里，二人久久地接吻。］

　　　　［这时，传来了大德寺季子的声音，她正从舞台左侧的楼梯走上来。］

季　子　（只有声音）真棒啊，真棒啊！这一身太适合您啦！啊，请您就那么站在那儿！（走到楼梯顶端，登场，穿着露肩装。朝楼梯下面说道）对，就是那儿，在楼梯一半的地方，靠在栏杆上，抬头看我。哎呀，就像一幅画，朝子夫人，您就像一幅西洋画！

朝　子　（走到楼梯顶端，登场，穿着露肩装）穿着这种衣服爬楼梯太难了！不，不是因为我的脚被衣服缠住了。我一直都穿下摆拖地的和服，已经习惯脚被缠住了。穿着这一身爬楼梯，我觉得自己就像光着身子在爬楼梯一样。

季　子　您这话可真大胆啊。我就喜欢您这一点。真的喜
　　　　欢。但您也真是个坏人！直到今天为止，您一直说
　　　　您讨厌洋装、讨厌跳舞，把我们都给骗了。这身衣
　　　　服不是和您再合适不过了嘛。拜此所赐，在今晚的
　　　　舞会上，您会成为最受瞩目的焦点，而我们的形象
　　　　可就变得模模糊糊啦。虽说我们已经习惯了穿露肩
　　　　装，但我们经常把这副样子展示给人看，已经没法
　　　　像您一样，让所有的客人惊讶得目瞪口呆啦。

朝　子　显子小姐，你母亲太会奉承了，真叫我害臊。快来
　　　　救救我。

季　子　哎呀，你们已经来啦？

显　子　我们不是说好了吗，在舞会开场的四个小时之前到
　　　　这里来帮忙。

久　雄　如果有什么我能帮忙的，请您尽管说。

朝　子　谢谢你们。这是我第一次准备舞会，很多事情都不
　　　　明白。差不多所有事情都得请教你们。（拍拍手）好
　　　　了，请开始干活吧。

　　　　〔领班从舞台右侧登场，并未行礼，指示侍者们把菊
　　　　花盆栽和其他陈设搬进来。一个木匠及其他工人登
　　　　场，开始在柱子上挂上装饰、挂起万国旗、在舞台
　　　　右侧的墙上挂上紫色的帘幕（帘幕上染着白色的菊
　　　　纹①）。以上这些行动和接下来的对话同时进行。可

————————

① 菊纹，日本皇室的纹章。

以把梯凳、脚凳等工具搬到舞台上。]

季　子　你们两个人都应该好好地感谢朝子阿姨。一切都多
　　　　亏了阿姨。所有的麻烦都圆满地解决了，你们终于
　　　　得到了你们渴望的幸福。

朝　子　请不要谈论未来的事情。在彻底吃完一顿美餐之
　　　　前，请不要谈论它的味道。这两个年轻人的幸福，
　　　　您，季子的幸福，连带着我的幸福——这一切都建
　　　　立在人与人的信任之上。

季　子　如果一个人被您这样的人信任，他怎么可能不以同
　　　　样的信任回报呢？

朝　子　我并没有那么自负。但是，时间比人更加值得信
　　　　任，这倒是真的。无论是怎样互相信任的人……您
　　　　看，难道不是吗，季子夫人？必须经过漫长的时
　　　　间，人与人的信任才能加深。

久　雄　我们之间倒是的确有着漫长的、被遗忘的时间。

朝　子　我说的是未来的时间。年轻人不应该想着过去的时
　　　　间。（对挂帘幕的人）啊，你能把帘子稍微向右拉一
　　　　点吗？好的，让皇室的纹章清清楚楚地显露出来。

显　子　啊，但愿今晚的舞会能够尽早地、平安无事地
　　　　结束！

季　子　没关系的，显子，没关系的。即便我们会感到不
　　　　安，这不安也只不过是舞会开场前的心潮澎湃。每
　　　　一次舞会开场之前，我都会像一个小姑娘一样，心
　　　　怦怦地跳个不停。尤其是今晚，这是一场特殊的舞

会，因为朝子夫人会第一次在舞会上露面。我也绝对不能输给她。而且，这座鹿鸣馆，虽说是为了绚丽多彩的任务而建，不知道为什么，它却让人感到心里没着没落的。

朝　子　（命令搬运菊花盆栽的侍者）请把那盆菊花搬起来。对，我想在楼梯口再放一盆菊花。请你把那盆搬到楼下去……还有，领班（拍了拍手，呼唤领班），麻烦你叫他们把灯点起来。

〔侍者点燃煤气灯。天花板中央的枝形吊灯也被点亮。〕

久　雄　永远不会熄灭的灯火，难道不是很没意思吗？

季　子　你说话就像个老头子。

久　雄　但是，那些煤气灯里的火焰，每一秒、每一秒都在燃尽自己，不是吗？这火焰只不过是看起来连续不断，好像永远不会熄灭一样。

〔两组外国乐手走上楼梯登场，每人都拿着自己的乐器。一组是德国人，另一组是法国人。每一组的指挥都恭恭敬敬地亲吻朝子伸出的手，然后分别亲吻季子和显子的手。〕

朝　子　（叫来领班）现在正好。请你在大厅里给这些先生提供酒水，好让他们排练得更加舒适。另外，（对久雄和显子）我发现有件事可以请你们帮忙。你们能和这些先生一起选择今晚的音乐吗？华尔兹、波尔卡、玛祖卡，还有枪骑兵方块舞。

[这对年轻人答应了，和引领乐师的领班一起进入舞
台右侧的舞厅。]

我有点担心门口的装饰。（对季子）要不要跟我一
起去？您看到那把一坪半^①的大扇子了吗？它的扇
面上铺满了绿色的杉叶，还用白色的菊花摆出了
"Welcome"的字样。

季　子　不，还没有。

朝　子　那您应该看一看。我希望听听您的意见。（两人走下
楼梯）……对了，草乃到哪儿去了？她应该已经来
了……（二人退场）

[当她们离开时，影山伯爵从舞台右侧的旁门楼梯上
来，登场。草乃跟在他后面。忙于装饰陈设的侍者
们向他沉默地行礼。]

影　山　这可太让我意外了。朝子居然这么镇定沉着，就好
像是完全习惯了这种事似的。她是在哪儿练习的
呀？女人真是很会骗人。迄今为止都僵化地保守着
日本人品味的朝子，和今天晚上的朝子——哪一个
才是真正的她呢？我简直无法相信自己的眼睛。

草　乃　没有人能像夫人那样巧妙地、美丽地欺骗别人。
（说着，给影山搬了一把椅子。影山坐了下来）

影　山　（将手伸向后面，握住草乃的手）草乃……

草　乃　（急忙缩回了手）老爷，大家都在看呢。

————————————

① 约合 4.95 平方米。

影　山　你说的"大家"是谁？这里所有的人都是我的心
　　　　腹，哪怕是最低级的工匠，口风也是非常严的。对
　　　　不对，山本？（领班鞠躬）川田？（一个侍者鞠躬）
　　　　小西？（另一个侍者鞠躬）松井？（一个工匠鞠躬。
　　　　影山继续一个一个地呼唤舞台上的其他人，每一个
　　　　人都意味深长地向他鞠躬，然后才继续工作。这时，
　　　　从舞台右侧的舞厅传来了断断续续的音乐声，表明
　　　　乐手们已经开始排练了）……正好。在这断断续续
　　　　的排练声里，没人能听到你说什么。

草　乃　老爷，我可以认为您刚才的承诺是真的吗？

影　山　你知道这句俗话吧？"即使妖魔鬼怪，也会严守规
　　　　矩"①。我想，我已经向你展示了我的真心实意。我
　　　　说过，我会给你找一间合适的房子，我会为你的父
　　　　母和兄弟提供生活费，让你一辈子都舒适地度过。
　　　　除此之外，如果你还要什么，也可以告诉我。

草　乃　世间的大多数人都会觉得，躺在背叛的床上舒适地
　　　　度过余生，是一件危险的事，但我不这么认为。因
　　　　为我一直跟在夫人身边；我已经见识到了她舒舒服
　　　　服的生活。

影　山　你说的是清原的事；当你把这件事告诉我的时候，
　　　　我觉得，这是她能干出来的事。

草　乃　老爷，您一直在隐瞒您的嫉妒之心。

---

① 日本谚语"鬼神に横道なし"。

影　山　隐瞒我的情感，就是我生活的意义。

草　乃　（这时，一个工匠开始敲钉子，发出响亮的声音。草乃捂住耳朵）啊，这声音！这声音！这敲钉子的声音！不管我怎样努力模仿，我的背叛都没法像夫人的背叛那样镇定、那样若无其事。我毕竟生来就是一个诚实的仆人。如果要过着与背叛相称的人生，就必须拥有比忠臣更加高贵的血脉。

影　山　你应该很清楚，朝子是艺妓出身。你不能无休无止地想这些蠢事……好了，多亏了你，我基本了解了事情的来龙去脉，但有一件事，我还是不明白。为什么朝子那么卖力地袒护久雄？我倒是明白她为什么袒护清原，但为什么对久雄……？就因为大德寺的女儿喜欢久雄，她就对久雄那么热衷，这不是很奇怪吗？

草　乃　这个嘛，我不知道……这都是夫人的意思。

影　山　她爱上了那个年轻人吗？虽然还是个孩子，但他确实长着一张能吸引女人的脸。对男人来说，最关键的是力量，他没有力量，但是却能激起年纪足够大的女人的保护欲。像他那个年纪的男人的美，依然可以被"翻译"成一种女人的美。我记得我见过一个很受欢迎的艺妓，她长得很像他……（突然意识到了什么，用一种可怕的、威吓的语气说道）喂，草乃，你还有瞒着我的事情。

草　乃　（被影山盯着，不敢动弹）是的……那个学生是夫人的儿子。

影　山　父亲是谁?

草　乃　您可以猜到。

影　山　清原?

草　乃　……是。

影　山　（抑制着暴怒）我明白了……所以，她企图利用我——她的丈夫，拯救她所有的过去。

　　　　［这时，从舞台左侧的楼梯中段传来了说话声。］

朝　子　（只有声音）我已经能听到音乐了。您想去听听他们排练吗?

季　子　（只有声音）我想再休息一会儿。您先去吧。

草　乃　啊，夫人来了。我不能再留在这里了。回头见，老爷。（匆忙从舞台右侧退场）

朝　子　（登场）草乃在吗?

影　山　不，我还没看见她。

朝　子　（对领班）你看见草乃了吗?（领班恭敬地摇了摇头。她转向其他侍者）你呢?（他们也摇摇头）她怎么了? 没有她，办事很不方便。

影　山　像她那种在内宅侍候的女人，在这种地方派不上什么用场。

朝　子　哎呀，老爷，您已经喝酒了?

影　山　还没喝。为什么这么问?

朝　子　您平时的脸色看起来阴郁灰暗，但现在却满面红光，眼睛闪闪发亮。

影　山　这个嘛，可能是因为，现在，有生以来第一次，我要在情感的驱使下行动了。

朝　子　哎呀，真吓人！不过，我想，偶尔破个例，应该也是挺愉快的。

影　山　是的。见到一个不常见的自己，对我的身体也有好处。毕竟，我看到的自己，一年到头都像一幅裱在画框里的肖像画，没有移动半分的迹象。

朝　子　所以，那幅肖像现在要走出它的画框了。

影　山　是的。对此最为惊讶的，不是别人，恰恰是我自己。

朝　子　这真是个奇怪的日子，所有挂在墙上毫不挪动的画像，突然都动起来了。您看看我。这裙子下面滑稽的维尔图嘎丁（即裙撑——vertugadin）[①]，就像套着一个大吊钟似的。在穿着和服的时候，温柔的丝绸会一直贴在腿上，但今天我的腿却一直被不可信任的风吹着。

影　山　（冷冷地）但这看起来很适合你。非常适合你。无论你穿什么，即使这是你有生以来第一次参加舞会，你也没有丝毫改变。你也是一动不动的。你一直保持着你过去的样子。

朝　子　（第一次变得不安）这难道不是意味着，您动起来了，我却没有跟着您动？也就是说，您的意思是，

---

① 括号内为作者的原注。这个词是法语。

我今晚不能扮演女主人的角色，是吗？

影　山　完全不是。这绝对不是我的意思。你是女主人，所以你可以待在一个地方不动。而我呢，作为你可怜的丈夫，只能听从你的使唤，匆匆忙忙地到处乱窜。

朝　子　哎呀，我还是第一次听您这么说。我要是有什么过错，或者有什么多管闲事的地方，您现在能告诉我吗？如果客人来了之后才有人告诉我，那就太痛苦了。

影　山　你哪里有什么过错呢？哪里有什么多管闲事的地方呢？你在一切方面都这么细心。

朝　子　（不知所措，只好装出一副妩媚的样子）讨厌啦，老爷。我都打扮成这种丢脸的样子了，您还要取笑我，这不是让我更加难堪吗？您打算戏弄我，对不对？好吧，虽然很不愿意，我也会尽量表现得坦坦荡荡的。

影　山　真是不可思议呀。当我这么看着你的时候……

朝　子　咦？

影　山　你好像没有一丝一毫的负疚之心。

朝　子　您想说，我披着一张很好的画皮？

影　山　在这个世界上，没有比人类的信任更可怕的怪物了。

朝　子　您终于变回平时的样子了。

影　山　来吧，让我挽着你的手，用外国的方式。

　　　　〔他伸出他的手臂，朝子用她的手臂环住。恰在这时，一名摄影师从舞台右侧登场。]

摄影师 哎哟，机会正好。请允许我拍一张纪念照，可以吗？请保持这个姿势。不好意思，侍者们请回避一下。

朝　子 各位，请你们去装饰舞厅吧。这里已经可以了。

[除影山伯爵夫妇及摄影师外，其他人都进入舞台右侧的舞厅，退场。拍照完毕。这时，季子从舞台左侧的楼梯走上来，看着他们。]

摄影师 惶恐之至。后天一定把照片送到府上。

季　子 好棒啊。您二位站在一起，看起来真是太棒了。

影　山 啊，您好。（他向季子轻轻鞠了一躬；然后走到舞台右侧，不让朝子和季子听见，对摄影师说）去找飞田，叫他到这里来，不要被女士们发现，机灵地过来。（摄影师退场）

朝　子 （当影山走到舞台右侧时，她走到舞台左侧，对季子说话。她们的对话与影山前面的指示同时发生）麻烦您从现在开始一直陪着我。不知道为什么，我今晚不想跟我先生说一句话。

季　子 好了，咱们一起去舞厅吧。（两人向影山鞠躬致意，进入舞台右侧的舞厅。她们离开之后，飞田恰好从舞台右侧登场）

飞　田 （环顾四周）都还好吗，老爷？

影　山 嗯。她们刚刚离开。听着，我有件事想让你去做。

飞　田 您说，老爷。

影　山　今晚，那些壮士会闯进这里，清原会指挥他们。这是你给我的情报。

飞　田　没有比这更准确的情报了，老爷。

影　山　我知道。的确，你的情报是准确的。虽然准确，但情况已经发生了变化。他们已经放弃了今晚的闯入行动。所以清原也不会来了。

飞　田　这不可能，老爷。

影　山　既然我这么说了，就不会有错。情况已经改变了。我经常谈到政治的要诀，你知道这要诀是什么吗？

飞　田　啊？

影　山　政治的要诀就是——你听好了——在政治中没有真理。而且，政治知道它没有真理。因此，政治需要制造真理的赝品。

飞　田　……是。

影　山　今晚，你报告给我的情况不会发生。这种情况已经不存在了。但是，当某种情况不再存在的时候，我们必须亲手创造另外一种类似的情况。这就是所谓的政治。这就是政治的要诀。你明白吗？

飞　田　正如您所说的，老爷。

影　山　今晚必须有一场壮士的闯入。白头带必须在他们的脑后飘动。他们的白刃必须在华丽的枝形吊灯的灯光下闪烁。清原必须把他的马车停在围墙之外。马车必须蹲在初冬的星空下，就像一个阴谋的化身。我会创造历史。当今的政府会创造历史。没有人可

　　　　　　　以改变这个历史……那么，飞田，你应该做什么？

飞　田　　无论如何，今晚必须要让壮士闯入，让清原来这
　　　　　里，对吗，老爷？

影　山　　对。

飞　田　　您有办法让清原来这里，对吗，老爷？

影　山　　（微笑）对。

飞　田　　我只对那些壮士的部分负责，对吗，老爷？

影　山　　没错。

飞　田　　交给我吧，老爷。白头带和白襻①马上就能安排好。
　　　　　日本刀早就准备了一大堆。至于关键的演员，有很
　　　　　多年轻人在我的宅子里瞎混……那么，应该有多少
　　　　　人，老爷？

影　山　　大约二十个，应该就足够了。

飞　田　　时间还是和以前一样？

影　山　　可以。别担心负责保安的警察，我会给他们指示。
　　　　　他们会适当地进行一些抵抗，但肯定会让这些人通
　　　　　过——让我们亲爱的自由党的热血青年们通过。

飞　田　　完全明白。

影　山　　但是，你听好了。鹿鸣馆的大门之内绝对不能见
　　　　　血。血必须洒在大门之外——黑暗的围墙之外，在
　　　　　十一月的黑夜里。必须秘密地洒。

飞　田　　跟女人上床，或者见血，都最好在黑暗中进行。

---

① 襻，用来系住和服长袖的布带。白襻和白头带一样，都是所谓"必死决
心"的象征。

影 山 你可以走了。你一旦开始谈论血，就停不下来了。去吧，尽快开始准备。

飞 田 遵命，老爷。

[飞田想从舞台右侧离开，却撞上了先前从舞台右侧登场，一直静静站着的草乃。飞田退场。]

草 乃 （依然留在她所在的位置，在舞台右侧）老爷，您对我有什么吩咐？对我这个女密探有什么吩咐？

[他们接下来的对话，是在二人都不看对方的情况下进行的。草乃一直面对观众，影山则来回踱步。]

影 山 接下来，你在我告诉你的时间去找清原。

草 乃 去找清原？

影 山 对。清原相信你，因为你今天早上已经去找过他了。你再次作为朝子的信使去他那里。就坐你今天早上坐过的那辆人力车。

草 乃 我要去做什么，老爷？

影 山 听好了，你还是作为朝子的贴身女仆前往。飞田的寄宿学生扮演的假壮士会在十点左右闯入，但你要假装他们是在九点半左右闯入的。你控制好时间，去清原那里，把消息告诉他。这样一来，清原就会正好在十点过一点的时候到达门外。你要对清原这么说："你的壮士们违背你的命令闯了进来。夫人正在大发雷霆。你必须马上过来阻止他们。"

草 乃 "你的壮士们违背你的命令闯了进来。夫人正在大发雷霆。你必须马上过来阻止他们。"

影　山　对。至于清原在那段时间的行踪，你不必担心，我
　　　　会让人查清楚。你唯一要做的，就是装出非常紧张
　　　　的样子，仿佛是急急忙忙赶过去找他的。

草　乃　我明白了。（登场之后第一次瞥向影山）老爷……

影　山　什么事？

草　乃　现在的我，依然漂亮吗？

影　山　嗯，什么？……你？漂亮啊，非常漂亮。（说着，他
　　　　苦笑着走过去，要把手搭在草乃的肩膀上。草乃躲
　　　　开了，匆忙地消失在舞台右侧的黑暗中。影山仍然
　　　　站在原地，思考着什么）

　　　　［与此同时，久雄和显子手拉着手，从舞台右侧的舞
　　　　厅走了出来。］

显　子　还有时间，要不要去散散步？

久　雄　外面很冷。你漂亮的肩膀露在外面，会感冒的。

显　子　我觉得肩膀上很热。披肩对我来说太热了。

久　雄　（看向外面）虽然已经是黄昏了，掉了叶子的树
　　　　梢——只有这些树梢——还依然明亮。接下来，这
　　　　些树就要迎来一年中最为明亮的时候——尽管地面
　　　　已经被落叶覆盖，黑暗一片。

显　子　那些树为什么这么早就落叶了呢。它们明明没有必
　　　　要急着落叶，不是吗？

久　雄　也许它们想快点变得明亮，变得神清气爽。

显　子　我好不容易才高兴起来，心里雀跃不已，可你的话
　　　　却给我兜头泼了一盆冷水。恋人之间不应该这么

说话。

久　雄　难道你想从我这里得到虚假的愉快吗？

显　子　不，是我错了。只要你遵照自己的感觉行事，我
　　　　就很高兴了。我迟早会看到你真正开朗活泼的脸
　　　　庞——在我们明天出发去旅行之后，在我们要去的
　　　　某个遥远的地方。

久　雄　明天出发去旅行……你母亲也是这么说的，对吧？
　　　　我们要坐早上八点四十五分从新桥出发的火车去横
　　　　滨，然后在横滨等上两三天。在这期间，你母亲会
　　　　四处奔走，为我们弄到去美国的，或者途经香港去
　　　　欧洲的邮轮船票，把船票交给我们。

显　子　我们要在某个陌生的外国度过一段时间，直到我父
　　　　亲允许我们结婚。

久　雄　曾经有一段时间，我一直想着要出去旅行。

显　子　现在你不再想去旅行了吗？

久　雄　是啊。我想象中的旅行渐渐地变得愈发美丽，愈发
　　　　不切实际。换句话说，它变成了不需要火车和轮船
　　　　的旅行。有一次，置身在这个充满了虚假的国家之
　　　　中，我的心中浮现出了大海对面的一个国家。那里
　　　　和平有序，永远充满了光润的水果，太阳总是把它
　　　　照耀得闪闪发光。在这一刻，火车和轮船都显得太
　　　　慢了，让我十分气恼。当这样的国家从我心里浮现
　　　　出来的时候——就在那一瞬间——我必须马上置身
　　　　于那个国家。在那一瞬间之后，我幻想出来的水果

　　　　　的香气必须马上变成现实里的香气，我做梦梦到的
　　　　　阳光必须马上倾泻在我的头上……否则的话，就太
　　　　　迟了。

显　子　外面既没有水果的芬芳，也没有阳光的照耀。那里
　　　　　只有马车的停车场，上面铺满了白色的砾石；焰火
　　　　　表演还没有开始。我从来没有想过，舞会前的黄昏
　　　　　会是如此寂静……但是，你难道不觉得，如果我们
　　　　　走在那条被寒风吹拂的砾石道路上，只有我们的周
　　　　　围会有阳光洒下，只有我们的身上会飘着一缕果香
　　　　　吗？来吧，咱们出去散散步吧。

　　　　　〔她准备打开阳台的门。久雄还在犹豫。〕

久　雄　……嗯。

影　山　（走出来，叫住了他）久雄君。

久　雄　（转过身来，很惊讶）啊？

影　山　我要和你谈谈。晚一点再去散步吧。

显　子　（没有理影山）来，咱们出去散散步吧。

影　山　我要和他谈谈。

显　子　（对久雄）以后再说吧。

影　山　如果你愿意的话，小姐，你可以自己出去散步。

显　子　哎呀……

影　山　久雄君，你对女士可真是彬彬有礼呀。人家赏给你
　　　　　的这件衣服也很合你的身。你是一个可以扮演任何
　　　　　角色的人。

久　雄　（生气地）这就是您想跟我谈的事吗？

影　山　不，我只是多少有点遗憾。我曾经觉得，你比那种
　　　　追在女人屁股后面的男人要好上一点点。

久　雄　非常抱歉，让您看走眼了。

影　山　你照照镜子吧，好好看看你那张变得这么松懈、这
　　　　么懦弱的脸。好好看看一个吓得要死的年轻人的脸
　　　　是什么样子的。你是绝不会对自己现在映照在镜子
　　　　里的脸感到满意的。

显　子　我非常了解他的脸。请您把判断男人的脸的工作留
　　　　给女人。如果他在我眼里不显得英勇帅气，我根本
　　　　就不会和他交往。

久　雄　显子……

影　山　你曾经见过一个幻影，现在正通过这个幻影看着
　　　　他。没错，直到今天早上，久雄君还是很英勇帅气
　　　　的。我甚至可以说，他身上有一种高贵的气氛。憎
　　　　恨使他紧张；清晨的冰霜使他紧绷。可那冰霜已经
　　　　融化了。小姐，直到今天早上，你的男朋友还是一
　　　　个男子汉大丈夫，但是现在，他已经变成了一个女
　　　　人。你爱上了一个女人。

久　雄　（抑制着愤怒）我是深思熟虑之后才这样做的。无论
　　　　您说什么，我都不会介意。

影　山　但是，你的表情却完全没有显得不介意。从你的眼
　　　　神里，我可以看出，你至少还保留着发怒的骨气。
　　　　虽然你既没有勇气也没有胆量，但你依然勉强保留
　　　　了一些愤怒的余烬，让你可以生起火焰。你最好珍

惜它。有朝一日，它可能会对你有用……当你和这位小姐强扭在一起的关系出现龟裂，当你发现女人究竟是什么样子的时候，它就会对你有用了。

显　子　哎呀！（捂着脸，哭了出来）

久　雄　您侮辱我无所谓，但您为什么要侮辱显子？

影　山　我的确说得太过分了。请原谅，小姐。另外，我也完全没有侮辱久雄君你的意思。听好了，年轻人是很可怜的。他们在火热的行动和灰暗的消沉之间来回摇摆，对两者都不满意。他们先是觉得自己什么都做得到，然后又觉得自己什么都做不到。与此同时，说到吃好睡好，他们倒是非常擅长。在这一天内，你把自己从一个极端扭转到另一个极端，并且没有察觉到其中的矛盾。

久　雄　这并不矛盾。

影　山　察觉不到自己的矛盾，也是年轻人的一个重要特点。你想一想，由于某个人的甜言蜜语，你已经认定今晚不会有壮士闯入。因此，你还认定，你要杀的那个人也不会出现。

久　雄　这不是认定，是信任。一个值得信任的人对我说出了值得信任的证词。

影　山　信任？哼。我没想到会从你的嘴里听到这样的话。你不是号称不信任任何事物吗？那么，让我问问你。你可以相信一个值得信任的人的值得信任的证词，可那份证词的来源是什么呢？那个人不会出现

　　　　　的证词，只能由那个人自己做出。你相信你要杀的
　　　　　那个人吗？

久　雄　很遗憾，我不相信他。

影　山　他是一个杰出的、高尚的人物吗？

久　雄　既不杰出也不高尚。（情绪激动地）您应该也明白，
　　　　　这就是为什么我想杀了他。

影　山　如果是这样的话，为什么你如此轻率地相信，那个
　　　　　人今晚不会出现？

久　雄　（无言以对）……

影　山　嗯？为什么你只对这件事抱以这么大的信任？

久　雄　（激动地）您想让人的信任白白地遭到背叛。

影　山　你的话越来越奇怪了。你说，从一开始你就不信任
　　　　　任何事物，可你现在却谈起信任和背叛来了。这到
　　　　　底是怎么回事啊？

显　子　（紧紧地拽住影山）求您了，不要这样折磨他！

影　山　我不是在折磨他。我只是在问一些符合逻辑的问
　　　　　题，好把你的男朋友从悲惨的逻辑混乱中拯救出
　　　　　来，让他的行为更加符合逻辑。喂，久雄君，难道
　　　　　不是吗？——你强迫自己相信那个人今晚不会出
　　　　　现，因为懦弱已经征服了你的头脑。我的证据就
　　　　　是，你现在正在心里祈祷："但愿他今晚不会出现！
　　　　　但愿一切都平安无事，轻松干净地结束这一天！"

久　雄　（突然地）我不是懦夫！

影　山　没错，没错，我就是想听你说出这句话。我对你刮

目相看了。你这个年轻人，毕竟还是有一些优点的。（从内侧的口袋里掏出一把手枪）拿着，你最好带上这个。

显　子　（阻止久雄接受）不，你不能接受这种东西。

影　山　小姐，请闭上你的嘴，让他接受。在现在这种情况下，没有什么比女人的干涉更能伤害男人的自尊心的了。

久　雄　（自言自语）万一，他……

影　山　万一？是啊，他毕竟还是有"万一"的可能出现的。无论如何，你都没有理由相信他。你现在的怀疑终于符合逻辑了。你成为一个遵循理性行动的人了。拿好了，这把手枪就是证明。

　　　　[久雄怔怔地接过手枪。]

显　子　久雄，你不可以，不可以做这种危险的事情。

影　山　别担心，这只不过是让他的思想符合逻辑罢了。这把手枪只不过是一个工具，可以拯救他脱离逻辑混乱，回归理性。小姐，我告诉你一件事吧——武器是赋予男人逻辑的最有力的工具。仅此而已。

久　雄　（把手枪放进内侧的口袋）别担心，显子。多亏了这把手枪，我才能感到内心的安宁。

　　　　[这时，从舞台左侧的楼梯那里传来了嘈杂声。宫村陆军大将夫人则子和坂崎男爵夫人定子登场，两人都穿着露肩装。她们热情而充满活力地向影山问好。]

则　子　您已经来啦。您夫人穿洋装的样子真是太漂亮了，您现在肯定心潮澎湃吧。

定　子　朝子夫人要在今晚的舞会上穿着露肩装现身，这件事已经传得到处都知道了。我们俩无论如何都想尽早见一见她，所以就赶在我们的先生之前来了。

影　山　她正和大德寺夫人一起，在舞厅里。

则　子　（对定子）咱们快点进去吧。咱们得赶在全东京的所有人前头，看一看她穿露肩装的样子。这肯定是个特别棒的八卦话题。

　　　　　[她们二人匆匆走入舞厅，从舞台右侧暂时离场。传来了她们惊喜的叫声。华尔兹的排练开始了。影山、久雄和显子默默地站着。稍后，则子、定子和季子喧闹着，簇拥着朝子走了进来。]

定　子　多棒呀！多美呀！

则　子　和您穿着和服的样子相比，现在的您简直年轻了十岁。

定　子　这一身可真适合您。您看起来就好像这辈子都没有穿过其他衣服，一直在穿洋装。

季　子　您可太狡猾啦，不是吗？您是第一次穿洋装，可您看起来比我们这些穿惯了的人漂亮得多。

则　子　您先生肯定特别自豪。（对影山）您从来没有像今晚一样期待舞会开场，没错吧？

定　子　您穿上这条裙子之后，裙子就像瀑布的水流一样，沿着您身体的曲线滑了下来。真是太羡慕您啦。在

　　我这里，瀑布虽然也是瀑布，可在途中就被石头挡
　　住了。

朝　子　请您不要表现得像是看到了什么特别罕见的东西一
　　样。我会觉得自己是一只从天竺远渡重洋而来的奇
　　特动物。

影　山　（开朗地）既然大家都到齐了，就当是预祝舞会成
　　功，咱们先干一杯吧。（拍拍手）把红酒倒在酒杯
　　里，端上来！

　　［华尔兹继续。一个端着托盘的侍者从舞厅走进来，
　　托盘上摆满了红酒杯。所有人各自拿了一个酒杯。
　　要举杯的时候，朝子不小心把酒杯掉在了地上。］

影　山　哎呀。你很紧张，这可不像你。

朝　子　幸好，这只是一个酒杯。

　　［侍者迅速递上替换的酒杯，朝子接过酒杯。］
　　打坏了还可以换。

影　山　有些东西打坏了就不能换了。

季　子　（对影山）请您说一句干杯的祝词吧。

影　山　今天毕竟是天长节，咱们要不要说"祝圣上万寿
　　无疆"？

季　子　从您的嘴里说出来，听上去总有一种不敬的感觉。

影　山　好吧，那么……就这样吧，什么也不为……干杯！

　　［所有人一起举杯。］

　　——幕落——

第四幕

[当天晚上九时过后。舞台布景与第三幕相同。各种
装饰已完全到位，众多来客嘈杂不已，侍者们在客
人中间穿梭不停。

影山伯爵夫妇站在舞台左侧的楼梯顶端迎接客
人。舞台前方站着坂崎男爵夫妇，以及身着军装、
胸前挂满勋章的宫村陆军大将及其夫人，他们每人
都拿着一个酒杯。大将留着漂亮的德皇式胡子①。]

宫　村　哎呀哎呀，对军人来说，这样的地方可真是不适应
　　　　啊。而且，话说回来，军人也绝对不能适应这样
　　　　的地方；能够感受到在战场上驰骋的喜悦的人，在
　　　　这种柔弱的女人们的聚会上，是不可能感到高兴
　　　　的。（说这段话的时候，他一直盯着客人中的一位
　　　　女士）……人类的注意力可没那么灵活，既然关注
　　　　了这件事，就不能随随便便地再去关注那件事。侍
　　　　者，再给我一杯。（命令侍者再给一杯酒，向他盯
　　　　着的那位女士问道）不好意思，女士，您喝的那杯
　　　　漂亮的酒是什么？不，我只是想问问酒的名字。侍
　　　　者，给我一杯一样的。

则　子　您好像无聊得要死，真可怜。

　　　　[说罢，她继续与定子聊天。]

宫　村　不，这已经超出了无聊的范畴。只有刀剑和骏马，

---

① 指犹如德皇威廉二世般的胡子。胡须呈钩状，从唇边上挑至两侧的耳边。

以及飞扬的尘土，才对我的胃口。（又把注意力转向
另一位女士）不好意思，女士，您的扇子是在哪儿
买的？不，我只是想问问。我想给我老婆买把一样
的。（开始和那位女士聊天）

坂　崎　（试图加入他妻子和则子之间的对话）那个，我说，
　　　　这个问题是……

定　子　您有什么事吗？

坂　崎　没、没有。（灰溜溜地不敢出声）

　　　　［定子继续和则子聊天。她们的语速很快。］

坂　崎　所以，我说啊，我以前就说过。这个呢，实际上……

定　子　您有什么事吗？

坂　崎　没、没有。（灰溜溜地不敢出声）

　　　　［这时，从舞台左侧的楼梯处传来了清晰响亮的
　　　　声音。］

声　音　首相伊藤博文阁下夫妇。

　　　　［伊藤夫妇登场。伊藤和影山握手，然后亲吻影山夫
　　　　人的手，亲吻了很久。］

伊　藤　舞会这种活动可真好啊，不是吗？我们计划明年年
　　　　初自己也办一个，是化装舞会。这是我妻子想到的
　　　　点子。对吧，梅子？

梅　子　我们希望二位都能赏光。

影　山　非常感谢。舞厅在那边，请。

　　　　［伊藤夫妇从容不迫地向客人们问好，然后走进
　　　　舞厅。］

影　山　从横滨来的专列应该在九点到达新桥，没错吧？

朝　子　大部分外国客人都会坐那趟车来。

影　山　他们也该到了。

声　音　英国水师副提督汉密尔顿阁下及随行军官一行。

朝　子　看啊，第一批已经到了。

　　　　［副提督和每个军官都与影山握手，亲吻朝子的手，
　　　　然后进入舞台右侧的舞厅。］

声　音　陆军大臣大山岩阁下夫妇。

　　　　［身着军服的大山走上楼梯，直截了当地问候影山和
　　　　朝子，然后撞到了宫村。］

大　山　嘿，宫村，这个地方跟你真不搭呀。

宫　村　跳舞跟你也很不搭呀。

大　山　嗨，在我们家，妇唱夫随是规矩。我老婆正在家里
　　　　学跳舞呢。（和这段对话同时，宫村夫人和大山夫人
　　　　正在聊天。大山压低了声音）……不过呀，我说，影
　　　　山夫人居然这么漂亮，真是百闻不如一见。要是伊
　　　　藤大人注意上了她，就该有麻烦了。

宫　村　伊藤大人很精明。他几分钟前跟她打招呼的时候没
　　　　有表现出来，但他的目的肯定是要和她跳舞。

　　　　［大山夫妇及宫村夫妇进入舞厅。］

声　音　清国大使陈阁下一行。

　　　　［大使及其随行人员登场。他们每个人都穿着中式服
　　　　装，上面有奢华的金色和银色刺绣，留着下垂的唇
　　　　须和辫子。他们以中式礼仪问候影山夫妇，然后进

　　　　　　入舞厅。]

　　　　　　[突然，音乐声（四对舞舞曲）开始，掌声响起。]

影　山　开始跳舞了。

朝　子　我们也得过去一起跳。

　　　　　　[之后，一大群人（几对外国夫妇和日本夫妇）走上
　　　　　　楼梯登场，一边和影山夫妇打招呼，一边同他们一
　　　　　　起走进舞厅。舞台上暂时空无一人。不久，在四对
　　　　　　舞舞曲的旋律中，一队跳舞的人从舞台右侧登场，
　　　　　　其中包括大德寺季子、显子和久雄。这些人暂时留
　　　　　　在舞台上，一对接一对地旋转，然后又消失在舞台
　　　　　　右侧，舞台上再次空无一人。音乐一直持续——领
　　　　　　班慌慌张张地走上舞台左侧的楼梯，他的头发被弄
　　　　　　乱了。他转过身，朝下看了看，然后跑进舞台右侧
　　　　　　的舞厅。少顷，他带着朝子转了回来。影山悄悄地
　　　　　　跟着他们。他们在舞厅的入口处停下。]

朝　子　你说什么？壮士们……马上就上楼来了？不，这不
　　　　　　可能，这绝对不可能。

领　班　一楼的人现在正到处逃来逃去。那些人正挥舞着出
　　　　　　鞘的日本刀，大笑着吓唬人。他们正在毁坏一楼的
　　　　　　装饰。

朝　子　这不可能，这不可能。

领　班　当您这么说的时候，他们已经往二楼来了。

　　　　　　[从舞台左侧的楼梯底部传来人们奔跑的脚步声，以
　　　　　　及尖叫声和笑声。]

朝　子　（坚决地）把这件事交给我。不要让客人察觉。这是
　　　　你的责任。告诉侍者，不要让客人走出舞厅，他们
　　　　必须留在舞厅里。你明白吗？（又传来尖叫声和野
　　　　蛮的笑声）

领　班　是，遵命。

　　　　［领班要进入舞台右侧的舞厅，但是又停了下来，似
　　　　乎想询问影山的意见。影山用眼神斥责他，把他赶
　　　　走。领班刚一离开，久雄、季子和显子就走了进来。
　　　　朝子坚定地走到舞台左侧的楼梯顶端。久雄、季子
　　　　和显子一起望着她。楼梯上传来了人们上楼的脚步
　　　　声，以及喧哗声。］

朝　子　（站在楼梯的顶端，俯视下方）你们不可以上来。你
　　　　们不可以再往上走一步。

　　　　［影山在舞台右侧的旁门楼梯处发出信号，呼唤
　　　　飞田。飞田登场，和影山一起伫立在舞台左侧的
　　　　尽头。］

朝　子　你们这是什么打扮？你们以为我怕你们吗？我不怕
　　　　你们亮出的刀。退后！还不快退后！

久　雄　（激动地）他终究还是背叛了我。这终究还是一个谎
　　　　言。他不仅背叛了我，还背叛了我母亲。好吧！我
　　　　要让他知道我的厉害！

显　子　久雄！久雄！

久　雄　卑鄙小人！让你看看我能干出什么！

　　　　［他挣开两个女人，打开阳台的门，跑到外面，离开

　　　　　　　了。显子紧紧抱住季子，浑身发抖。]

朝　子　你们无论如何都要上来吗？好啊，那你们就先杀了
　　　　我吧！快点杀了我呀！

影　山　（小声对飞田说）你还愣着干什么，快让他们撤走！
　　　　（飞田恭敬地鞠了一躬，连忙从旁门楼梯离开）

朝　子　没骨气的胆小鬼！你们挥舞着出鞘的刀，却连一个
　　　　女人都杀不了？来呀，你们要是真的想上来，就快
　　　　点杀了我吧！还不快上来，用刀砍死我！

　　　　[她话音刚落，楼梯下的动静，就好像是下面那些亮
　　　　出刀剑的人撤走了一样。终于，朝子转过身来，向
　　　　舞台右侧走去。影山、季子和显子赶紧跑去迎她。
　　　　朝子紧紧地抱着影山。]

朝　子　（几乎倒下）他们终于撤退了……终于离开了。

季　子　您真了不起。您太了不起了。您赌上自己的性命，
　　　　保护了这场舞会。

影　山　朝子，承诺终究还是没有兑现。

朝　子　就像你说的那样。一切都像你说的那样。（突然察觉
　　　　到了什么）久雄呢？久雄在哪里？（季子和显子低
　　　　下了头）久雄呢？嗳？久雄在哪里？

　　　　[这时，外面传来两声枪响。]

朝　子　啊！（倒在影山的怀里）

　　　　[再次高奏起四对舞舞曲的旋律。尽管侍者试图阻止
　　　　他们，但跳舞的人们还是从舞台右侧进入，遍布整
　　　　个舞台，跳舞，然后像退潮一样从舞台右侧离开，

舞台上只留下影山夫妇和季子母女。这时，阳台上
出现了一个人影。]

朝　子　久雄！你……

[然而，出现的却是清原。他身着双排扣大礼服，胸
前的扣眼里插着第二幕的那朵菊花。他的脸上挂着
意志彻底衰颓的表情。他走上舞台，呆呆地站着。
另外四人全都大吃一惊。]

朝　子　你还活着。（她表现出一瞬间的喜悦，但马上又被不
安攫住）久雄他怎么了？

清　原　久雄……已经死了。

显　子　啊！（她把脸埋在季子的胸前，哭了起来）

朝　子　（激动地）我没想到你是这样的人。你违背了你的承
诺。你这个卑鄙无耻的小人。因为你，久雄死了。
你背叛了我和久雄——我们母子二人，竟然还厚颜
无耻地活着。

季　子　哎呀！所以，久雄是您的……

朝　子　你从一开始就打算欺骗我。你做出了一个你不打算
遵守的承诺。过了二十年我才看清，你原来是一个
不值得爱的人。你是一个尘埃、垃圾一般的人。一
个无耻小人。这个勋章对你并不合适。（她从他的扣
眼里夺走菊花，把它扔到地上，践踏它）就应该这
样。（她又捡起菊花）现在，它才合适。这朵被践踏
的、盖满污泥的菊花，才是你的勋章。来吧，拿着
它走吧。愿你长寿，一直厚颜无耻地活着。我一辈

子也不会再见你了。

[清原从朝子手中接过菊花，放进口袋。音乐暂停，进入休息时间，两三个客人一个跟着一个走出舞厅。影山向侍者下了个命令，侍者巧妙地引导客人们退场。飞田从舞台右侧的旁门楼梯处现身，站在影山身边。]

清　原　请让我把想说的话说完。当时，我正准备从马车上下来，有人躲在暗处向我开枪。子弹打偏了，打到了我马车的顶棚上。我立刻用防身用的手枪朝那人开枪。子弹似乎打到了他的致命处，那人倒下了。在路灯下，我才看清了他的脸。那是久雄。

飞　田　（亢奋地）您当初把这个任务交给我就好了！交给我就好了！

[飞田掏出一把手枪，瞄准了清原。影山挥手拦住他，让他把手枪收起来。]

清　原　（又从口袋里拿出菊花，把玩着）……久雄在我怀里咽下了最后一口气。当我看到他的表情的时候，我产生了一种直觉。我明白了一切。你明白吗？久雄并不想杀死我。相反，他想被我杀死。这是他的报复。

朝　子　咦？

清　原　在那么近的距离，瞄准我的子弹是不可能那么偏的，你明白吗？他故意射偏，好让自己被我杀死——被他所憎恨的父亲杀死，被他那个怯懦的、终究没有回报他的爱的父亲杀死……我明白了——因为他没有从我这里得到过任何来自父亲的东西，他想在人生的最后，得到来自父亲的手枪的子弹。他的计划，是要让我的余生一直活在后悔之中；他的企图，是要让我日日夜夜都无法将他忘记。

飞　田　（低声说道）老爷，您看错了那个孩子。

影　山　（低声说道）是的。我看错了他。

朝　子　这么说，久雄他……

清　原　影山君，你出色地杀死了你的政敌，比你想象的更加出色。我现在已经完了。我的理想，我所梦想的政治，全都完了。除非有哪个好心人杀了我，否则我会继续空虚地活着，但是，事实上，已经不能用活着来形容我了。我已经被杀死了，杀死我的，是比手枪子弹厉害得多的东西。我再也不会妨碍你了。理想已经失败了。政治已经失败了。久雄忠实地执行了你的命令，比你想象的更加忠实。你应该给他建一个坟墓……朝子，虽然我失败了，但你的先生想必会继续成功吧；只要太阳每天早晨还从东方升起，这就是确凿无疑的。但是，有一件事，我必须向你说清楚。

朝　子　我刚才好像是弄错了，对你说了一些很难听的话。当我应该握着你的手和你一起悲叹的时候，我却好像辱骂了你。不知道为什么，我……

清　原　不用说了。但是，有一件事，我必须说清楚。在这里出现的那些壮士，并不是我的人。

朝　子　咦？

清　原　闯进这里的那些壮士，并不是自由党的残余分子。他们是假的。你先生让一些年轻人伪装成我的人，好把我引出来。

朝　子　（第一次转向她的丈夫）这么说来，是您……！

清　原　我只是想让你知道这一点。我是一个信守承诺的人。再见吧。我再也不会出现在你面前了。

朝　子　请等一下！

显　子　妈妈，我已经没有活下去的力气了。

季　子　显子……显子……

朝　子　请等一下！

　　　　[清原走下舞台左侧的楼梯，退场。与此同时，飞田也意味深长地从舞台右侧的旁门楼梯退场。]

朝　子　（坚定地对显子说）显子，你不能说这种软弱的话。不管发生了什么，你都必须活下去。让我说句狠话吧，久雄并没有为你而死。所以，即使你追随他而死，也毫无意义。难道不是吗，季子？

季　子　您说得没错。对显子来说，这些话真是最好的良药。（瞥了一眼影山，对朝子说）我明白您的感受。毕竟，都是因为我的请求，事情才会变成这样。

朝　子　您不要这么说。

季　子　如果您下定了决心，随时都可以到我家来，把我家当成您的家。继续留在影山家，只会让您变得更加不幸。

朝　子　非常感谢您。请多多保重。

季　子　您才是，请您一定要坚强。我们现在要去看望一下久雄的遗体。(扶着她的女儿，从舞台右侧的旁门楼梯退场)

［影山夫妇峻烈地睨视着对方，暂时沉默。少顷。］

朝　子　(平静的语气) 我好好地思考了您的所作所为。政治……政治……政治……对您来说，一切都只不过是政治。所以，我不想责备您。

影　山　你说，政治、政治、政治？但是，假如我向你明确地断言，这件事关乎爱情，你会怎么做？难道不能说，这件事是由爱情引起的吗？……我……产生了嫉妒。

朝　子　(轻蔑地) 您这个人……！

影　山　好了，听我说。我嫉妒你和清原之间的那种难以形容的信任。我嫉妒那种透明的、不允许他人介入的、不言自知的信任。尽管你们分开了这么长时间，但你和清原却可以信任对方。我们之间存在那种信任吗？哪怕是一丁点？

朝　子　没有。但是，这是因为您不喜欢这种东西，所以我就顺着您来了。

影　山　真是荒谬透顶。人类不可能像你和清原那样无条件地做出承诺、无条件地信任对方。那是不可能的。这种事情不应该存在于人类的世界之中。

朝　子　您想说的，是政治的世界吧？

影　山　不，是我心目中的人类世界。即便如此，我还是对那不应该存在的东西产生了嫉妒。这也太有人性了，不是吗？你和清原像魔术师一样，用透明的丝线编织了一块不可思议的衣料。你披上了它。然后，通过它的魔力，人类世界的冰冷法则被隐藏起来，一个新的世界豁然洞开——那是一个荒谬的玫瑰色的世界，一个人们可以相互信任的童话世界，一个符合孩子们口中的理想的世界。我无法忍受这样的世界。在这一点上，久雄和我很像，但他终归只是个孩子，他狂妄地欺骗了我，从暗地里支持了这个童话故事——支持了你和清原之间的信任。

朝　子　这种信任是不会被打破的。

影　山　它可能的确不会被打破，但清原已经变成了活死人，他已经不会再向你看哪怕一眼了。

朝　子　我一直冷静地、一字不漏地听着您的话。您说，这件事关乎爱情；请您向我解释一下，您怎么可以这样骗人？

影　山　我是说，我做的这一切都是为了你。没错，这些都是我谋划的。但关键的目的是，我要为你毁掉"人与人可以相互信任"这个童话故事。本来，一切都应该是按照计划顺利进行的。如果久雄杀了清原，在你的余生中，你就会一直相信那些壮士是真的。你说，我在欺骗；但是，和童话相比，欺骗可以让人类更快地聪明起来。

朝　子　您演了一出假壮士的戏码，好把清原先生引到这里来。

影　山　如果是为了引来清原，我为什么还要搞这样一队化装游行？我直接告诉他，壮士闯进来了，不就行了吗？

朝　子　您的意思是，那些手执白刃的人跳的野蛮舞蹈，只是为了取悦我一个人的表演？

影　山　没错，你好好地想一想，除了这个，我还有什么目的？这些都是为你一个人安排的。是我羞涩、腼腆的爱情使我这样做的。

朝　子　（渐渐无法自己，激动起来）不，您这样安排，是为了刺激久雄。

影　山　那是他自顾自地兴奋起来的。而且，他背叛了我，做了他想做的事情。

朝　子　您撒谎！是谁给他的手枪？

影　山　一切都是我的嫉妒心导致的。

朝　子　啊！已经有太多的东西被您像这样玷污了！

影　山　你说，玷污了？我是在清洗。我在用爱情清洗被你认为是政治的事情……

朝　子　请您不要再说什么爱情、人类了。您的话太不干净了。什么话从您的嘴里说出来，就会变得让人讨厌。只有当您和人类的感情彻底隔离的时候，您才会像冰一样干净。请不要用您那黏黏糊糊的手把爱情这种充满人性的感情拿到自己身上。这太不像您了。请您再一次做回您自己吧，不要再关心政治之外的——人心的——问题。正如清原先生所说，您是一个成功的政治家。不管您想做什么都能做成。除了这个，您还想要什么？爱情？那不是滑稽的吗？人心？那不是可笑的吗？它们是无权无势的人才会珍视的东西。您不应该对一个要饭的小孩子珍爱的便宜玩具产生想要的欲望。

影　山　你根本不理解我。

朝　子　我理解。我告诉您吧，对您来说，今晚发生的唯一一件事情，就是一个无名的年轻人死了。除此之外，完全无事发生。和革命或者战争相比，这是一件微不足道的小事。到了明天，您大概就会把它忘掉吧。

影　山　现在，是你的心在说话。在愤怒和悲叹的大潮之中，你的心在说话。你觉得，你是唯一一个拥有心的人。

朝　子　自从我们结婚以来，这是您第一次看到表里如一的我。

影　山　你的意思是，对你而言，我们的婚姻是政治性的？

朝　子　没错。我们是一对相称的夫妇，真的无比相称……但美好的事情总是不会持续太久。我今晚就要向您告辞了。

影　山　是吗。那，你打算去哪里？

朝　子　我去清原先生那里。

影　山　和一个死人结婚，真是非常愉快啊。

朝　子　我会把事情做得很顺当的。和一个死人结婚……没有哪个女人比我更习惯、更有经验了，难道不是吗？

　　　　　[俄然之间，一曲华尔兹洪亮地响起。]

影　山　真是的，又开始跳舞了。

朝　子　儿子刚死，母亲就要跳起华尔兹了。

影　山　没错。脸上带着微笑。

朝　子　只要我想着，今晚就是最后一次，我就可以轻轻松松地装出虚假的微笑。（哭着说道）我可以轻轻松松地装出来——只要我想着，马上就要结束了。

影　山　王妃殿下一行马上就要到了。

朝　子　让我们轻松愉快地欢迎他们吧。

影　山　你看啊，那帮年纪不小、通达世故的家伙，在心里死死地忍着无聊透顶的感觉，正跳着舞，渐渐地往这边来了。鹿鸣馆。这种欺骗，会让日本人渐渐地聪明起来。

朝　子　我们只能再稍微忍耐一下了。虚假的微笑和虚假的舞会，是不会持续太久的。

影　山　隐瞒着，诓骗着，对那些外国人——对整个世界。

朝　子　在整个世界上，都不应该存在这种虚假的、无耻的华尔兹。

影　山　不过，我还是会在我的余生中继续跳下去的。

朝　子　这才像您，老爷。这才是您。

　　　　[一群跳舞的人从舞台右侧登场，遍布整个舞台。影山和朝子互相鞠躬致意，手拉着手，加入了舞蹈。舞蹈持续了一段时间，然后音乐暂停。这时，影山夫妇恰好在舞台中央。突然，从远处传来一声微弱的枪声。]

朝　子　哦？我听到了手枪的枪声。

影　山　是你听错了。要不然，就是烟花的声音。是啊，那是放晚了的、庆祝的烟花。

　　　　[音乐的暂停时间从"哦？我听到了……"持续到"……烟花的声音"。在此期间，所有人都保持不动。然后，华尔兹重新开始，所有人尽情地跳舞。他们一边跳着，一边——]

　　　　——幕落——

清晨的杜鹃花

时　间

　　昭和二年^①四月二十一日凌晨两点多至清晨时分

地　点

　　草门子爵邸内

登场人物

　　草门子爵夫人绫子

　　小寺胜造

　　郡司男爵的遗孀繁子

　　鹿子木正高

　　管家山口

　　阪内伯爵

　　阪内伯爵夫人

　　桑原男爵

────────────

① 1927年。

胜本子爵

胜本夫人

出席舞会的众多客人

其余女仆等人

第一场

[草门邸内的西式房间。巨大的景泰蓝花瓶里插着八
重樱。壁炉台上摆着一座巨大的大理石座钟。时间
是凌晨两点多。大幕拉开之后，郡司男爵的遗孀繁
子和小寺胜造在留声机的伴奏下跳着查尔斯顿舞，
所有客人围在一起观看。舞蹈结束。客人们纷纷称
赞繁子"繁子女士，您跳得真棒啊""繁子女士，您
真的很厉害啊""查尔斯顿舞好有趣呀""繁子女士，
您太勇敢了"，无视胜造。跳完舞的两个人坐在舞台
边缘的椅子上休息。女仆端来了饮品。此时，又有
另外的音乐响起，两三组人开始跳舞。——繁子剪
短发，穿洋装。胜造穿着最新流行的衣服。]

小　寺　你看，没有一个人提到我的名字，只有你一个劲地
　　　　受到赞美。换句话说，在这里，我是唯一一个属于
　　　　其他社会的人。

繁　子　你别在意嘛，我反倒是对那帮家伙完全置之不理呢。

小　寺　你有将他们置之不理的资格，我没有。因为你是郡
　　　　司男爵的遗孀，而我呢……我是一个暴发户。

繁　子　你这个"小寺汽船"的社长、"亚细亚橡胶"的社长？在社长室里大摆架子的你，来到这里之后，却变成这样的一个小可爱了！

小　寺　不管是谁，待在不合宜的地方，都会变得可爱的。

繁　子　那样的话，你别来这里不就好了？

小　寺　是谁邀请我到这里来的呀？

繁　子　哎呀，讨厌，这反倒成了我的不是了……我知道，我明白得很呢。

小　寺　咦？

繁　子　我明白的。你老早以前就对这里的夫人……

［胜造一惊。此时，音乐结束，客人们为一位年迈客人跳的舞而鼓掌、喧闹着。胜造不想被卷进喧闹的人群，站起身来，但繁子猛地拉住他，借着醉意大声说了起来。其他客人一边窃窃私语，一边听着繁子所说的话。］

你等一下。如果说这家的绫子夫人是子爵夫人的话，我也是男爵夫人啊。反正你喜欢的是华族的女人，干嘛还要挑挑拣拣的呢？没错，绫子夫人她是很漂亮，作风老派，气质典雅，就像是从画里走出来的人似的。那种装模作样的样子，我的确做不出来，可我是站在平民一边的呀。我剪短发、穿洋装、跳查尔斯顿舞，还开汽车……这些有什么错呢？（开始把气撒到所有客人身上）有什么错呢？小寺先生，你简直是个矛盾的集合体。我剪短发、穿洋装、跳查尔斯顿舞，因此，（环视所有客人的脸）那些因循守旧的人在背后说了我不少坏话。而你，小寺先生，被那些因循守旧的人歧视的你，却趋附着他们的趣味，把跟你在一起的我当成傻瓜……（说着，哭了起来）

小　寺　这可真是叫人头疼啊，各位，其实我……

阪内伯爵　（时髦的老绅士，看起来像阿道夫·门吉欧①）这是喜欢的程度的问题呀，郡司夫人。（说着，把手放在她的肩上，安慰她）等到发生了革命，我们再惊慌失措也不迟。虽说在我活着的时候不可能发生就是了……

桑原男爵　您是说，繁子夫人是一个像女斗士一样的人，是吧？

阪内伯爵夫人　好了，请您打起精神来……

　　［女客们一起照顾着繁子，将她带向舞台右侧的房间。小寺又被一个人留在当场。］

小　寺　（看向时钟，自言自语般地说道）哎呀，已经过两点了。差不多该告辞了……（向旁边的青年鹿子木正高说道）……我想跟您姐姐告个别就走……

鹿子木　（二十岁左右，眉清目秀。女主人绫子的亲弟弟）您再待一会儿又有什么的？反正，这种通宵的舞会，每年不知道要办多少次。请您再待一会儿吧。

①　阿道夫·门吉欧（Adolphe Menjou，1890—1963），当时好莱坞的著名电影明星。

小　寺　　不，我是一个多余的人。

鹿子木　　您可别这么说。我特别讨厌他们那种装腔作势的家
　　　　　伙。他们紧紧地抓着什么爵位呀，家族代代相传的
　　　　　财产呀不放，一辈子都只是在贵族院发了霉的椅子
　　　　　上坐下去，又站起来。① 那些家伙有什么了不起的？
　　　　　至少，我是真的讨厌他们。说实话，那些家伙刚才
　　　　　对您的那种冰冷的、失礼的态度，看得我一肚子
　　　　　气。他们说什么，二十年前您不过是繁子夫人家的
　　　　　看门人，说什么……

小　寺　　哎呀，请你别说这个。

鹿子木　　繁子夫人的态度也让我很火大。我很尊敬您，小寺
　　　　　先生，也许是在场的这些人里唯一尊敬您的……

小　寺　　被你这么一说，我简直想找个地洞钻进去了……真
　　　　　是的，我自己白手起家创立事业，在社会上，我有
　　　　　信心不输给任何人。可是，华族已经不行了。怎么
　　　　　说呢，他们从脑袋里……

鹿子木　　繁子夫人也不行啊。就这一点来说……

小　寺　　就这一点来说……你姐姐这种人……

鹿子木　　没错，她是个贵妇人。是最后的贵妇人。是残留在
　　　　　最后的樱花，是夕阳映照下的樱花。我也十分尊敬
　　　　　姐姐，只不过，这种尊敬和对您的尊敬是不同的。

　　　　　[身着和服的绫子从舞台左侧现身。]

---

① 指贵族院的华族议员。贵族院即日本帝国议会上院。公爵和侯爵自动成
为贵族院议员，伯爵、子爵、男爵议员由同爵位者互选产生。

绫　子　真是不好意思，我暂时离席了。我先生总是那个样
　　　　子，喝一点点就……

　　　　［从舞台右侧，除繁子之外的女客们回到舞台上。］

阪内夫人　已经睡熟了……

绫　子　是啊，如果在这里睡着了，对客人也不好，也容易
　　　　感冒①……

阪内夫人　您会唱摇篮曲给他听吗？

绫　子　（微笑）那倒不至于……

鹿子木　绫夫人，小寺先生说他要告辞，请您挽留一下
　　　　他吧。

绫　子　今天不是约好了要玩个通宵吗。您回去的话，也没
　　　　有什么意思呀。

小　寺　……是。（然后，目不转睛地盯着绫子）

桑　原　嘿，夫人，我们刚才聊到，阪内伯爵长得很像阿道
　　　　夫·门吉欧。

绫　子　"阿道夫·门吉欧"是什么？

桑　原　他是现在很流行的活动写真②的演员，被称为"不
　　　　良老年"。您没看过吗？

阪　内　绫子夫人可不看什么活动写真，是吧。（说着，盯着
　　　　绫子）您看起来不像是很喜欢热闹的地方。这样的
　　　　舞会，其实您是不喜欢的吧？

绫　子　哎呀……那个……

----

① 绫子指的是自己的丈夫草门子爵，而非繁子。
② 当时对电影的称呼。

阪　内　我知道，我知道。这都是您先生的兴趣。他喜欢人
　　　　多，喜欢热闹，喜欢浪费，害怕孤单，可是，虽说
　　　　如此，他自己却总是很快醉倒，睡觉去了。所以，
　　　　我们这些人虽然是被您先生请到这里来的，其实
　　　　呢，夫人，说是真正的目的也好，说是感到了魅力
　　　　也好，我们都是被讨厌人群的您吸引过来的。

桑　原　伯爵您总是马上把实话说出来，真讨厌哪。您欺负
　　　　夫人这么温顺老实的人，是想干什么呀？

阪　内　今晚，等您独处的时候，我会好好地欺负您，让您
　　　　说出实话。

鹿子木　我姐姐是不会说谎的。

小　寺　没错。夫人是一个绝对不会说谎的人。
　　　　［客人们嘈杂着。绫子始终含着微笑，让大家安静下
　　　　来，自己坐到舞台中央的椅子上。］

绫　子　那我就说实话吧。我呢，说真的，我也没有孩子，
　　　　真的是不喜欢住在这样大的宅子里。虽然大家能来
　　　　做客，我非常高兴，但我就像大家看到的这样，不
　　　　谙世事，连一个有趣的话题都说不出来，大家一定
　　　　会觉得我很无聊吧。

小　寺　无聊什么的，这种想法，绝对没有……
　　　　［客人们一齐"嘘"地看向小寺，让他不要说话。绫
　　　　子微笑着继续说道。］

绫　子　您这么说，我真的很高兴，但是，这种生活，全部
　　　　都是为了我先生。正如大家所知道的，我先生是个

像小孩子一样的人。他比我还不谙世事，比我还要柔弱，根本没有办法像普通人一样正常地工作。每天奢侈享乐、优哉游哉、随着性子购物，就是我先生生存的意义。他从一生下来就没有自己管过钱，也不清楚物品的价格。如果我不陪在他的身边，哪怕我先生去到码头，对外国的军舰感到中意，说不定也会不问价格，当场买下来。他总是想要银座的咖啡馆的招牌，人家说个离谱的价格，他就按照那个价格掏钱买回家……再也没有像他那样心地纯洁的、一直保持着小孩子心态的，哎呀，简直像神一样的人了。

阪　　内　您真的是很爱您的先生啊。

绫　　子　爱他，我大概是爱他的。他就像是热带鱼一样，必须生活在奢侈的玻璃鱼缸里，被美丽的海藻包围，无论昼夜都保持相同的水温；如果不这样，他就活不成了。我觉得，他这个人，就像外国的不可思议的兰花——虽然需要费力、费钱地照料，但他值得这样被精心养护。如果按照我的喜好，开始过上俭朴的生活的话，他大概会马上死去，就像鱼缸里被扔进了冰块的热带鱼那样。

阪内夫人　子爵要是能当艺术家就好了。

绫　　子　我先生对艺术没有兴趣。因为，他自己就是一个小小的、可爱的、精巧的艺术品。

阪　　内　哎呀哎呀，这可真是强烈的热爱啊。可是，要是革

　　命了，该怎么办？

绫　子　在革命的风暴到来之前，可以在地平线上看到微小的黑云的涡旋，风也会在突然之间停止吹动……我想，到那时，我先生大概已经闻到风暴的气味，自然地死去了吧。

阪　内　呵，很少有丈夫会被夫人这么信任，也很少有丈夫会被夫人这么不信任。

　　〔在这期间，小寺逐渐沮丧起来。〕

胜本子爵　我稍微懂一点财政。现在，革命还没来，倒是银行先噼里啪啦地倒了一大片。（阪内不悦地看向胜本）就在两三天之前，那家被认为绝对没有问题的台湾银行 ① 停业了。经济恐慌，这回，大规模的经济恐慌已经来了。

阪　内　虽然您是这么说，但这草门家是绝对没有问题的。毕竟，他们可是在十五银行 ② 开了户头啊。

胜　本　这么说来，倒也不会有什么问题吧。政府就算让台湾银行倒闭，也决不会让十五银行倒闭。我们华族中的大部分人都是那家银行的股东，在那里存着钱，就连宫内省也把金库设在那家银行；如果那家银行倒闭的话，日本的社会结构就会变得一塌

---

①　台湾银行，日本于 1895 年侵占中国台湾后为实施殖民统治而设立的银行。第一次世界大战之后，台湾银行逐渐将融资对象转向日本国内，其后遭遇严重危机，最终成为 1927 年的"昭和金融恐慌"的导火索。
②　十五银行，第十五国立银行的简称，创立于 1877 年。由于创立者都是华族，被称为"华族银行"，在当时拥有极高的声誉。

糊涂。国家的上层社会、皇室的藩屏①，会彻底崩溃的。那样的话，就会便宜了赤色分子，让他们能够轻易地掀起革命。政府绝对不会让十五银行倒闭。夫人，草门家和您先生都太平无事，完全不用担心。

阪　内　（露出松了一口气的表情。小寺注意到他的表情，歪过头看向他）这个呢，的确是啊。先不管其他银行的股票怎么样，十五银行的股票啊，一百元买进的，现在还值一百零八元、一百一十元呢……四年前大地震的时候②，上天已经降下过惩罚了……话说回来，草门子爵原来是那样一个纤细敏感的、像玻璃工艺品一样的、脆弱易碎的人啊。倒是有很多人外表瘦弱，可内心非常坚强……

绫　子　他不是那种人……说起来，在看到我先生的时候，我总是会产生一种虚幻的感觉。虽然他的笑声是那样地像小孩子的笑声，可是最近，也不知道为什么，他总是说，家族在他这一代就结束了，他自己是火焰最后的摇曳，就像秋蚤一样，生命奄奄一息……（说着，用手绢擦眼睛）

阪　内　哎呀，不要那么担心，他还可以收个养子嘛。您弟弟鹿子木就不错。（说着，用手搭上鹿子木的肩膀）

---

① "皇室的藩屏"是当时的日本政府在官方层面上宣传的华族理念。
② 指1923年的关东大地震。

他是个多么精神十足、前途无量的青年啊。

胜　本　怎么样，各位，要不要再来跳支舞啊？不知道大家
　　　　对我跳的舞中不中意……

桑　原　我又买了座别墅。别墅生活可是我的爱好啊。今年
　　　　夏天我招待大家去吧。

阪内夫人　您能让我们坐游艇吗？

桑　原　啊，当然了。不过，我可不保证您的安全啊。

胜本夫人　今年夏天，咱们得买辆敞篷轿车才行。

胜　本　不行啊，得俭朴，万事都要俭朴。你稍微想一想农
　　　　村里的那些可怜人吧。

阪内夫人　哎呀，胜本大人，谈论农村跟您的形象可不相
　　　　符呀。

　　　　［在他们这样交谈的时候，音乐再度响起，客人们开
　　　　始跳舞。］

桑　原　我呢，想从英国定制一件西装……

　　　　［管家山口从舞台左侧登场。他是个耿直的老人，
　　　　六十岁左右，穿着和服短褂与和服裙裤。］

山　口　胜本大人，有您的电话，说是有什么急事……

　　　　［他说得非常慢条斯理。众人喧闹至极，没有听见。
　　　　绫子站起身来。］

绫　子　怎么了？

山　口　有电话找胜本大人，说是有急事……

胜　本　（注意到了管家）咦？电话？什么事啊，大半夜的。
　　　　（看向时钟）都过了三点了。（和管家一起从舞台左

　　　　　侧退场。客人们继续跳舞，或者语笑喧哗。胜本返
　　　　　回，站在舞台左侧，大声叫道）各位，不好了！不
　　　　　好了！可不是跳舞的时候了！（女仆关掉留声机。
　　　　　所有人安静无声）

绫　子　（平静地）究竟发生什么事了？

胜　本　不好了。可不是开玩笑。十五银行倒闭了。

众　人　咦！（变得面无血色）

胜　本　刚才，在凌晨两点半，宣布停业了。虽然现在是半
　　　　　夜，可是银行前面已经挤满了黑压压的人群。咱们
　　　　　的股票和存款全都化为泡影了。

众　人　咦！

阪内夫人　（拽了拽自己丈夫的衣袖）真是得救了……

　　　　　［阪内瞪了她一眼，夫人不再说话。小寺没有放过这
　　　　　个细节。］

小　寺　不好意思，我问一下，您刚才说"真是得救了"，
　　　　　是什么意思？

阪　内　（勃然大怒）你算什么玩意，太失礼了！你没权力在
　　　　　这儿废话！太无礼了！你不过是个郡司家的看大门
　　　　　的小兔崽子，居然敢臭不要脸地在这儿放肆！滚回
　　　　　去！快点滚回去！

小　寺　（反而非常冷静）那我就先告辞了。

绫　子　阪内大人，请您冷静一下……

阪　内　（恢复了冷静）不，没什么，不，就是那家伙有点太
　　　　　爱出风头了。（赶紧装出一副为难的样子）……可是，

真头疼啊，实在是叫人头疼啊。我们以后该怎么生活呀？

［不知什么时候，小寺迅速地从舞台左侧消失了。］

桑　原　我的别墅该怎么办呢？本来还打算卖掉十五银行的股票来盖的……啊，就连迄今为止的生活都……

胜本夫人　咱们没法买敞篷轿车了？

胜　本　你还在说什么呀。从今往后，咱们都得拉着板车走路了……

胜本夫人　（歇斯底里地哭道）咱们都完蛋了吧？咱们都……

桑　原　不能再在这儿待了。咱们得赶紧回家去。各位，现在已经不是开舞会的时候了。（用哭腔这样喊着。众人开始准备回家）

绫　子　（安静地走到鹿子木身边）这件事无论如何不能让他知道。幸好他现在睡熟了……

鹿子木　……是。

［——更换场景］

第二场

［管家山口的办公室。整间办公室都老朽不堪，书桌上放着账簿等物。电话、古色古香的书架。其他物品堆得杂乱无章。山口坐在书桌的左侧，正在检查账簿。隔着书桌，小寺站在右侧，他的姿势就像要骑到书桌上一样。在这一场，小寺就像换了一个人，表现出精力充沛、充满威严感和压迫感的企业家的

形象。]

小　寺　总之，看到阪内伯爵的那个样子，我直觉地感到有
　　　　问题。那种有钱有势的人，早就通过银行内部的家
　　　　伙预先得到消息，把存款提走了。实在是缺德透
　　　　顶、卑劣至极。

山　口　是……是……（一边答应着，一边慢吞吞地查着
　　　　账簿）

小　寺　您家是用什么方式进行理财的，请不要隐瞒，全部
　　　　告诉我。

山　口　是……马上。

小　寺　总之，请告诉我。我不会干什么坏事的。会全心全
　　　　意地帮助您家的。

山　口　是……这就对您讲……请您不要这么冷不防地
　　　　发问……

小　寺　（为对方的慢条斯理感到恼火）到底是怎么理财的?
　　　　除了存款，还有股票，然后，对了，不动产也很重
　　　　要。只要有那个的话……

山　口　您是问股票吗?（将账簿呈给他）请您看这里。

小　寺　这是怎么回事? 这不全是十五银行的股票吗? 这种
　　　　东西，现在已经变成废纸了。为什么你作为草门家
　　　　的管家，不把股票分散投资呢? 这种……

山　口　这并不全是我的过失。过去，像三菱啦、三井啦，
　　　　我们也有很多企业的股票。是上一代的老爷把这些
　　　　全部换成十五银行的股票的。上一代的老爷和十五

银行的总裁在学习院^①上学的时候，是无可比拟的
莫逆之交，这算是他的遗言吧……

小　寺　山林又怎么样了？山林。您家好歹也算是大名^②家，
在故乡应该有大地产或者山林才对呀。

山　口　您问那个啊，哎呀，这只能说是赶上了运气不好的
时候……

小　寺　运气不好的时候？什么意思？

山　口　就在二月二十一日，正好是两个月以前，国家成立
了一家地方铁路公司，说是要高价买下铁路沿线的
土地。外加呢，去年年底，矿业公司出高价购买山
林；老爷特别高兴，说是都可以，就把故乡的土地
和山林全部卖光了。已经不剩什么土地了。

小　寺　卖了之后的钱呢？

山　口　总共卖了将近十五万元。^③这些钱全都……

小　寺　咦？

山　口　全都存到十五银行里了。

小　寺　你这个管家到底是怎么办事的……

山　口　不，不，哪里的话。这些都是老爷的命令。

小　寺　咦？可子爵他不是从来都不管钱的吗？

山　口　这个……也许夫人她是这么觉得的……

---

① 学习院，位于东京，是以教育皇族及华族子弟为目的创办的学校。
② 大名，日本旧时拥有较大领地的封建领主。
③ 1927年的一日元大约相当于现在（2022年）的六百多日元。换句话说，
此处的将近十五万日元大约相当于现在的九千多万日元（这是非常粗略的估
算，只是为了方便理解）。

小　寺　（焦躁）这又是怎么回事？快说。

山　口　（第一次露出苦涩的笑容）就是说，老爷想让夫人觉得他是这样的人……由于老爷在游乐的时候过于浪费，他在十五银行里的现金存款已经所剩无几了。老爷他啊，比起代代相传的土地和山林，怎么说呢……他实在是更加需要现金。

小　寺　你说，老爷想让夫人觉得他是这样的人，这是什么意思？……

山　口　哎呀，我是把您当自己人，才说得这么深的……老爷特别希望夫人把他当成一个纯洁无邪、对什么都一无所知的小孩子。他喜欢不计后果地浪费，掏钱买有趣的荒唐玩意，从来都不担心钱的问题……他想让夫人觉得他是这样一个可爱的小孩子。像我这样的人，不是很清楚主子的想法，不过，老爷啊，哎呀，虽然这么说有点那个什么，他似乎想永远像一个天真幼稚的吃奶的小娃娃那样，对夫人撒娇——被夫人抱在怀里，不管干什么都可以被宽容……就像这样，他好像想一直抱着这种轻飘飘的、仿佛是走在云彩里的心境过活……为了这个，首先还是得需要钱。

小　寺　（在山口说着上面那段长长的台词的时候，认真地考虑着什么……）……哼……好。我来想办法吧。总之，我得想办法让草门家东山再起。

　　　〔此时，绫子走进门来，看到小寺，一惊。〕

绫　子　哎呀，我还以为您已经回去了。大家都已经回家
　　　　去了。

小　寺　夫人，现在可不是稳稳当当的时候了。出大事了。

绫　子　您的意思是?

小　寺　您家的财产，除了这座宅子和书画古董之外，已
　　　　经……什么都不剩了。

绫　子　哎呀。（漫长的停顿）……怎么办呢，要是让我先生
　　　　知道的话。

小　寺　山口先生，现在我要和夫人单独谈谈。不好意思，
　　　　请你先离开这里，去睡觉吧。

山　口　是……可是……

小　寺　（包起一点小钱）真是多多有劳你了。接下来的事情
　　　　由我负责，你不用担心。

山　口　（微笑着把小钱推回去）实在是失礼了。但是，我只
　　　　从主人家的人手里领取俸禄。那，请您慢慢谈。祝
　　　　您晚安。（退场）

小　寺　哼，这老爷子是怎样的一个老古董啊。

绫　子　（保持着微笑）在这里，您的言行，简直就像是一家
　　　　之主啊。

小　寺　是啊，从现在开始，请您务必让我以一己之力拯救
　　　　草门家。

绫　子　可是，您和我们家毫无因缘瓜葛啊……

小　寺　是的。而且，我无论如何都需要夫人您的协助。

绫　子　这是我求之不得的。如果只剩下了这座宅子的话，

我们就不得不把宅子卖掉，搬到小房子里去住了。如果变成了这样，那我先生……（激动起来）啊！我先生无论如何都需要四季开满鲜花的无边无际的庭院、仿佛没有尽头的连绵不断的长廊、华美绚丽的西式房间，以及五十个仆人；这些都是绝对必要的。

小　寺　（嫉妒起来）恕我直言，您对子爵的爱情，我不觉得这是夫妇之间的爱情。

绫　子　（变了脸色）哎呀！

小　寺　这不能称为妻子对丈夫的爱情。我直说了吧，这是护士对病人的爱情。

绫　子　（压抑着怒火）哎呀，您觉得自己成了这个家的救世主，说话的态度马上就傲慢起来了。

小　寺　面对现在这个局面，感情是没有用的。跟您挑明了说吧，对我来说，现在正是千载难逢的机会。但是，我并不是想通过提供帮助来篡夺这个家；我没有这种野心。（从怀中掏出支票簿）好了，可以吗？我会在这张支票上写上五万元。如果每个月花四千元，可以维持一年。我先在这里救急，然后，只要把财政的重建工作委托给我，一年之后，我就可以让您家过上和原来一样的生活。

绫　子　这样一大笔钱！①

————————

① 同前注，当时的五万日元大约相当于现在的三千多万日元。

小　寺　这不是借给您家的，而是我白白地奉上的。（说着，写支票，递出）

绫　子　五万元！这样多的钱！您到底想要什么？

小　寺　就算是您再怎么被养在深闺之中，应该也知道，白白奉上的钱有多么可怕。我想要的是，现在，立即，在这里……

绫　子　咦？

小　寺　立即，在这里，我想要您的身体。

绫　子　咦！（过度惊愕，一个趔趄）

小　寺　（不等绫子开口）不，我要求的，并不是长期保持关系。只要一次，仅仅一次就可以了。就现在，马上。

绫　子　小寺先生！哎呀，您在说什么呀？

小　寺　我长久以来一直憧憬着。尊贵而高雅的美丽贵妇那香馥的雪白肌肤，那宛如夏季夕阳照耀下的月光花一般的肌肤……就像这样，您那冷冽美丽的脸庞，您那冷淡无情的态度，像丝绢一样冰凉，又像丝绢一样柔软……我不知多少次地梦见过，现在，我终于迎来了这样的机会。仅仅一次就好。

绫　子　我有生以来还没受过这样的侮辱……啊，只是听到这种话，我就想去死了。

小　寺　为什么？为什么？谁也不会知道。只要把这当成一阵下到清晨的阵雨……

绫　子　不要说了！不要再说了……

小　寺　这样的话，您先生也可以平安无事。您家还能像迄今为止这样，平静地度过每一天……

绫　子　不会再有那样的平静了，只要我做了一次那种事情……啊，这是何等地肮脏！

小　寺　您说我肮脏。您觉得我是个狗杂种。您和那帮家伙是一样的，看不起我，觉得我是个看门人……

绫　子　不，我半点也没有那样的想法。从过去到现在，我都一直觉得您是个可靠的、强有力的人，对您十分尊敬。您这么说，那可真是……让我明白地告诉您吧，小寺先生，我只是想珍重贞操，珍重女人的贞操。

小　寺　贞操？您简直是在做梦。对于就像小孩子一样的您先生，您保持着徒有其表的贞操……

绫　子　您在说什么呀？我是不会允许的呀。

小　寺　请您再说一次。"我是不会允许的呀。"啊，这正是贵妇人所说的词句，是与生俱来的高雅的雪白肌肤所说的词句。我喜欢这样的词句。请您再说一次……

绫　子　现在，您又开始欺侮我了……（说着，低下头哭泣）

小　寺　（没有安慰她，而是在旁边来回走动，边走边说）您听好了，请您好好想一想。如果您不接受我的要求的话，您先生的生活就会变得和那些住在大杂院里的人一样；他每天都要勉强维持生计，最后死去，仅此而已。没有什么仆人，您先生会一天一天地衰弱下去，这才是像秋蚕一样的生命。（绫子仰起脸来）在这个世界上没有任何希望，也看不到一张笑脸，您的安慰也是枉然。这样下去，总有一天，他会得病而死，或者说，或者说啊，他会非常可怜地投身到井里……

绫　子　拜托，请您……请您不要说那种话。

小　寺　不，我要说。您先生是个不奢侈浪费就一天也活不下去的人，然而，他将会每天生活在争吵之中，说不定，最后就连大杂院也住不下去，变得要流落街头了。您先生要变成乞丐了！（朗声大笑）哈哈哈，草门子爵变成乞丐了！他会因为劳心过度而变得目盲，脚下踉踉跄跄，被自己的夫人领着手；这是怎样一个尊贵的乞丐呀！想必一定会讨到许多钱吧。

绫　子　（仿佛逐渐下定了决心）您和我约定，一定会重建草门家的财政……您会守约的吧？

小　寺　不是我夸口，我可不是靠诈骗和撒谎赚到现在的家产的。

绫　子　我问您一句，您决不会怀疑我贞操的坚定吧？

小　寺　（迅速露出喜色）一次也没有怀疑过。

绫　子　我做的这一切都是为了我先生……这一点，您也不会否认吧？

小　寺　（喜色愈发浓厚）绝对不会！我没有获得您心中的爱情的资格。

绫　子　（漫长的停顿）……好吧。我就收下这张支票吧。（把

支票塞进和服的腰带里）

小　寺　啊，绫夫人……

绫　子　不是我亲近的人，我不允许他叫我绫夫人。

小　寺　那我该叫您什么？

绫　子　（终于露出微笑）叫夫人就可以了。

小　寺　那，现在就——

绫　子　（打断他的话）您什么都不要说。在庭院的尽头有一
个小水池，在那水池之畔，有一幢西式的别屋。在
诸如夏季酷暑这样的日子里，我们会在那里过夜。
现在，那一带开满了白色的杜鹃花，在月夜之中，
看起来大概就像斑驳的雪地一样。（从管家的抽屉
里拿出钥匙）这里正好有那幢别屋的钥匙。作为支
票的回礼，我送给您这把钥匙。您从假山的这一侧
绕过去……今夜，这一侧的道路有月光照耀，十分
明亮。

小　寺　您呢？

绫　子　我从假山的另一侧……

小　寺　您一个人走阴影一边的道路吗？

绫　子　因为我害怕被月光照到……而且，从今往后，我也
必须习惯黑暗的道路才行。

[　——更换场景]

第三场

[原先的西式房间。一切陈设都与第一场相同。鹿

子木独自一人，茫然地靠在沙发上。终于，从舞台右侧，睡醒的繁子以睡乱了衣服和头发的样子登场。她对着壁炉台上的镜子整理仪容。远方传来了鸡鸣。]

繁　子　今天的第一声鸡鸣响了。明明天还没亮，大家怎么都回去了？都是一帮窝囊废。（说着，撩起裙子，整理自己的吊袜带）

鹿子木　在您熟睡的时候，出了一件大事。

繁　子　（走到沙发旁）真有趣，是什么大事啊？

鹿子木　（避开坐到身旁的繁子）哇，酒气真重。

繁　子　对不起啦。（这么说着，继续往他身边凑去）

鹿子木　大事呀大事，惊天动地的大事。不过，在平民眼里看来，这也许只是茶杯里的风暴罢了……

繁　子　是什么大事呀，快点说。

鹿子木　您听了可别被吓到，十五银行倒闭了。

繁　子　嘿……十五银行是什么？

鹿子木　您真是没救了。您和我，从明天开始，没有办法再过任何奢侈的生活了。

繁　子　是吗？好啊。给我倒点水呗？

鹿子木　好，好。（说着，拿水壶给她倒了一茶杯水。繁子喝水）

繁　子　你刚才说什么来着？好像是十五银行什么的？

鹿子木　您家的钱不是也都存在那儿吗？

繁　子　啊，对呀，我想起来啦。我先生的遗产全都存在

　　　　　那儿。

鹿子木　只消一朝之间，那些全都消失了。即使这样，您也
　　　　　无所谓吗？

繁　子　消失了？哎呀，太好啦！从今天开始，我一文不
　　　　　名了。

鹿子木　是啊。

繁　子　哎呀，太好啦！这样一来，我终于能变成真正的平
　　　　　民啦。不是谁家的贵族，而是一个平民。从今天开
　　　　　始，我不管干什么，都不会有人在我屁股后面指指
　　　　　点点了。有财产才有爵位，① 所以，爵位这种东西，
　　　　　就赶紧奉还了吧。啊，我即使去咖啡馆当女招待也
　　　　　可以啦。当女工、当打字员、当舞女，什么工作都
　　　　　可以干啦。啊，这正是我长久以来梦想的生活，是
　　　　　棒透了的、活蹦乱跳的平民的生活，这样的生活现
　　　　　在就在我的眼前啦。（在说这段台词的时候，向茶杯
　　　　　里倒入第二杯水）正高大人，来干杯吧。哎呀，用
　　　　　茶杯来干杯有点奇怪，算了，算了。这正是与迄今
　　　　　为止的发霉生活告别的茶杯呀。干杯！（举起茶杯，
　　　　　一饮而尽）

鹿子木　（目瞪口呆）您可能觉得没问题，但我姐姐该怎么
　　　　　办呢？带着那样的一个喜欢浮华生活的、柔弱的
　　　　　姐夫，她从今往后该怎么生活呢？一想到这里，

---

① 华族必须维持规定数额的财产，否则就必须将爵位"奉还"，实际上是
变相剥夺爵位。

我就……

繁　子　绫夫人在哪儿？

鹿子木　说到这个，我从刚才开始就没见过她。总觉得有点
担心。

繁　子　那个懒骨头老爷呢？

鹿子木　之前就寝了，可能还在睡吧。绫夫人特地嘱咐我，
不能让这件事被他知道。可是……

繁　子　（再次开始整理仪表）小寺先生也回去了？

鹿子木　嗯。阪内伯爵不知道为什么大发雷霆，向他大吼
"滚回去！滚回去！"，所以……

繁　子　肯定是因为他又说了什么废话吧。可是，好失礼
呀，他居然把舞伴一个人扔在这儿，自己回去了。
放在从前，[①] 他这样是要受罚的……喂，你不觉得小
寺先生那种心里满怀郁愤的样子特别有魅力吗？

鹿子木　他不管是活力也好，还是精气神也好，或者是干事
业的才能也好，都非常出色。我很尊敬他。

繁　子　的确，他是不存在于这个社会里的人。他有一种卑
贱的魅力……话说回来，正高大人，我是这么想
的，你姐姐她真的是一个深深的谜啊。那样的老
爷，到底有哪里好了？十五银行倒闭，受到打击最
大的，与其说是子爵，不如说是绫夫人，不是吗？
这座宽广的宅子，仅仅是专门伺候你姐姐的女仆就

---

① 指小寺还在做郡司家的看门人的时候。

　　　　　有二十个——对这种生活最为执着的，毋宁说正是

　　　　　你姐姐，不是吗？但她只是一味地隐瞒这些想法，

　　　　　把一切都推到老爷身上——

鹿子木　（发怒，打断繁子的话）绫夫人才不是那样的人。绫

　　　　　夫人的心情，您这样的人永远也不会明白。她是一

　　　　　位从昔日的绘画里走出来的夫人，她的贞淑有口皆

　　　　　碑。她光是活在现在的这个世界上，就能让人感到

　　　　　不可思议；她就是一位这样的人。

　　　　　〔二人沉默。——停顿。从舞台左侧传来手枪的

　　　　　枪声。〕

繁　子　哦呀？

鹿子木　什么声音？好像确实是手枪的枪声……

　　　　　〔二人像被魇住一样，动弹不得。〕

鹿子木　难道是绫夫人她……

繁　子　（指向舞台右侧）你去那边找。我去这边……

　　　　　〔鹿子木跑向舞台右侧，繁子跑向舞台左侧，各自离

　　　　　场。舞台上暂时空无一人。响起了鸡鸣。终于，鹿

　　　　　子木从舞台右侧跑了回来。〕

鹿子木　繁夫人，繁夫人，我这边谁也没找到。（这样喊着。

　　　　　繁子从舞台左侧拿着一张纸片，慌里慌张地登场）

繁　子　不好了！不好了！子爵他，你姐夫他……

鹿子木　咦？

繁　子　他在卧室里自杀了。已经去世了……（说着，瘫倒

　　　　　似的坐到沙发上）

鹿子木　什么？姐夫他……

繁　子　我在他的枕边找到了这份遗书。（说着，将纸片递给他）

鹿子木　啊，上面沾满了血。（接过纸片）"绫子啊，永别了。我偷听到了十五银行破产的消息。我已经不能再活下去了。虽然我一辈子都过着柔弱的、女人般的人生，但至少在最后，我希望像一个男人那样死去。真是太辛苦你了。你深爱着像我这样的人，而我也从心底里倾慕着你。在我死后，请你一定不要对我有任何留恋，去找一个合适的人再嫁吧。为了让你尽快地忘记我，我要大胆地向你坦白，草门家的财政破产，其实是我在外面找了一个挥霍无度的女人的缘故。而且，那个女人和你不同，是一个绝对不会爱我的女人。"……

繁　子　哎呀……

鹿子木　对了，得赶紧找到姐姐，告诉她这件事……

繁　子　绫夫人！绫夫人！您在哪儿呀？

鹿子木　难道说……对了，在庭院里的别屋那边……（握紧遗书，跑着从舞台右侧退场）

繁　子　正高大人，我也去。别把我一个人留在这儿！我害怕，我害怕啊！（这样喊着，也追着他退场）

　　　　　［——更换场景］

第四场

[舞台右侧是一座小洋馆。窗户亮着灯。舞台中央是
一个西式风格的水池。左右有石砌的台阶。背景是
森林。到处都栽着八重樱。满眼都是繁茂的白色杜
鹃花。从舞台深处传出鹿子木和繁子"绫夫人，绫
夫人"的叫声，声音越来越近。]

鹿子木　啊，亮着灯呢，果然在这儿。

[说着，二人跑到洋馆门前，开始敲门，还叫着"绫
夫人，绫夫人"。门打开了，绫子出现。]

鹿子木　绫夫人！

[鹿子木想要抱住她，但是注意到绫子背后还有人
影，于是后退。小寺从绫子背后现身。]

繁　子　哎呀，小寺先生！

鹿子木　（压抑着剧烈的愤怒）绫夫人，老爷他去世了。是自
杀的。这里是遗书。（说着，把纸片塞到她面前。绫
子接过来）

绫　子　（茫然地）咦？（停顿——慌张，想要跑下台阶，但
是注意到背后的小寺，突然停步）

鹿子木　是啊。以您这样的身体，想必已经没有办法跟死者
重逢了吧。以您这样污秽的身体！绫夫人，请您看
着我的眼睛。您应该是没有办法看着的，因为您感
到内疚。清白的绫夫人已经死去了。您究竟做了些
什么呀。恰好就在姐夫自杀的时候……啊，比起姐
夫，我更觉得自己被您背叛了。您是一个可鄙的

人。我真是看错人了。(说着，开始哭泣)

绫　子　(回到窗下的灯光前，开始看遗书。然后，好像在凝
神静思什么。突然，她转过身去，面对小寺)小寺
先生……

小　寺　啊?

绫　子　子爵去世了。您用帮助子爵的钱作为交换，将我的
贞操玷污，但这已经变成徒劳了。您能明白吧?

小　寺　……

绫　子　所以，我现在要说，您是一只卑贱的野兽，有着与
生俱来的卑贱。您抓住别人的弱点，使用您靠着肮
脏手段和满嘴谎言攫取的钱财，穿着鞋，踩到了最
为高贵而美丽的事物之上。您用从父亲那里继承下
来的、足轻①一般的、强健而丑陋的脚，踩到了这
样的事物之上。(对繁子)繁子夫人，您最好也要
留心了。您家真是雇了一个好看门人啊。这个看门
人，说不定还会盗窃、还会杀人呢。

小　寺　您现在还说这个……

绫　子　您闭嘴。您是一个罪人。不，您的一生，都只适合
像蛴螬一样趴在地上爬行，您是一个仅仅通过抓住
世人的弱点而暴富起来的人。然后，被这种暴发户
的狂妄的希望所驱使，您侵犯了绝对不能侵犯的东
西。去死的人如果是您就好了。(在她说这段台词的

————————

① 足轻，日本旧时封建军队中的步兵，由农民担任。

时候，小寺无力地走下石砌台阶，坐在台阶的中途，深深地低着头）如果您对自己所做的事情感到恐怖，代替子爵去死就好了……不，即便如此，您大概还是会恬不知耻地继续活着吧。因为，厚颜无耻是您与生俱来的特质，是您的祖先传给您的礼物。

繁　子　小寺先生，你不说点什么吗？你真是个窝囊废，子爵也在外面找了别的女人。

小　寺　咦？

繁　子　绫夫人对此一无所知，为了子爵在女人身上花掉的那些钱，委身于你了。

绫　子　繁夫人！（两个女人带着激烈的神情互相对视）

繁　子　小寺先生，请打起精神来。你没有必要一直拘泥在这种傲慢的贵妇人身上啊。你知道绫夫人为什么这么怒气冲天吗？她是为了子爵背叛她而生气，只不过发泄在你身上罢了。

绫　子　随您想象吧。（从腰带里取出支票，递到小寺面前）来，我把这个还给您。请您收好。然后，请您再也不要出现在我的面前。一生也不要……是啊，虽然我的日子还有很长，但我一生都不想再见到您了。

　　[夜色朦朦胧胧地亮了起来。]

小　寺　（再三望着自己接过来的支票，思量着）但是啊，夫人，请您让我说一句话。就像这样，您把钱还给了我。可是，另一方面，我已经得到了我想要的东西。（第一次露出冷笑）也就是说，事情是这个样

　　　　　子的。

绫　　子　咦？

小　　寺　您不是为了钱，更准确地说，不是为了您对您先生
　　　　　的珍视，嗯，好吗？既然您已经像这样把钱还给了
　　　　　我，您委身于我这件事，您明白吗，就完全是出于
　　　　　爱情的缘故了。

绫　　子　（狼狈地）奇怪的歪理……

小　　寺　如果您这么说，我也可以把钱还给您。这样一来，
　　　　　您一辈子都可以这样说服自己——只是因为您一
　　　　　心一意地想着您先生，所以才忍受了一时的耻辱。
　　　　　（说着，递出支票）

鹿子木　（以热情的劲头说道）是啊，是啊，小寺先生说得
　　　　　对啊。绫夫人，请您至少要收下这张支票。这样的
　　　　　话，我也可以收回刚才那些恶言。我现在逐渐明白
　　　　　是怎么回事了。收下吧，绫夫人。（说着，站在二人
　　　　　中间）

绫　　子　不……（久久地望着小寺）还回去的东西就是还回
　　　　　去了。

鹿子木　绫夫人，这是体面的问题。虽然这与世间的体面相
　　　　　反，但至少，是您自己心中的体面……

绫　　子　不，正高。（温和地）我不能收下。

鹿子木　那就是说，就像小寺先生说的那样，只是因为
　　　　　爱情……

绫　　子　这就随你想象了。我已经说过，我一生都不想再见

到小寺先生了。但是……

小　寺　（重整气势）如果您无论如何都要还回支票的话，那就这样吧。我还有别的办法可以让支票回到您的手上。

繁　子　（敏锐地察觉到）小寺先生！你要……

小　寺　没错。在这里，我要向绫子夫人求婚。即使和我现在的妻子离婚，即使要做任何事，我也一定要向您求婚。您先生已经去世了。您先生还有别的女人。绫子夫人，对您而言，和我结婚的理由应该是很充分的。

繁　子　哎呀，平民的思考方式可真是随意啊。

小　寺　来吧，绫子夫人，让一切都顺水流走吧。请您陪在我的身边。不是我夸口，我敢说，我是一个可以让您获得十足幸福的男人。新婚旅行就乘船出海，去我的橡胶公司所在的婆罗洲打猎吧。您的生活会彻底改变的。光明的、拥有希望的人生会从现在开始的。

繁　子　哎呀，虽然对我来说很懊恼，但你真的很痴情啊。

绫　子　不行……不行……

小　寺　我是个说话从不敷衍了事的男人。

绫　子　不可以的……不可以的……

小　寺　为什么？为什么不行？

绫　子　（被气势压倒）现在，我已经把支票还给您了。然后，我一生都不想再见到您了。

小　寺　都好几遍了，您怎么又说同一件事……

绫　子　不，不是同一回事。您要明白，（直直地盯着小寺）
　　　　您和我之间的问题，已经不是钱的问题了。

鹿子木　（绝望地）这么说来，果然……

小　寺　绫夫人！

绫　子　好的，您可以叫我绫夫人。我允许了……但是，小
　　　　寺先生，请您仔细地考虑一下。在这满眼的白色的
　　　　杜鹃花上，旭日正在投下它的光辉。杜鹃的白花，
　　　　就像脸颊那样染上了红晕。我大概一生也不会忘记
　　　　这个清晨。子爵去世的清晨，同时，小寺先生，我
　　　　被您拥抱的清晨。死和生是这样地接近，而且，我
　　　　是被生所拥抱，就是这样的清晨……明明迄今为
　　　　止，我都是在死这一边的……这样的清晨，就算想
　　　　要忘记，也不可能忘记。您大概也会一生铭记吧。
　　　　白色的杜鹃花沐浴着转瞬之间的旭日，泛起微红的
　　　　这个清晨；即使在人的一生之中，也不会有几次这
　　　　样的清晨。

小　寺　所以，您……

绫　子　就在这里分别吧。这样的清晨，是不会在每一天的
　　　　早上都来临的。

小　寺　啊，您还在执着于华而不实的事物。如今，在子爵
　　　　去世之后，华而不实的事物已经彻底破产了。

绫　子　是的。但是，我想独自一人生活在华而不实的事
　　　　物里。

小　寺　（在漫长的停顿之后）我知道了。（收起支票）那，
　　　　我就告辞了。以后，我大概再也不会和您见面了。

绫　子　祝您健康。

小　寺　再见了。

鹿子木　小寺先生，请您带我去婆罗洲吧。我已经不想待在
　　　　这个陈旧的世界里了。绫夫人，我想仅仅把美丽的
　　　　您收在心中，在某个遥远的地方开启新的人生。

绫　子　你还年轻，所以你去吧。

鹿子木　小寺先生，求您了。

小　寺　好吧，我答应你。

鹿子木　谢谢您。

繁　子　小寺先生，你要和我结婚吗？我已经是平民了，所
　　　　以可以陪你去任何地方。

小　寺　你的厚意我心领了，但请恕我拒绝。因为我讨厌
　　　　平民。

繁　子　哎呀，为什么？

小　寺　要问为什么，因为我自己就是平民啊。

　　　　［把目瞪口呆的繁子抛下，小寺和鹿子木走上花道①。］

绫　子　祝您健康。

小　寺
　　　　｝再见了。（退场）
鹿子木

繁　子　啊，好困啊。仔细想想，从昨天开始，我一觉也

---

① 花道，歌舞伎剧场中贯穿观众席，连接舞台，供演员出入的过道。

没睡过。绫子夫人，我借您这儿的一间屋子睡一
觉呗？

绫　子　请吧。

繁　子　那，等会儿见。不过，真奇怪呀，不知道为什么，
就是觉得想睡觉……

　　　　［繁子从舞台左侧退场。嘈杂着小鸟的啁啾。绫子
　　　　一个人站在池边，陷入沉思。管家山口从舞台左侧
　　　　登场。］

山　口　夫人，您在这里啊？祝您早安。

绫　子　你早。

山　口　请问，您想在几点用早餐？

绫　子　（握紧手里的遗书）你还什么都不知道啊。

山　口　啊？您说什么……

绫　子　算了……对了，早餐在平时的时间就可以了。老爷
他，（说着，啜泣起来）老爷他……在早餐之后，大
概也要休息吧。

山　口　那就和平时一样……

绫　子　是的，和平时一样……今后永远都要这样继续下去。

　　　——幕落——

黑蜥蜴

三幕

—— 根据江户川乱步的原作创作

场　景

第一幕

大阪市中之岛Ｋ宾馆　　——早春

第一场　Ｂ室、Ｃ室　——晚八时

第二场　Ｃ室

第三场　Ｂ室、Ａ室　——八时四十分

第四场　Ｂ室、Ａ室　——十时

第五场　Ｂ室、Ａ室　——十时半到十二时过后

第六场　Ｃ室

第二幕　——春

第一场　东京涩谷岩濑宅邸里的厨房

第二场

（Ａ）黑蜥蜴的秘密藏身处　——第一场的次日

（Ｂ）明智小五郎的事务所

（Ｃ）黑蜥蜴的秘密藏身处

（Ｄ）明智小五郎的事务所

（Ｅ）黑蜥蜴的秘密藏身处

$$（F）\begin{cases}明智小五郎的事务所 \\ 黑蜥蜴的秘密藏身处\end{cases}$$

第三场　东京塔观景台　　　　——第一场的再次日

第四场　芝浦附近的桥边

第三幕

第一场　怪船内部

（A）黑蜥蜴的起居室

（B）上甲板

第二场　S 港的废弃工厂

第三场　恐怖美术馆

登场人物（依登场顺序排列）

绿川夫人（实为黑蜥蜴）

岩濑早苗

雨宫润一

客房服务员

岩濑庄兵卫

明智小五郎

明智的部下　堺

　　　　　　木津

　　　　　　岐阜

警官　A

　　　　B

老保姆　阿雏

预订员　五郎

保镖　原口

　　　　富山

　　　　大川

女仆　梦子

岩濑夫人（只有声音）

洗衣工

女仆　爱子

　　　　色江

家具店店员　A

　　　　　　　B

　　　　　　　C

　　　　　　　D

侏儒　A

　　　　B

东京塔的大群观光客

小卖部老板娘

出租车司机

黑蜥蜴的部下　北村

船员　A

　　　　B

```
                    C
                    D
                    E
刑警             A
                    B
                    C
                    D
岩濑夫人
早苗的未婚夫　早川
```

第一幕

［大阪市中之岛 K 宾馆的 522 室和 524 室。舞台分成三个部分，右侧是 524 室，这里放着一个大旅行箱。舞台的中央和左侧是 522 室，这是一个套房，中央的起居室非常宽广，左侧是卧室，摆着两张单人床。522 室和 524 室的房门都设在舞台正面的深处，假定这两扇门通往同一条走廊。舞台上方的横楣处有一个巨大的时钟，演出开场的时候，它正好指向八时。从舞台左侧算起，这三个房间依次称为 A、B、C 室。八点钟的时候，大幕拉起。]

第一场

［大幕拉起之后，只有 B 室亮着灯。绿川夫人坐在中

央的安乐椅上，早苗靠近C室，面向观众席，倚窗
而立。二人均身着晚礼服。]

绿川夫人 对你来说，夜晚的河流那么稀奇吗？你应该不是
第一次来大阪吧。

早　苗 在女校上学的时候，我来过一次。从京都回去的时
候，在大阪待过一天。

绿川夫人 就那一次？

早　苗 嗯。这里叫中之岛吧？那河是淀川？

绿川夫人 是啊。你问问题就像小学生似的，明明已经十九
岁了。

早　苗 阿姨，您怎么连我的岁数都知道，真让我不好
意思。

绿川夫人 只要是和你有关的事情，我什么都知道。更何况
你还年轻，被人知道年龄，也没什么不好意思的。

早　苗 可我却对阿姨您的事情一无所知。

绿川夫人 这就是成为好朋友的秘诀啊。

早　苗 （坦率地微笑）是啊。（再次从窗户俯瞰下方）就算
是晚上，河上也会有船来往啊。灯光在移动着。也
有人是在那样的船里起居的啊。

绿川夫人 在这个世界上，不是所有人都像你一样，可以当
一个有钱的宝石商的千金小姐，住在宾馆的套房
里面。

早　苗 啊呀，那么，阿姨您呢？

绿川夫人 是啊，这么说的话，我算是有点小钱吧。我是你

父亲店里的常客，买过一些小宝石，在这期间，成
了你们一家的朋友……算了，这种事，怎样都无所
谓。不过，我既讨厌被关在套房里，也讨厌在小舟
上起居。怎么说呢，我希望生活在事物和事物之间
能够坦诚接吻的世界里。金钱把人与人、物与物、
你与我分隔开了。真是个无聊的世界啊。难道不
是吗？

早　苗　（表现出兴趣）是啊。

绿川夫人　在我想象的世界里，宝石和小鸟一起飞翔，狮子
悠然地漫步在宾馆的地毯上。美丽的人们绝不会衰
老，国宝名壶被换成了黄色的保温瓶，全世界的手
枪就像一大群乌鸦那样飞集到一起，使天空昏暗。
闪电和焰火；祭典中的群众；报社记者们的钢笔自
动开始写作，墨水漫溢而出，穿着白色衬衫的胸膛
被染得湛蓝。这个时候，颁布了一份告示，是我当
上女王的告示。人们毫不客气地闯进别人家里，所
有的墙壁、所有的围墙，都像馅饼的饼皮一样一碰
就破，我们戴着橡胶做成的指环，相反，地铁的吊
环却全是由钻石和白金制成的。如果是这样的世界
的话……

早　苗　真棒啊！爸爸的店会破产的。我会得到自由的。这
样一来，我也不用被特意带到大阪来相亲了。年轻
的乞丐会来向我求婚的。

绿川夫人　是啊，你会得到自由。不仅如此，你还可以永远

保持年轻，永远维持美丽的容貌。

早　苗　真的吗？阿姨，是真的吗？

绿川夫人　难道我会说谎吗？我多希望请你来我的梦之国度
　　　　做客啊。因为，你真的是非常年轻、漂亮……你在
　　　　打排球吧？你的身体富有弹性，身材匀称，美丽、
　　　　柔软。你乳房的形状很美，即使你穿着衣服，我也
　　　　很清楚。

早　苗　（脸红）讨厌啦，阿姨。

绿川夫人　不管脸再怎么漂亮，如果身体的形状不好，这样
　　　　的人，我也绝不会喜欢。

早　苗　阿姨您才是，您的脸和身体都很漂亮。我爸爸对您
　　　　非常迷恋。

绿川夫人　你别岔开话题。每当我看到拥有漂亮脸庞和身体
　　　　的人，就会突然感到有些空落落的。因为我会想，
　　　　再过十年、二十年，这个人会变成什么样子？我从
　　　　心底里渴望将那些人停留在他们最美的时刻里。也
　　　　许，衰老的不是肉体，而是心灵；也许，烦恼和衰
　　　　颓会自内向外地在身体上反映出来，渐渐制造出丑
　　　　陋的皱纹和老年斑。所以，如果仅仅把心灵从肉体
　　　　中整个抽离出来的话……

早　苗　哎呀，活人还能没有心灵吗？

绿川夫人　（显得非常难受）所以说，那是我的梦啊。不管是
　　　　钻石也好，蓝宝石也好，请你向宝石里窥视一下。
　　　　它们直到最深处都是透明的，没有什么心灵。正因

如此，钻石才能永远闪耀、永远年轻。

早　　苗　您先稍等。（说着，就要拿起电话）

绿川夫人　你要打给哪里？

早　　苗　酒吧。要是把爸爸叫来，他肯定会很高兴的。

绿川夫人　不用了。就咱俩，再说一会儿话吧。接下来要说的话会让你特别高兴，如果你爸爸也在，反而就不好了。

早　　苗　那，（老老实实地放弃拨打电话）什么话会让我特别高兴啊？

绿川夫人　接下来慢慢说。

早　　苗　把人家勾得这么心焦，真是讨厌啊，阿姨。

绿川夫人　先不说这个。刚才，晚饭前，在大堂里被介绍给我的那个人，叫明智什么的……

早　　苗　您不知道吧，他就是日本第一的私家侦探，明智小五郎啊。

绿川夫人　啊，明智小五郎就是他呀。为什么那样的人会跟着你们呢？

早　　苗　现在，爸爸应该正和明智先生在酒吧里悠闲地喝酒呢。爸爸近来有点神经衰弱，不喝酒就睡不着觉。而且，他在入睡之前，一定会吃安眠药……

绿川夫人　所以，我问为什么。

早　　苗　……好吧，我只把实情告诉阿姨您。这段时间，奇怪的恐吓信几乎每天都送到我们在东京的家里来。

绿川夫人　哎呀，真可怕。是什么恐吓信？

早　苗　每封信的内容都一模一样，我把每一个字都记住了。"请您严加防范小姐的人身安全。可怕的恶魔正企图绑架小姐。"

绿川夫人　哎呀，太吓人了！

早　苗　我倒是不在乎，应该是什么人在搞恶作剧吧；可爸爸却很担心。如果去拜托警察，这件事可能会上报纸，因此他就悄悄地拜托了明智先生。这回的相亲也是，由于要在这里——在大阪见面，爸爸和妈妈都相当热心。为了让我避难，我们全家就和明智先生一起来大阪了。哪怕我只是去买点东西，明智先生也会跟着我。

绿川夫人　是他那样的侦探的话，就可以放心了。

早　苗　而且啊，他是个特别好的人！

绿川夫人　侦探里有"好人"吗？他们全都疑心重重，眼神凶恶。说白了，在别人看来，他们干的不是什么好生意。

早　苗　可是，明智先生看起来像那种人吗？

绿川夫人　真奇怪呀，他看起来不像。

早　苗　是吧？

　　　　　〔二人相视而笑。〕

绿川夫人　你相亲的对象，你对他还满意吗？

早　苗　太差劲了。那是个戴着眼镜、说话黏黏糊糊的怪人。"在下听说，小姐您是一位体育健将"，现在这个时代，还说什么"体育健将"，这说话的品味未免也太怪了点吧?

绿川夫人　简单地说,你就是不满意他。

早　苗　特别不满意。

绿川夫人　打搅你爸爸的计划,有点过意不去,但我发现了一个和你特别相称的人。他是东京的一位年轻实业家,是个特别优秀的人。昨天,我在这家宾馆里偶然碰到了他,也跟他提到了你。我当时觉得,如果你们俩能并肩站在一起,那该有多好啊;而且,真是凑巧了,他就住在隔壁房间。我很清楚你的喜好,所以我满怀自信地向你推荐他。怎么样?要不要见一面?

早　苗　就算您这么说,一天相两次亲,也有点……

绿川夫人　这不算什么相亲。要是看对眼了,你们就交往,这样不好吗?回到东京之后,我随时都可以安排你们幽会。

早　苗　连见都没见过,您就说这些……

绿川夫人　我现在就让他和你见面。我打电话叫他过来。

早　苗　那位先生在隔壁房间吗?现在?

绿川夫人　不,他应该在酒吧里。

早　苗　哎呀,阿姨您都计划好了。

绿川夫人　我这么做,也是因为喜欢你。(说着,站起来,要拿起话筒)

早　苗　他在酒吧的话,要跟爸爸保密吗?

绿川夫人　没关系,交给我吧。喂喂,请接酒吧……是酒吧吗？如果有一位姓雨宫的客人，就请他接电话。对，是个年轻人，应该是独自一人。对……喂喂，雨宫先生，请你现在来 522 房。我把一位漂亮的千金小姐介绍给你，请你马上过来……哎呀，他挂了。这就飞奔过来了。

早　苗　不知道为什么，我有点害怕。

绿川夫人　有什么好怕的。你还真是个小宝宝啊。

早　苗　不是的。从小时候起，我就好像拥有某种预感的能力。一个美好得令人眼花缭乱的世界很快就要来了，我仿佛有这种感觉。

绿川夫人　你太夸张了。雨宫先生还没到那种程度。

早　苗　从小，我就像宝石一样被珍重着、宠爱着长大。与其被买走，我宁愿被盗走——这是我的梦想。

绿川夫人　咦？

早　苗　如果一个人渴望得到我，那个人就必须得有恨不得把我盗走的热情才行。我被放在天鹅绒的台座上，被保护在厚厚的玻璃后面；从我面前走过的人透过玻璃窥视着我，从他们的眼中，浮现出了放弃，或者愤怒，或者妄自尊大的逞强。我已经看够了那些眼神。我一心向往着，总有一天，窥视着我的，是一个勇敢的盗贼的眼神。我一直等待着这种眼神。

绿川夫人　啊，你是这个意思啊。如果是这样的话，雨宫先生的确拥有足以把你盗走的眼神。

早　苗　真的吗，阿姨？

绿川夫人　当然是真的。

　　　　［敲门声响起。］

　　　　请进。（说着，站了起来）

　　　　［衣冠楚楚的雨宫润一入内。］

　　　　这位是雨宫润一先生。这位是岩濑早苗小姐。

早　苗　初次见面，您好。

雨　宫　初次见面，您好。

绿川夫人　你们就这样伫立在当场，紧紧地盯着对方，是吧。这样就很好，根本不需要语言。为了让你们继续沉默下去，我可以一直说话。（二人面对面坐下。夫人站起身，走到窗边）对于那些年轻而美丽的人，我还是比较喜欢他们沉默不语的样子。反正，从口中说出的话语是平凡的，肯定会糟蹋了这难得的青春和美貌。就连身上的衣服，对你们来说都是多余的；因为衣服是为了在人们的视线之下遮挡逐渐变丑的身体才存在的。就和为了恋情而张开的双唇一样，因为恋情而张开的每一个毛孔，以及不起眼的汗毛，都应当是美丽的。如果为了害羞而染红的脸是美丽的，在喜悦和羞涩中变得通红的身体理应更加美丽……已经是夜晚了。我们的时间近了。我们的夜晚位于凡人的夜晚之外，就仿佛险峻的断崖绝壁；我们的夜晚位于阖家团圆之夜的四周，将它团团包围，就仿佛可怕的森林。（从窗户往下看去，用打火机点烟，然后一边用打火机的火焰在窗边画着大大的圈子，一边说道）汽车正在等待。它远离宾馆大门的灯火，等待着美丽而沉重的行李。（又用打火机的火焰画着小圈子，说道）已经完全准备就绪，司机毫不松懈地注意着周遭，他等待着汽车平滑地驶出，恰如蒙骗和谎言驶过一片油面。只要稍微用一点力，让齿轮脱落就好。一旦齿轮脱落，那邪恶和虚伪的机器就会仿佛十分愉快似的，立即开始转动；它只要开始转动，就无法阻止了。（熄灭打火机的火焰，转回身来）雨宫先生，你把那个东西给早苗小姐看看，如何？

雨　宫　"那个东西"？

绿川夫人　你不是还给我炫耀过吗？就是你昨天在古董店里发现的，那具陈旧而美丽的新娘人偶。

雨　宫　可是，那么大的东西……

绿川夫人　你不用把它搬过来，我和早苗小姐一起去你的房间欣赏。好吗，早苗小姐？

早　苗　……嗯。

绿川夫人　我和你一起去，你可以放心。那具人偶真的值得一看，是一具非常精巧的人偶。它就像一位少女，脸雕得十分漂亮，对了，简直就像照着早苗小姐你的样子雕刻出来的。

雨　宫　请等一下。您现在就要去吗？

绿川夫人　是啊。不可以吗？

雨　宫　不，一个人在外旅行，房间里总是特别乱的。这样吧，我去收拾一下，收拾完再叫你们来。

绿川夫人　那样也好。我们等着，请你快点。

雨　宫　嗯，好，马上。

　　　　〔说罢，向早苗道别，离去。他很快出现在舞台右侧的Ｃ室，打开灯，迅速粘上胡子进行化装，然后掏出一块手帕，沾满乙醚，把捏着手帕的手藏在身后，关上房间里的灯，只留一盏调暗的落地灯，藏身在门边。与此同时，在Ｂ室……〕

绿川夫人　怎么样？那个青年？

早　苗　我还是第一次见到那样的人。

绿川夫人　我说得没错吧？

早　苗　他十分惴惴不安、谦虚拘谨。尽管如此，他的眼睛却无所畏惧地闪闪放光……

绿川夫人　他身上有一些仿若谜团的部分，但其实却是一个能干的实业家。

早　苗　我什么都没说，是不是不太好呀？

绿川夫人　他也一句话都没说，都是我在说话。

早　苗　哎呀，阿姨您说话了吗？

绿川夫人　你根本没听到我在说话？

早　苗　不……

绿川夫人　你好可爱呀，真是个可爱的人。（从身后用手环住她的脖子）甚至让我想要像这样杀了你。

早　苗　（把她的手拂开）宝石商的女儿、无聊的相亲、在宾馆里生活……这些全都消失得无影无踪，不知道为什么，我正在飞快地旋转，好像变成了银色的陀螺。

绿川夫人　如果让我亲自来办，事情就会变成这样。

早　苗　我相信你，阿姨。

绿川夫人　你就相信我吧。看到相信着我的人的眼睛，会让我心荡神驰。

［电话响了。夫人拿起话筒。］

是我……好的……好，现在就去。（对早苗）好了，走吧。崭新的世界在你的面前展开啦。（说着，催促着早苗，走出房间）

［与此同时，B室的灯光熄灭。］

第二场

［C室的门被敲响，早苗走进房间。看到昏暗无人的房间，她踌躇了一瞬间。夫人背着手把门关上。雨宫突然跃出，从背后搛住早苗，把手帕捂在她脸上。早苗昏倒。夫人和雨宫脱下衣服，打开旅行箱，把早苗塞入箱中。夫人穿上早苗的衣服。雨宫协助她穿衣。夫人乔装完毕之后，雨宫拿起话筒。］

雨　宫　您好，我是 524 房的山川健作。我现在要退房，请来帮我拿一下箱子。

［乔装成早苗的夫人拿起预先准备的包袱，离开房间。C室的灯光熄灭。］

第三场

[绿川夫人走进B室。B室的灯光亮起。夫人进入A室，关上A室和B室之间的门，只打开一盏小落地灯，然后按铃。不久，B室的门被敲响了。夫人说"请进"之后，侍者走进B室。]

侍　者　您有什么吩咐？

绿川夫人　（把门打开一条缝，脸藏在阴影里。她的姿势使A室的灯光只能照亮她身上的衣物。装成早苗的声音说道）嗯，我爸爸应该在楼下的酒吧里。您可以叫一下他，请他就寝吗？

侍　者　好的。

[侍者离开。夫人将外衣脱下一半，又想了想，从房间深处的衣柜里取出一件长睡袍，做出刚刚将外衣脱下一半，即将换上长睡袍的样子，在A室等候。]

岩　濑　（醉醺醺地进入房间。他在门口做出和明智小五郎道别的样子）哎呀，哎呀，真是谢谢了。辛苦您了。请您回房吧。今晚我太高兴了。好，晚安……（锁上门）就你一个人吗？绿川家的夫人不是跟你在一起吗？

[说着，就要进入A室，但是看到自己的女儿刚刚将外衣脱下一半，便转回B室，坐在起居室里的安乐椅上。]

绿川夫人　（用装出来的声音说道）嗯，我有点不舒服，就请绿川阿姨先回去了。我已经准备睡了。爸爸您也睡吧？

岩　濑　你这孩子呀，真是叫人头疼。我不是反复强调过，你绝对不能一个人待着吗？万一出点事，该如何是好？

绿川夫人　所以我才叫您回来呀。

岩　濑　这倒也是。（说罢，站起身来，从水壶里倒了一杯水，一饮而尽，然后又倒了一杯，拿着杯子走进Ａ室。绿川夫人背对他躺着。岩濑从床头柜上拿起安眠药，用水送下，然后一边换上睡衣一边问）早苗，你感觉怎么样？

绿川夫人　嗯，还好。已经没事了。我很困了……

岩　濑　哈哈哈哈，你可真怪呀。对那个人看不顺眼，还在闹别扭哪？（说着，上床躺下，望着天花板说道）要是已经睡着了，你不用答话……我呀，我重视你，甚至要胜过重视那颗珍藏在店里、重一百一十三克拉的钻石"埃及之星"。就算有人企图绑架你，人家真正的目的，也肯定是那颗钻石。所以呢，爸爸我就出了每个月一百万元的薪水，雇了明智小五郎。喏，不是吗？这样一来，世界上的一切就都聚齐了。日本第一的女儿，和……日本第一的钻石，以及……日本第一的侦探……说实话，缺了其中的任何一个，爸爸我都不会感到满足。早苗啊，喏，宝石，就是一种附带着不安感的东西。正是这种不安感，才让宝石显得美丽。多亏有人寄来了那封奇怪的恐吓信，你也成为真正的宝石了……啊，啊。（说着，打了个哈欠）药起作用了。困劲上来了。可是，我不能想着要睡觉。如果不小心这么想了，就睡不着了。爸爸我才不困呢！不困！不困！……得这样想才能睡着。人类是会睡觉的。宝石是不会睡觉的。就算整个城镇里的人都睡熟了，在信托银行的保险柜里，在上了锁的宝石箱里，宝石们依然在大大地睁着眼睛。宝石是绝对不会做梦的。钻石辛迪加[①]严格地保证了它的价值，所以它是不会沦落的。如果它准确地过着和自己的价值相称的生活，它为什么还需要做梦呢？啊，啊。（说着，打了个哈欠）喏，是吧，早苗？将梦取而代之的，就是不安感了。这是钻石患上的优雅的疾病。病得越重，价值越高。价值越高，病得越重。爸爸就是贩卖疾病的人。那是澄明的、发光的、纯粹的、小小的疾病。是透明的疾病、青色的疾病、红色的疾病、紫色的疾病……啊，啊，爸爸我还想赚更多的钱。十万个鲷鱼烧，一百万串鸡肉串。在美国，好像连婴儿也可以卖……啊，啊。二十万个黑人婴儿。一千万条金鱼……啊，啊。三千万根棉花糖……啊，啊。全世界最棒的庙会。是属于爸爸我的……啊，啊……啊，啊……啊。

---

① 指钻石企业的联合垄断组织。

［岩濑终于睡着了。——停顿。终于，绿川夫人抬起头，然后慢慢起身。夫人刚才看似要换上长睡袍，但其实仍然穿着早苗的衣服。夫人从床下拿出包袱，在昏暗的房间里打开，拿出模仿早苗的头部做成的人偶头，把它放在枕上，巧妙地做出早苗在床上睡觉的样子，最后悄悄溜出 A 室，从 B 室离开。］

第四场

［舞台完全黑暗，只有上方的大时钟被照亮。时钟的指针从八时四十分开始转动，转到十时停止。］

［舞台上的 B 室亮起灯。突然响起猛烈的敲门声。敲门声持续了片刻。躺在 A 室里的岩濑蠕动着起床，走到 B 室，打开门，打了个哈欠。］

明　智　（走进房间）有封电报来了，内容很奇怪。

岩　濑　嗨，是明智先生啊。咦？电报？（说着，半睡半醒地接过电报）

明　智　（又把电报抢过来，读道）"今夜十二时务请注意"。

岩　濑　今夜……十二时……？

明　智　那个关于绑架的恐吓，终于开始指定时间了。

岩　濑　啊，啊，可恶，又是恶作剧。喊，我睡得正香呢。

明　智　小姐她没什么异样吧？

岩　濑　没事，没事，在我旁边好好地睡着呢。（说罢，摇摇晃晃地走去瞧了一眼 A 室，又转了回来）哎，就别叫她起来了。她说她不太舒服，好不容易安安静静地睡实了。

明　智　卧室的窗户没问题吧？

岩　濑　白天我好好地锁上了。（准备回到 A 室）明智先生，不好意思，你能帮我锁好门，保管好钥匙吗？

明　智　不，与其这样，我还是在这个房间里待一会儿吧。请您把卧室的门一直开着。（岩濑点点头，开着卧室的门，躺回到床上）

　　　　　〔明智在 B 室里慢慢地来回踱步，锁上门，拔出钥匙，把它放进自己的左侧口袋，这才坐在椅子上，点起一根烟，监视着卧室的方向。〕

第五场

　　　　　〔B 室的门被敲响了。敲门声暂时停止。明智从右侧口袋里抽出手枪，摆出架势。敲门声再次响起。〕

明　智　哪位？

绿川夫人　是我。

　　　　　〔明智收起手枪。他站起来，走到门边，用钥匙打开门，又把钥匙收回左侧口袋。绿川夫人身穿艳丽的和服，走入房间。〕

明　智　啊，绿川女士。

绿川夫人　你在这里呀。都是因为来了一封奇怪的电报。

明　智　您很了解情况嘛。

绿川夫人　是宾馆的侍者说的……早苗小姐睡得好吗？

明　智　嗯。

绿川夫人 她爸爸也睡得好？

明　智 嗯。

绿川夫人 这样一来，只要你在这里值守，这个世界上就没有什么值得害怕的了。

明　智 嗨，是这样没错。

绿川夫人 这工作大概特别无聊吧……

明　智 危机这种东西，只会在无聊之中存在。在无聊的白纸上，被烘烤出来的文字会突然显现。那就是我所等待的……不说这个，请您不要插足别人的烦心事，赶紧回房就寝，如何？

绿川夫人 哎呀，你可真有礼貌。我跟岩濑家的交情，可比你久得多。我也担心得睡不着觉。

明　智 那样的话，就请便吧。

绿川夫人 我在这里陪你，一直陪到至关重要的十二点为止。

明　智 诚惶诚恐。

　　　　〔夫人坐在明智对面，掏出烟。〕

绿川夫人 能帮我点个火吗？

明　智 请。

　　　　〔说罢，用打火机为夫人点烟。〕

绿川夫人（环顾四周）这个夜晚好像与平时的夜晚不同。夜晚正在互相拥挤，屏住呼吸。这是宛如精巧的寄木细工一般的夜晚。我觉得，在这样的晚上，身体反而会灼热起来，变得生机盎然。

明　智　当犯罪靠近的时候，夜晚就会变成生物。我知道许多这样的夜晚。夜晚的脉搏突然跳动起来，开始带上温暖的体温……最终，那个夜晚会将犯罪迎入自身，与犯罪共衾。有时，还会流血……

绿川夫人　你曾经闯过了无数个那样的地方。现如今，犯罪和你，一定已经变成了犹如照片的正片和负片一样的关系。你的眼睛看到的事物和犯人看到的一模一样，你的心和犯人的心会同时浮现出相同的想法。

明　智　我要是有那种本事就好了！

绿川夫人　哎呀，您别这么没自信嘛！

明　智　不，当犯人思考黑色的时候，我会思考白色，就像一张照片那样，黑色和白色的部分必须恰好相合①。但那种境界是很难达到的。就算闯过了这么多案件，在犯罪这种事物之中，也一定存在着我无论如何都无法理解的部分。每当发生一起疑难案件的时候，我就会想"如果我是犯人的话……"，因为，如果我是犯人，我就可以知道案件的一切细节，因此也就没有解不开的谜题了。理应是这样。所以，我一心一意地模仿犯人，为了像犯人思考的那样思考、像犯人行动的那样行动，我下了非常大的苦功……可是，就差一步，很可惜，我还是成不了犯人。有什么东西在我心里妨碍着我……

① 指黑白照片。

绿川夫人　是你心里的良心，在世上的每一个地方妨碍着你。无论是在光天化日之下的街角，在法院，还是在高尔夫球场，你大摇大摆、肆意而为的良心都在妨碍着你。

明　智　您说得倒是挺好，可事情并不是那么单纯的。如果要进行犯罪，就必须具备某种资格。您听好了，那是连犯人自己也一无所知的资格。

绿川夫人　什么资格？

明　智　是这么回事。比方说，这里有一个女人，有人送给她一束玫瑰。她非常喜欢玫瑰，于是将花束拿近脸颊，去嗅香味。这时，她突然在花瓣的阴影里发现了一条可憎的虫子。她立即尖叫着，将花束扔进了身边燃烧着的暖炉。这样的女人是不会犯罪的。

绿川夫人　哎呀，那是为什么？

明　智　请容我稍后说明。这里有第二个女人，她也非常喜欢玫瑰，并且在花瓣的阴影里发现了一条虫子。她冷静地拈起虫子，将它扔进了燃烧的火焰。花束既然已经清理干净，她便重新嗅起了香味。然后，还有第三个女人，这第三个女人怎么做呢，她既不想杀死虫子，也不想烧掉花束。因为，她原本就具有一颗温柔的心。她左右为难，最后，您听好了，她绕到那个送给她花束的男人背后，猛地一推那个可怜男人的后背，将他推进了暖炉……也就是说，她把那男人的脸烧了个漆黑。

绿川夫人 哎呀!

明 智 您听好了,即便如此,这第三个女人也是一个拥有过剩的温柔之心,拥有非常敏感的神经的人。第一个女人,在那一瞬间,情急之中无意识地多少发挥出了一些残酷,她连花束带虫子一起扔进火焰,拯救了自己,同时也拯救了世间,以及世间的秩序。第二个女人则是有意识地多少发挥出了一些残酷,她极其理性地试图在虫子的性命、玫瑰花束,以及世间的秩序道德之间划分出鲜明的层次。至于第三个女人呢,她过度忠于自己温柔的灵魂,因此才将世间的秩序道德彻底连根拔起……您看,在这三个人中,第三个女人身上的残酷是最少的,可是,毫无疑问,她拥有成为罪犯的资格。

绿川夫人 真是绝妙的理论。我还从没遇到过像你这样的侦探——像你这样,打从心底里爱着犯罪,对犯罪充满了浪漫憧憬的侦探。

明 智 的确如此。没错,在所有的犯罪之上,都缠着一种优雅得像丝绢、像蕾丝一样的东西,同时多少还有一点古旧、夸大的地方。就像是听一位守旧的阿姨说话那样。

绿川夫人 抢劫汽车也是这样吗?贪污也是?由肮脏的壮汉进行的暴力犯罪呢?

明 智 嗯,可以这么说。因为,无论怎样卑俗的犯罪,都有一种梦想缠在它们上面。我们的现代社会是由法律固定起来的，它只不过是用玻璃、铁和混凝土建造的东西，绝对无法与犯罪相比。由蕾丝、丝绸和鲜血制成的花束，装饰在犯罪的外侧，飘散着优雅的气息。无论怎样的凶器，只要它是凶器，它的形态就比无害的电动洗衣机更加优雅，因为它带有一种非实用的情调。难道不是吗？

绿川夫人　就算我赞成，又能怎么样呢？

明　智　这个嘛，我打个比方吧。请看。（说着，从右侧口袋里掏出手枪）并不是要对您开枪。如果从对面卧室的窗户那里，有什么东西出现的话，这家伙的枪口就会喷出火焰。（说着，瞄准窗户）可是呢，请看，在窗外只能看到漆黑的夜空，以及星辰。这把枪所瞄准的，是"夜"，是这庞大的、不可能预测的、充满了早春冰冷空气的整个夜晚。即使我现在开枪，"夜"也不可能像打靶游戏中的人偶玩具①那样当场倒下，好让早晨的太阳从夜晚的彼方露出面庞。这把手枪仅仅是在做着梦，等着一件逾越常轨的事情发生。那件事情，换句话说，就是夜晚出现了鲜明的脉动，带上了体温，徐徐地获得了动物特有的气味，固定成一个人类的姿态，现身出来——它所等待的，就是那样的一个瞬间。

绿川夫人　然后，如果它现身的话，你就会以法律之名开火……

---

①　指庙会上的打靶游戏。人偶玩具既是靶子，也是射倒后的奖品。

明　智　不。(将手枪收回)是以梦想之名开火。这就是我
　　　　们私家侦探和刑警的不同之处。我们用梦想惩罚梦
　　　　想。我用我的理智绘出梦，然后用这梦去惩罚犯罪
　　　　所拥有的梦的因素。除此之外，我们还有什么生存
　　　　的意义？

绿川夫人　这还真是冰冷的生存意义啊。

明　智　您的意思是，这是职业性的冰冷？

绿川夫人　不，是非人的冰冷。因为，即使是法律惩罚犯
　　　　人，那也是所谓的"人类对人类的惩罚"；可是，你
　　　　所做的，却是在人类的梦想对面张网等待，这就是
　　　　你所谓的"用梦想惩罚梦想"吧。不，这是你把自
　　　　己放到了宿命的立场上，用宿命来惩罚。你那傲慢
　　　　而美丽的白皙额头，看起来就像对世事一无所知的
　　　　少年的额头……

明　智　是吗。那么，我是不是可以回敬您一句赞美：您拥
　　　　有谦虚的眼神？

绿川夫人　随便你说什么。只不过，我觉得我在你冰冷的眼
　　　　睛里，看到了没有得到满足的希望，看到了怯懦
　　　　谨慎的恋慕之情在闪闪发光。总之，你陷入了不
　　　　会得到回报的恋爱。那是你对犯罪的恋爱。难道不
　　　　是吗？

明　智　这又是一种极度诗意的表达方式啊。

绿川夫人　当你觉得自己成就了恋爱的那一瞬间，犯罪就逃
　　　　出了你的掌心，逃进警察和法院的那些繁杂难懂

的、由手续构成的森林里去了。

明　智　不过，也许是我自以为是吧，我有这样一种想法——我也被犯罪爱着。在犯罪的那一边，它对我也抱持着无法得到回报的恋情。

绿川夫人　真是一对纯情而厚颜无耻的恋人啊。

明　智　是的。纯情，怦然心动，自己向自己发起对抗，结果呢，两个人全都热衷于背叛对方——就是这样一对不幸的恋人。

绿川夫人　很遗憾，我觉得你的确从犯罪中看到了性的魅力。

明　智　嘿，在您看来，犯罪有这种魅力吗？

绿川夫人　不，那种非常特殊的魅力，像我这种对犯罪一无所知的女人怎么会懂呢？对我谈这个，不是对牛弹琴吗？

明　智　哈哈哈……话说回来，有没有什么打发时间的办法啊？毕竟是在这种时候，也不能喝酒……

绿川夫人　啊，这里应该有扑克。要玩扑克吗？

明　智　可以啊。

绿川夫人　（站起来，从明智身边经过，同时扒走了他的手枪。从架子上拿起扑克牌）正好，这里有两副牌。（拿着两副扑克牌走回）来玩美国的皮纳克尔 ① 吧。

---

① 皮纳克尔（Pinochle），一种纸牌游戏，使用两副扑克牌的 A、K、Q、J、10、9 进行，共 48 张。

明　智　好啊。

绿川夫人　（从扑克牌中抽出所有的 A、K、Q、J、10、9，同时说道）要不要赌点什么？

明　智　我倒是可以赌，可是，和您不一样，我这个人很穷。

绿川夫人　我赌我拥有的所有宝石。

明　智　您这么慷慨大方啊。那我就……

绿川夫人　（突然伸出手去，握住男人的手）有一个东西，我希望你务必要赌它。

明　智　请您不要吓唬我。

绿川夫人　赌你的……（说着，盯着他的脸）

明　智　咦？

绿川夫人　我希望你赌你的侦探这个职业。

明　智　（回盯着她，暂时沉默。终于，爽快地说）好啊，那就赌吧。

绿川夫人　太好了！（欢脱地）看，A、10、K、Q、J，还有 9，每种花色六张，两副牌四十八张，从里面再抽出十二张，你六张，我六张。（说罢，将牌发给对方，再将剩下的牌扣在桌上作为牌堆，翻开最上面的一张，将它横过来）这就是王牌。[①]

　　〔二人安静下来，开始打牌。他们各自打出一张牌，扣在桌上，再一起翻开，根据牌的点数大小决定每

---

① 声明这张牌为本局的王牌（trump）。

一回合的胜负。只有相同花色的牌才能分出胜负，此外，如果双方的花色和点数都相同，则先出牌者胜。

然后，获胜一方拿回双方本轮打出的牌，与自己的手牌组合，看是否能够组成牌组，如果可以组成，则获得分数。]

明　智　赢了！

绿川夫人　能凑成一组吗？

明　智　（检查手里的牌）不行。

　　　　　[牌局继续。]

绿川夫人　我赢了！

明　智　怎么样？

绿川夫人　（排出手中的牌）看，小婚①！

明　智　哎呀哎呀，您得二十分。

　　　　　[牌局继续。]

明　智　赢了！

绿川夫人　是一组？

明　智　……大概是。

绿川夫人　……不会吧……

明　智　看，是大婚②。

绿川夫人　你得四十分。比我多二十分了。

　　　　　[牌局继续。明智看了看手表。]

———————————

① 小婚（marriage），非王牌花色的 K 和 Q。
② 大婚（trump marriage，又称 royal marriage），王牌花色的 K 和 Q。

明　智　（突然将纸牌打乱）就玩到这儿吧。

绿川夫人　你要赖。还没有决出胜负呢。

明　智　因为，距离十二点只有不到一分钟了。

　　　　　［横楣处的时钟被照亮。它正指着差一分钟十二点的
　　　　　时间。］

绿川夫人　就来慢慢地打牌呗。这不是没有任何事情发
　　　　　生吗。

明　智　可是，再过一分钟，就会有什么事情……

绿川夫人　你可真是对犯人充满信任啊。

明　智　对犯人来说，应该也是有"体面"这种东西的。

绿川夫人　你这么一说，连我都感到担心了。要说这深更
　　　　　半夜里的声音，无非只有附近房间里下水道的水
　　　　　声、画框稍微歪斜下来的声音，以及家具干裂的响
　　　　　声而已。如果只是如此，那么一切都会一直纹丝不
　　　　　动、一直沉入梦乡；除非——比如说，画框中富士
　　　　　山的绘画突然变成裸女画，浴室里的护发素变成颜
　　　　　色艳丽的毒药，墙上的一段木纹变成带着血丝的人
　　　　　眼——除非事情变成这样。不知道为什么，我感到
　　　　　害怕了。来吧，再打牌吧。

明　智　现在正好十二点了。

　　　　　［钟敲响了十二点。］

绿川夫人　果然什么都没有发生，不是吗？

明　智　打赌是我赢了吧？

绿川夫人　这个嘛，谁知道呢。总而言之，我们就像赤着脚

踏入山涧冰冷的急流一般，踏进了时间之流。怎么样！这流过我们脚背的透明而冰冷的水！这水也在房间里流着，在整个宾馆里流着。铁桥、船只、深夜里亮着灯的停车场、沉眠的人们、信托银行保险柜里的宝石，这一切都化作了时间那冰冷的急流。您能听到吗？这轰然作响的时间的声音。犯人所预告的时间，比国王出行的时间还要准确，在业已扫清的道路上前进。

明　智　这个嘛，我并没有听到那种声音。也许是犯人的表坏了吧。我能够回忆起犯罪逐渐逼近的时刻，那不是现在这个样子。首先，房间里空气的密度会陡然提升，窗帘的褶皱会变得宛如冻结的瀑布，枝形吊灯上的刻花玻璃会发出宛如牙齿颤抖得咯咯作响的声音。就在那时，犯罪那肉眼不可见的身姿悄悄进入了房间。

绿川夫人　如果没有任何那样的征兆……明智先生，我好害怕呀。是不是我们已经习惯了那种氛围，所以，即使犯罪已经站在了这个房间里，我们依然没有察觉到它的身形？

明　智　您是什么意思？

绿川夫人　这只是单纯的害怕，换句话说，只是我的妄想而已。可是，不知道为什么，我觉得，早苗小姐她早就已经……

明　智　您是说，她已经被拐走了吗？

绿川夫人　不知道为什么，我产生了这种很讨厌的直觉。

明　智　可是，早苗小姐她……

绿川夫人　她正安安静静地在卧室里，在她父亲身边香香甜甜地沉睡着，不是吗？这么说，倒也没错。可是，虽然话是这么说……

明　智　您到底想说什么？

绿川夫人　我只是……

　　　　〔明智一跃而起，冲进A室，摇醒岩濑。〕

岩　濑　（迷迷糊糊地）怎么了？什么事啊？这么突然。

明　智　请您看一看您家小姐。在那边睡着的，的确是您家小姐吧？

岩　濑　你在说什么呀。那是我女儿啊。不是我女儿又是谁……

　　　　〔岩濑猛然惊觉，将身坐起，朝着早苗的床喊道。〕

　　　　早苗！早苗！

　　　　〔没有回答。岩濑起身，走到那张床边，想把早苗摇醒。明智把房间里的灯啪的一下打开。〕

　　　　啊！

　　　　〔岩濑高高举起模仿早苗的头部做成的人偶头。人偶头下面的柄上还系着长睡袍。〕

　　　　〔明智和绿川夫人伫立在A室门口。〕

　　　　〔岩濑推开他们二人，走进B室。二人跟在他身后。岩濑手里的人偶头上系着的长睡袍垂到地上，在地上拖着。岩濑垂下头，最后，人偶头掉到了地上。

夫人拾起人偶头，仔细打量。岩濑一屁股坐在椅子上。随即猛地站起，又跑进 A 室，翻乱被子，掀开毯子，打开浴室的门，然后又关上，打开衣柜，在里面翻搅。他突然愤怒起来，站在 A 室和 B 室的交界处说道。]

　　　明智先生，这是怎么回事？我把我女儿托付给你，可她却被偷走了。什么日本第一的侦探啊，简直让人笑掉大牙！一个月一百万的薪水，结果就是这样吗？

明　智　您说一个月一百万，但这是把助手的薪金和调查费用全部包括在内的。纯粹归我个人的部分，并不是需要您操心的金额。

绿川夫人　（笑出声来）你分得倒是很清楚啊。不过，如果只是看守一个人偶的脑袋，这种事我也行的。您说是吧，岩濑先生？

岩　濑　没错。（刚注意到）哎呀，你也在这里啊。

绿川夫人　这么说吧，这里有三个人类，以及，（展示人偶头）一个这个。

岩　濑　这又是怎么回事？我们现在这么说话，就像在咖啡馆里聊天似的。

绿川夫人　没有尸体，所以没关系的。因为，毕竟没有流血，只是消失了、不见了而已……我们正置身在日常生活的正中央哪。

明　智　是啊，对我来说，这就是日常生活。突然之间，又可以轻松地喘气了。

岩　濑　　在我和你之间，一定有一个人脑袋坏掉了。

绿川夫人　　（举起人偶头，仔细打量着，说道）犯人也真是了不起呀。用这种小孩子的骗术，轻松地骗过了我们。围着这么一个人偶的脑袋，我们三个大活人竟然束手无策了。

明　智　　（一直注视着夫人）您不要一直摆弄重要的证物，会沾上指纹的。

绿川夫人　　（看着自己的手指）我的指纹？可你也没有特别阻止我呀。

明　智　　因为，我对美丽的指纹是很宽宏大量的。

绿川夫人　　你这个侦探，怎么这么马虎。（说着，把人偶头放到桌上）

岩　濑　　（如梦初醒）你们到底在说什么呀，事情都这样了！早苗不见了！我可爱的早苗她……（说着，哭了起来）我活着已经没有意义了。

绿川夫人　　您别这么绝望嘛。

明　智　　"您还有宝石在呀"，您是想这么说吗？

绿川夫人　　哎呀，被你先说了。你还挺了解我的心思的嘛。

明　智　　因为，您的安慰方式实在是过于符合逻辑了。

岩　濑　　（抱着人偶头）啊，早苗啊！早苗！你一定要活着呀。你是我一生的梦想、一生的珍宝啊。十五岁那年，我还在栃木县的采石场里当挑夫，那时，我突然从接触变质岩的碎片里发现了一个发出绿光的东西。我偷偷把它放进口袋，带到村公所鉴定；在村公所里，我装作很懂的样子，声称那是一颗祖母绿。在回家的路上，我就像做梦一样。那时，村子里恰好在举行祭典，办了一个热热闹闹的庙会。在庙会上，就像打翻了宝石箱那样，风车、金鱼、棉花糖、鲷鱼烧，全都在闪闪发光。穿过庙会的时候，我想，如果我成了有钱人，一定要拉着可爱的女儿的手，带她逛这个庙会，把庙会上卖的东西全都买下来。这就是我的发家史的第一页里的插曲。早苗啊！早苗啊！在我的梦想中，被我拉着手的女儿，就是你啊。为了爸爸我，请你一定要活着呀。

绿川夫人　（假装流泪）哎呀，我也开始同情您了。

明　智　您就别假装流泪了，这和表里如一的您不相称。

绿川夫人　哎呀，你难道不同情吗？

明　智　该同情的时候，我是会同情的。可是，现在并没有特别需要同情的理由。我的理智有这种感觉。

岩　濑　您看看，他就是这样的人，是个无血无泪的家伙。夫人，您见过这么卑劣的人吗？我真是没有看人的眼光啊，竟然被这种坏蛋骗了。听好了，明智，如果把你和犯人一起扔进牢房里，你大概就能稍微醒悟一点了吧。我应该从一开始就叫警察，最起码，警察还不用花钱呢。我还以为，钱拿得越多的人，办起事来就越有用，这是我身为宝石商的千虑一失啊。啊，宝石和人类竟然有这样的不同啊！叫警察

　　　　吧，叫警察。

　　　　　[说着，就要走到电话机前。]

明　智　请您等一下。（说着，阻止他）

岩　濑　为什么你要拦着我？你以为你有这种资格吗？你这
　　　　坏蛋！

明　智　您觉得，像我们这么闹闹哄哄的，能抓住犯人吗？
　　　　根据我的推理，至少两个小时以前，早在电报打来
　　　　之前，绑架就已经完成了。那封电报，并不是犯罪
　　　　的预告，而是一种掩饰，让我们把已经施行的犯罪
　　　　错认为即将施行的犯罪，从而将我们的注意力集中
　　　　在这个房间里，直到十二点为止。在这段时间里，
　　　　犯人想必早就远走高飞了吧。

　　　　　[岩濑不情不愿地坐下。]

绿川夫人　（笑出声来）也就是说，在这两个小时里，你这个
　　　　名侦探一直在看守一个人偶的脑袋，是吧？

　　　　　[说着，又笑了出来。岩濑第一次用怀有敌意的视线
　　　　望向夫人。长久的沉默。突然，岩濑再次起身，推
　　　　开要阻止的明智，走到电话机旁。这时，非常偶然
　　　　地，电话响了。岩濑拿起话筒。]

岩　濑　哎？什么？明智先生，找你的。

明　智　我？（起身过去，接过话筒）啊……啊……是吗。
　　　　十分钟？太慢了，五分钟内跑过来。我只能等五分
　　　　钟。明白吗？

岩　濑　（讽刺地，郑重其事地）如果您办完了您的要事，接

下来可以允许我叫警察了吗？

明　智　不用急着叫警察。先不说这个，您让我稍微思考一下。

岩　濑　除了早苗的事，还有什么值得你思考？真是缺德。承诺的时候是那么大言不惭……

绿川夫人　岩濑先生，您这么说也没有用。现在，明智先生满脑子都是打赌的事。

岩　濑　打赌？

绿川夫人　是啊。我用我拥有的全部宝石，和他的侦探这个职业打赌了。现在，他眼看着就要输了，真是可怜啊，只能考虑从此停业了。

明　智　不，不是的，夫人。我之所以这样低头沉思，是为您感到可怜。

绿川夫人　哎呀，为什么？

明　智　（慢条斯理地说道）那是因为呢，赌输了的人并不是我，夫人，是您。

绿川夫人　哎呀，你还不承认失败哪？

明　智　您说，我不承认失败？

绿川夫人　是啊，你就是在嘴硬。连犯人也抓不到，还在……

明　智　啊，是这样啊。夫人，您以为我让犯人逃走了，是吗？其实，我已经牢牢地抓住了犯人。

绿川夫人　你是在梦里看见犯人的吗？用你那双清澈的眼睛？

明　智　嗯，我终于抓住了梦，虽然是多少有些复杂的梦；该从哪儿开始说起呢……对了，您的朋友山川健作先生离开这间宾馆之后，去了哪里，我是清楚的。

绿川夫人　咦？

明　智　当然，是在梦里看见的。山川买了一张去名古屋的车票，可是，为什么他却在中途下车了呢？他明明坐上了九点二十分的上行列车，却在下一个车站下车了。然后，他在那里带着旅行箱，坐上汽车，费心劳力地折回大阪，这回是住进了M宾馆。他在那里开了一间上等的客房，准备明天和您在那里会合。然后呢，在山川的大旅行箱里装着什么，想必您是很清楚的吧。

绿川夫人　……

明　智　不好意思，我也清楚。我的三位部下都是跟踪高手，而且对我忠心耿耿，是三位像牧羊犬一样的年轻人。我刚才真是等得坐立不安，就等他们打电话过来。说实话，隐藏这种焦躁，费了我老大的劲……好了，夫人，请您把宝石全都拿出来吧。这样一来，就算没有岩濑先生的薪水，我也能糊口了。

绿川夫人　哎呀，那么，那位山川先生呢？

明　智　那位留着胡子的绅士，很遗憾，他逃得无影无踪了。

岩　濑　那，犯人呢？你抓到犯人了吧？

明　智　犯人就在这里啊。

岩　濑　可是，这里除了你和我，只有……

明　智　还有一位美丽的妇人。我来向您介绍一下，这位女士就是出奇罕见的女盗贼，名叫"黑蜥蜴"，她也是绑架早苗小姐的元凶。

绿川夫人　您这未免也太过分了。岩濑先生，您也说点什么呀。这位侦探说了一大堆玩笑话，然后居然还用这么大的罪名陷害我……

明　智　您有什么借口就尽管说吧。（这时，门被敲响了。明智用手里的钥匙打开锁，开门。钥匙就插在门上）这里就有证人，请您在证人面前说吧。

　　　　［从门外走进的是明智的部下堺、木津、岐阜，以及早苗和身着制服的警官A、B。早苗披着宽大的外套，浑身绵软，被三名部下中的一个人扶着肩膀。］

岩　濑　啊！早苗！（叫喊着，抱住她）太好了！太好了！简直就像在做梦啊！（说着，扶早苗坐到椅子上）太好了！真是太好了！明智先生，您真是个大坏蛋。从下个月开始，我给您涨到一百五十万。

明　智　那可谢谢您了。关于这件事，咱们之后再慢慢谈……好了，警官，我把这个女人交给你们。她就是本案的绑架团伙的主犯。

　　　　［警官走近夫人。］

绿川夫人　明智先生，您摸摸您的右口袋呗？

明　智　（伸手一摸）啊！

绿川夫人　（掏出手枪，举起枪）这是刚才从您那里借来的。
我就想，会不会有这种事呢。好了，各位，请你们举起双手。就像做广播体操那样，精神抖擞地。
（所有人举起手）

［夫人迅速跑到门边，用空着的左手摸向背后，拔出钥匙。］

明智先生，这是你的第二个失败。你看。

［说着，把闪闪发光的钥匙在自己的脸前晃动。她打开门，一只脚踏入走廊，说道。］

还有，早苗小姐，虽然我真的很可怜你，但是，生为日本最大的宝石商人的女儿，我劝你就认命吧。而且，你实在是太美了，虽然我对宝石充满执念，但比起宝石，我更想要你的身体。喂，明智先生，我改天会再带早苗小姐走的。（一边说着，一边渐渐隐入门后，只露出两只袖子卷起的洁白手臂，以及手里的手枪。在两只手臂上，有着鲜明的黑蜥蜴刺青）请你记住它。它比指纹更加确实。是我的纹章。请你记住这两只温柔手臂上的黑蜥蜴。

［手臂也隐去了。门关上。响起了从外面锁门的声音。——所有人东跑西窜。明智拿起话筒。］

明　智　喂，我是明智。能听出来吧？十万火急。赶紧守住宾馆的所有出口。然后，绿川夫人，绿川夫人啊，她要是离开宾馆，就立即逮捕她。她是重大案件的犯人。不管发生什么，一定要逮捕她。赶紧告诉经理和所有人。明白吗？啊，喂喂，还有，叫侍者，把岩濑先生房间的钥匙送过来。这也是十万火急。

［当他打电话的时候，B室逐渐变暗，在说到"这也是十万火急"时，彻底暗了下来。］

第六场

［在B室彻底变暗的同时，C室逐渐亮起。C室中央站着一位手拿外套、头戴软帽的青年绅士（实为化装为男性的黑蜥蜴），她摆着架势，伫立着，眼睛瞥向旁边的镜子，说道。］

绿川夫人　这样，就可以不费吹灰之力地逃走了。无论谁也认不出我。说到底，真正的我并不存在。（向镜子说道）喂，镜子里的年轻绅士，你不觉得，明智这个人真是太棒了吗？他和那么多男人都不一样，只有他才配得上我。可是，如果这是恋爱的话，爱上了明智的我，究竟是哪一个我呢？你不回话呀。你不回话也行。明天，我再去问问映在别的镜子里的我吧。那，再见了。

［她摘下帽子，对着镜子告别，然后迅速打开门，离去。］

——幕落——

第二幕

［舞台装置说明：

第一场的"岩濑宅邸里的厨房"可以从中央分开，两部分分别向左右旋转，变成第二场右侧的"明智事务所"和左侧的"黑蜥蜴藏身处"。这两个背景道具分别向右侧和左侧拖下舞台之后，变成第三场的"东京塔"，在此基础上，将一张舞台背景画从上方降下，便是第四场的"桥边"。①]

第一场　岩濑宅邸里的厨房

[上一幕的约半个月后。樱花季。]

[这里是位于东京涩谷猿乐町的岩濑宅邸里的厨房。窗户全部装上了铁栏杆，舞台右侧是通往走廊的门，左侧是厨房的出入口。厨房里的一切都庞大而豪华，在右侧的门边，装有一个内线电话的通话器。幕布拉开之后，从舞台左侧深处传来了几条狗吠叫的声音。在左侧的厨房出入口那里，老保姆阿雏和预订员五郎正在谈话，而在舞台中央，保镖原口、富山、大川背对观众，正坐在那里安静地吃饭。]

老保姆阿雏　……我看看啊，然后呢，猪肉，（把声音压低）要尽可能便宜的，三公斤。

预订员五郎　（记着笔记，十分惊讶）要三公斤？

老保姆阿雏　要三公斤。（眼睛瞟了瞟保镖们的餐食，向五郎示意）您看看，眼下毕竟是这种情况。

---

① 即舞台上从一开始就有一张"东京塔"的背景画，在它的前方，是这个大型舞台道具。

　　　[这时，年轻的女仆梦子急急忙忙地从舞台右侧
　　　登场。]

女仆梦子　哎呀，大家在吃饭啊？（瞅了一眼他们面前的餐
　　　食）真可怜，也没什么菜呀。（对原口）原口先生，
　　　就交给我吧。

保镖原口　哎呀……

女仆梦子　牛肉罐头，怎么样？（说着，从橱柜里拿出三个
　　　牛肉罐头，迅速把它们打开）原口先生，跟大家把
　　　这分了吧。

保镖原口　哎呀，可真是太谢谢了。

老保姆阿雏　（向五郎小声说道）您瞧瞧，她把主人的东西……

　　　[从通话器里传出了岩濑夫人的声音。]

岩濑夫人的声音　阿梦，阿梦，你快点过来。你自作主张地
　　　走了，不是叫我为难吗，现在正忙着呢。

女仆梦子　好的，好的。啊呀，我真是没有一点自由和安宁
　　　啊。（朝舞台右侧跑去，退场）

预订员五郎　（记着笔记）那，就是鸡蛋二十个，猪肉三公
　　　斤，然后，我看看，还有给狗吃的碎肉一公斤。就
　　　这些吧？

老保姆阿雏　对，就是这些。实在是辛苦您了。

预订员五郎　承蒙照顾。（说罢，就要离去，却突然停步）我
　　　说，雏姨啊，在那之后，没问题了吗？发生在大阪
　　　K宾馆的那件事，可是被报纸用大幅版面报道了。
　　　已经有半个月了吧。

老保姆阿雏　是啊，大概已经半个月了。那个时候，天气还
　　　　　有一点凉，现在樱花都已经开了。

预订员五郎　那个黑蜥蜴，还真能老老实实的呀。

老保姆阿雏　就算是黑蜥蜴，也无计可施啊。您都瞧见了，
　　　　　家里的每一个窗户都装上了铁栏杆，院子里养满了
　　　　　狗，前门和后门的门卫二十四小时轮班执勤，而
　　　　　且，屋子里还像这样，（说着，瞟了正在吃饭的保镖
　　　　　们的后背一眼，示意道）雇了三个厉害的保镖呢。

预订员五郎　就连我们也受不了。（说着，从口袋里掏出证
　　　　　明）就像这样，还得把带着照片的证明给门卫仔细
　　　　　检查呢。

老保姆阿雏　哎，给我看看。（接了过来）哎呀，一看你这脸
　　　　　就像有前科的样子。

预订员五郎　真是的，雏姨……对了，说到这个，最关键的，
　　　　　小姐她怎么样了？最近根本看不见她的人影……

老保姆阿雏　（哭了出来）真是可怜啊，年纪轻轻的，就像
　　　　　被关了禁闭一样。她又不是发了疯，就这么每天每
　　　　　天地……

预订员五郎　从那之后，一直都那样？

老保姆阿雏　是啊，在那件事之后，她被人从大阪护送回
　　　　　来，之后每天都是那样。就像变了一个人似的。因
　　　　　为太可怜了，我都不忍心仔细看她的脸。原本那么
　　　　　活泼的小姐，最近连一句整话也不愿意说，也不怎
　　　　　么吃东西。不过，说来也是，哪怕只是在院子里散

散步，都有三个保镖跟在她后面呢。

预订员五郎　咱们的名侦探明智小五郎在干什么？

老保姆阿雏　警察，还有明智先生，都为寻找黑蜥蜴费尽心思。不过，明智先生每天都会来家里露一次面。

预订员五郎　这种情况要持续到什么时候啊？

老保姆阿雏　谁也不知道啊。

　　　［又传来了狗吠声。］

洗衣工　（从左侧登场）喊，真讨厌啊，这些狗叫个不停。您好。

老保姆阿雏　啊，是洗衣服的啊，来，就这些。（抱出堆积如山的脏衣服）

洗衣工　好嘞，承蒙您经常照顾。（递出请款单）

预订员五郎　真是叫人受不了啊，真的。

老保姆阿雏　这也是什么报应吧。我觉得，在这个家里，从今往后还会不断出事。不知道为什么，我隐隐地闻到了这种味道……我们家的老爷特别了不起，他白手起家，建立了这么大的事业，可是，不管是怎样的家族，都有荣枯兴衰的时候。只消一个微不足道的小小契机，一个家族的命运，就会变成滚在下坡路上的皮球。我们保姆介绍所介绍我去的上一家，就发生过这种事。那是一个了不起的政治家的宅子。有一天，家里的夫人——尽管是那么一个又体面、又谨慎、又顾家的夫人——在厨房里用研钵捣芝麻的时候，他们家那个爱恶作剧的小儿子把他爸爸的手套扔了过来。那肯定会吓一跳啊，结果，夫人就把手套和芝麻捣到一起了。夫人勃然大怒，只好把手套仔仔细细地洗干净，挂起来晾干。花匠正好经过晾干的手套下面，风一吹，手套啪地掉到了花匠的头上。花匠想把手套甩下来，一歪脖子，一下子引发了中风，死了……自那以后，宅子里就不断发生坏事。得病、落选、破产，整个家最后七零八散了。

预订员五郎　（听得入迷）嘿……哎呀，不好，我得回去了。承蒙照顾。

洗衣工　承蒙照顾。（说罢，二人退场）

老保姆阿雏　辛苦您二位了。

保镖原口　（终于吃完了饭）雏姨，您还真是知道不少有意思的事啊。

老保姆阿雏　你去跟阿梦耍笑呗？

保镖富山　雏姨，您该不是吃醋了吧？

保镖大川　啊，吃了个滚瓜溜圆……嗯，刚才我说到……

保镖富山　怎么，还要接着饭前的话继续说呀。

保镖大川　嗯。我觉得拿着相机走路太麻烦了，就想把相机寄存在那边的咖啡馆里。然后呢，店里的老板走出来……

保镖富山　这话已经听你说过了。

保镖原口　我想问一下啊，雏姨，像这样一个有钱人家的大小姐，还被我们的力量保护着，为什么看她的表情，却好像完全不把我们的力量当一回事呢？

老保姆阿雏　那当然了，这是拿钱买来的力量嘛。

保镖原口　不过呀，我们几个的力量，和随处可见的一般人可不一样。剑道四段、柔道五段、空手道三段，加起来一共十二段，除此之外，甚至还会拳击。不过，话说回来，真心崇拜我们的强壮的，只有附近那些流着鼻涕的小孩而已。

老保姆阿雏　您生错了时代。要是您生在古装剧的那个时候……

保镖富山　没错。就算是我，大概也能变得像三好清海入道①那样有名。

老保姆阿雏　您成不了那么有名。想知道为什么吗？

保镖原口　您的口气倒是挺大，说说看吧。

老保姆阿雏　这是因为，你们几位把这好不容易得来的力量用在了善事上。可是，在如今这个世道，所有的"善"多少都被弄脏了一些。所以，由于你们站在了被弄脏的"善"的一边，你们永远只会平庸乏味。在这一点上，明智先生是不同的，那位先生，虽然也站在善和正义一边，但那种善和正义，却是仿佛在这个世道上无法成立的。

保镖原口　哎，这是为啥？那位先生不是也拿报酬吗？

老保姆阿雏　宝石有多少价值，宝石本人是不知道的。

---

①　三好清海入道，日本古装剧及历史小说中的一个角色，著名的"真田十勇士"之一，是一个极为高大强壮的僧人。

保镖大川　……然后呢，我就想把相机寄存在那家店里。店员嘟嘟囔囔地说什么，他们不愿意寄存这样的贵重物品。这个时候，从里面的门里……

保镖富山　老板走出来了，是吧？

保镖大川　你挺清楚的嘛。真聪明啊，你这家伙。

　　　　　［这时，从舞台右侧深处传来了钢琴声。］

老保姆阿雏　哎呀，这可真是少见。在我们家，会弹钢琴的只有……

保镖原口　只有小姐。对吧？

老保姆阿雏　半个月来，这还是头一回。今天小姐的心情好像挺不错的。（侧耳静听）哎呀，弹得真好。一点也没有手生。

　　　　　［三人静听琴声。舞台右侧的门突然打开，女仆梦子、爱子、色江登场。］

女仆梦子　您听啊，那钢琴声。

老保姆阿雏　我正听着呢。怎么了？

女仆爱子　只有今天的风头不错。虽然夫人还是像往常一样歇斯底里就是了。

女仆色江　老爷的心情特别好。大概是因为客厅里的家具都齐了吧。

女仆梦子　不过，这次定制的全屋家具，可真豪华呀。我从没见过那么豪华的椅子和桌子。

保镖原口　这跟钢琴声有什么关系啊？

女仆梦子　老爷他说什么，要是让早苗看看客厅里新定制的家具，她的心情应该也能变好，其实就是他自己特别想让小姐看啦。他和夫人大吵了一架，最后，夫人的偏头痛又犯了，把自己关在房间里，我们几个就像往常一样，又是拿冰，又是揉脚的，揉着揉着，夫人就呼呼地睡着了，我们就去客厅看家具。老爷满脸微笑，把小姐从她自己的房间里……

老保姆阿雏　也就是说，从禁闭室里。

女仆梦子　您别把什么事都说得那么凄惨嘛。那种像宾馆一样的禁闭室，我也想搬进去住呢。

老保姆阿雏　先别说这个，然后呢？

女仆梦子　把小姐从她自己的房间里拽到客厅，"这把扶手椅很不错吧？这张长沙发的这个地方特别棒，你觉得怎么样啊？"就像这样。

女仆爱子　我们也附和着："哎呀，真是太棒啦！"……

女仆色江　"怎么样？这些椅子的布面都是西阵织①，光是一小条西阵织的领带，就要两千元哪。"……

老保姆阿雏　他要是不马上提到钱，其实还算个好老爷。

女仆梦子　小姐在各处的椅子上试坐了一下，终于少有地笑了。

保镖原口　嘿，小姐她要是笑起来，肯定特别漂亮吧。

女仆梦子　你就别用这种口气说话了。对你这种人来说，小

---

① 西阵织，京都市生产的一种昂贵的传统锦缎。

姐是高不可攀的。

女仆爱子 然后，她罕见地走到钢琴旁边……

老保姆阿雏 就开始弹起来了？这真是太好了。

女仆色江 老爷就站在她身边，满脸微笑地听着。这对父女啊，看起来就像恋人一样。

　　[所有人再次开始静听琴声。通话器里突然传出了声音。]

岩濑的声音 我有急事，现在要去店里一趟。

女仆梦子 嗳，是老爷。

岩濑的声音 原口、富山、大川，我不在家的时候，你们就在客厅门前的走廊里站岗。早苗现在正在放松，不许任何人进客厅。站岗的时候，你们一秒也不许离开岗位。

保镖们 是。

　　[保镖们从舞台右侧退场。琴声依然在继续。]

女仆梦子 好了，咱们得到门口送老爷去。

老保姆阿雏 他们在走廊里站岗的话，应该是绝对没有问题的。客厅在宅子的尽头，窗户上全都安了铁栏杆，窗外还有狗……

女仆色江 肯定是没问题的嘛。就连霉菌都进不去。

老保姆阿雏 别说无聊的话。好了好了，赶紧去送老爷……

　　[女仆们嘈杂着从舞台右侧退场。琴声继续。阿雏侧耳静听。然后，她环顾四周，拿起桌上的电话，拨号。]

老保姆阿雏 （对着电话）美丽的天空在晚霞中化作紫色。猴子们在牛背上装饰起蜡烛，发出朱红印泥般的吐息。丝绢制成的汽车。全都是小矮人的内阁。从男人的脖子那里生出了女人，从女人的耳朵那里生出了大虾。在山里面，人燃烧着；在人里面，海燃烧着。是的……石榴帽子就像玻璃那样粉碎了。是的……是的，就是这些。

[说罢，挂上电话。琴声继续。从舞台右侧传来汽车发动的声音。稍后，三位女仆转了回来。]

女仆爱子 三个壮汉站在客厅门口，看起来真是太奇怪了。

女仆梦子 在他们三个里面，果然还是原口先生最帅啊。

女仆色江 你的眼睛是不是有问题啊。

老保姆阿雏 就是因为那些保镖来了家里，女仆们也都彻底堕落了。（大致在这时，琴声停止）

女仆梦子 雏姨，你是新来的，不知道以前的事。在这个宅子里，一切都是场面优先，背地里我们可以随心所欲。夫人一次也没来过厨房，厨房就是我们的城堡。现在，我们可以久违地在这里开煮了——把蔬菜、肉、调味料和关于男人的八卦一起放进锅里。都现在了，你就别在这儿把守了呗。

老保姆阿雏 随你怎么说。只不过，我这个人很守旧，喜欢看到整洁、秩序井然的厨房。只要厨房被弄乱一次，那个家里就一定会有不好的事情发生。你们看，这个家现在碰到的事，就是这么来的。精心打理每一个角落，盐放在盐罐里，砂糖放在糖罐里，好好地装好，一目了然，盘子整齐地摞起，看起来就像郊外随风响动的高压线上的绝缘子[①]——在一个像那样清清爽爽的厨房里，在一个像那样、没有被食欲和色欲弄得一团糟的厨房里，是绝对不会发生这个家现在碰到的这种事情的。在那样的厨房里，只会吹拂着宁静的、宛如小河流水一样的微风。而这里的厨房总是刮着风暴。这样下去的话，说不定，就连店里的红宝石和钻石，也会被放进炖菜里呢。

女仆梦子　嘘——钢琴声是不是停了？

　　〔所有人沉默。〕

老保姆阿雏　真的……是不是出了什么不好的事啊。

女仆爱子　你别吓唬我啊。我去看看。

　　〔说罢，从舞台右侧退场。其他人等待。很快转了回来。〕

女仆爱子　那些男人太不讲情面了，说什么，他们接到的命令是，不允许任何人进客厅。小姐肯定是在客厅里打盹了。

　　〔所有人沉默。〕

女仆梦子　我去看看吧。

　　〔说罢，走了出去。稍后，传来了尖叫声，以及男

---

① 指瓷制的高压绝缘子，形似摞起的盘子。

　　　　人们吵吵闹闹地冲进房里的声音。爱子和色江急忙
　　　　跑了出去。传来了醉汉奇怪的怒吼声，以及梦子喊
　　　　"夫人！夫人！"的声音。]

女仆色江　（跑了进来）雏姨，不好了，不好了。小姐她失
　　　　踪了。

老保姆阿雏　咦？

女仆色江　明明没有可逃的地方，可就是无影无踪了。小姐
　　　　找不到了，却不知从哪里跑进来一个胡子拉碴的醉
　　　　鬼，他正躺在崭新的长沙发上，鼾声大作。哎呀，
　　　　真是太脏啦，那么漂亮的长沙发被弄得全是泥巴。
　　　　那个醉鬼把难得的西阵织全糟蹋啦。夫人正歇斯底
　　　　里地发火，真是乱死了。

　　　　[通话器响了。]

岩濑夫人的声音　（极度歇斯底里地）快点！快点！这么脏的
　　　　沙发不能摆在家里！赶紧把布面换了！叫家具店的
　　　　人来！快点让他们来搬走。快点！

老保姆阿雏　我来打电话吧。

女仆色江　拜托你啦。（说罢，离去）

　　　　[阿雏拿起电话的听筒，随即放下。她瞧向舞台左
　　　　侧。色江又转了回来。]

女仆色江　怎么样，家具店那边？

老保姆阿雏　他们说，马上就来。幸好家具店离这儿很近，
　　　　一打电话，他们立刻就来了。

女仆色江　太好了。我们正不知道拿太太的歇斯底里怎么

办呢。

老保姆阿雏　对了，麻烦你去后门的门卫那里通知一声。等
家具店的人来的时候，要是被门卫阻拦，可就麻
烦了。

女仆色江　嗯。（换上草履）

老保姆阿雏　啊，对了，来的是四个人，都是男的。

女仆色江　好，好。

　　　　［说罢，从左侧的厨房出入口离去。］

女仆梦子　（登场）色江在哪儿？

老保姆阿雏　她正好去后门了。

女仆梦子　她回来的话，让她马上过来。夫人她……

老保姆阿雏　好的，好的。

　　　　［梦子离去。色江和她前后脚地登场。］

女仆色江　我通知完了。

老保姆阿雏　真是辛苦你了。另外，夫人好像叫你过去。

女仆色江　啊，啊。（说着，就要从右侧离去）

老保姆阿雏　对了，色江，刚才那个胡子拉碴的男人怎么
样了？

女仆色江　原口先生和富山先生把他押到警察那儿去了，从
前门走的。

老保姆阿雏　这叫什么事儿啊。什么事儿啊。真是可怜。那
位大小姐竟然像烟雾一样消失了……

　　　　［色江从舞台右侧离去。稍后，四名家具店店员在舞
台左侧现身。］

家具店店员A　不好意思，我们是山本家具店的……

　　　　[阿雏的态度骤变。四名家具店店员从左侧的厨房出
　　　　入口登场，和阿雏交换眼神。阿雏沉默地指向舞台
　　　　右侧。四名家具店店员从舞台右侧离开。]

老保姆阿雏　（拿起电话）黄色的狮子，黄色的狮子，生着夜
　　　　的鬣毛和清晨的尾巴。

　　　　[说罢，挂上电话。稍后，四名家具店店员看起来十
　　　　分郑重其事地抬着被呕吐物和泥巴弄脏的长沙发，
　　　　从舞台右侧登场，慢慢地将长沙发搬出。阿雏随他
　　　　们一起从左侧的厨房出入口离去。——停顿。]

女仆梦子　（走了进来）哎呀，雏姨干什么去了？

女仆爱子　（走了进来）真拿她没办法，她的警惕性也太差了。
　　　　亏她平时还总说一些冠冕堂皇的大话。

女仆梦子　哎呀，我现在简直六神无主。

女仆爱子　明智先生到底在干什么？

　　　　[这时，门口的门铃响了。通话器传出声音。]

岩濑夫人的声音　没有人在吗？门口有人按铃。肯定是明智
　　　　先生来了！

　　　　[两位女仆急急忙忙地跑了出去。接下来的内容，设
　　　　定为通话器没有被挂上，发生在客厅里的对话从通
　　　　话器里传出。先是一阵杂音，然后是客厅的门被打
　　　　开的声音，接着是人们嘈杂的说话声。在这些声音
　　　　之后……]

岩濑夫人的声音　可是，明智先生……

明智小五郎的声音   "可是"？夫人，所以您就把长沙发交给
店员了？岂有此理！从哪儿搬走的？从厨房？我去
看看。您就好好在这儿休息吧，在这种时候，您只
会吵吵闹闹，干扰调查。

[稍后，明智小五郎和他的三个部下及女仆梦子一同
从舞台右侧登场。他环顾四周。]

明　智   喊，晚了一步啊。（望向电话）家具店的电话是？

女仆梦子   在这里。（呈上号码表）

明　智   （拨打电话）喂，是山本家具店吗？这里是岩濑家。
刚才你们搬走了一张长沙发，现在已经到店里了
吧？……嗯，嗯……咦？店员还没出发？现在就过
来搬？

[所有人张口结舌。狗嘈杂地吠叫着。舞台暗了
下来。]

[舞台从中央分开，左右各自旋转。两个部分转了
过来……]

第二场 ─ ⎰ **明智事务所**
　　　　　⎱ **黑蜥蜴藏身处**

[……舞台右侧的明智事务所空无一人，仅仅摆着简
朴的办公桌和文件橱等物。

舞台左侧的黑蜥蜴藏身处是一个狭窄无窗的阴
暗房间。房间里摆着豪华的椅子，身着室内便服的

　　黑蜥蜴抽着烟，正在这里歇息。她的脚边有两名侏
　　儒。雨宫并未变装，在一旁伫立。这四人置身在场
　　景里，随道具一起转了过来。时间是第一场的次日，
　　午后。]

（A）　黑蜥蜴的秘密藏身处

黑蜥蜴　叫雏夫人进来。

雨　宫　遵命。

　　[去舞台左侧叫人，暂时离场，然后陪同阿雏一起登
　　场。阿雏的装扮与上一场相同。]

雏夫人　您叫我吗?

黑蜥蜴　雏夫人，你真是太了不起了。你从很早以前就住进
　　了岩濑家，受尽了难以忍受的艰辛，最后终于成就
　　了伟业。昨天取得成功，你是最大的明星。你是
　　幕后的大功臣，全靠你的帮助，一切才得以水到
　　渠成。

雏夫人　不胜惶恐。

黑蜥蜴　因此，我特别授予你爬行类的地位。基于你的资历，
　　从此你就叫"蓝乌龟"这个大有渊源的名字。

雏夫人　不胜感激。黑蜥蜴大人，我永远也不会忘记您的
　　恩情。

黑蜥蜴　你打的暗语电话，也是非常妥当的措施。作为奖
　　赏，我给你一颗重五克拉的纯净蓝宝石。

　　[说罢，向雨宫使了个眼色。]

　　　　　　［侏儒拿出一个装着宝石的小盒，黑蜥蜴打开盒盖，
　　　　　　交给雏夫人。］

雏夫人　哎呀，您赐给我这么贵重的奖赏，我真是不知该怎
　　　　　么答谢才好。

黑蜥蜴　我要的答谢只有一个。下次再有机会，你也要尽心
　　　　　尽力地为我效忠，蓝乌龟。

雏夫人　这不用您吩咐。不过，我可以把这颗蓝宝石送给我
　　　　　可爱的外甥吗？他是我唯一的亲人，想在南千住①
　　　　　开一家煎饼店。

黑蜥蜴　你想办法换成现金给他，不就行了？让蓝宝石变成
　　　　　煎饼，这也不是什么坏事嘛。好了，你退下吧，蓝
　　　　　乌龟。

雏夫人　那我就告辞了。（说罢，退场）

黑蜥蜴　把那几个扮演家具店店员的男人叫进来。

雨　宫　遵命。

　　　　　　［去舞台左侧叫人，暂时离场，然后陪同上一场的四
　　　　　名家具店店员一起登场。］

黑蜥蜴　这次能够成功，多亏了你们四个光辉的轿夫。你们
　　　　　的勇气、胆量、机警的行动，一切都足以称为典
　　　　　范。不过，你们能做到这些，也是因为整个策略都
　　　　　制定得相当周密。所以，把你们提升到爬行类的地
　　　　　位，现在还为时尚早。为了有朝一日能够成为与爬

————————————

①　南千住，位于东京都荒川区。

行类的地位相称的人，希望你们更加努力钻研。现在，我奖给你们品相出众的绿松石。

[说罢，向侏儒使了个眼色。侏儒捧出装着四颗绿松石的盒子。黑蜥蜴给四人每人一颗。四人各自行礼。]

好了，退下吧。

[四人毕恭毕敬地行礼，退场。]

这样一来，论功行赏就结束了。早苗小姐好好地关着呢吧？

雨　宫　没有丝毫差错。她没什么食欲，一句话也不说，但健康状况十分不错。

黑蜥蜴　跟早苗小姐见面的时候，你必须化装成满脸胡须的船员。你遵守了吧？

雨　宫　是的。但是，在您身边的时候……

黑蜥蜴　你不想乔装打扮，是吧？无所谓。我对别人的自恋，是很宽宏大量的。

雨　宫　请问，我什么时候才能被提升为爬行类？

黑蜥蜴　闭嘴。你明明在大阪出了那么大的失误。简直厚颜无耻。

雨　宫　非常抱歉。

黑蜥蜴　不过，如果这次你干得漂亮的话……你只要大胆得足以实施诡计，同时又愚蠢得像一个孩子就好。如果想趁成人没有防备的时候牟利，就必须有孩子的智慧。在犯罪的天才身上，必须有如同孩子一般的天真烂漫之处。难道不是吗？

雨　宫　的确如此。

黑蜥蜴　我没问你。（对侏儒）你们怎么想啊？（高声大笑）啊，你们是真正的成人啊……无论是怎样的成人，我都能使用孩子的智慧和孩子的残酷，骗他们一个出其不意。犯罪这种东西，就是最棒的玩具箱。在那箱子里，汽车底朝天地翻转着，人偶们像尸体那样闭着眼睛，积木摆成的房屋七零八落，野兽们静静地窥探着时机。想要以世间的秩序来思考的人，绝对无法进入我的心灵……可是……可是，只有那个明智小五郎……

［黑蜥蜴的藏身处暗了下来。］

（B）　明智小五郎的事务所

［场景亮起之后，以明智为中心，围坐着他的部下堺、木津、岐阜。］

明　智　（正拿着桌上电话的话筒通话）哎？果然送来了呀，岩濑先生。然后呢，那封勒索信上到底写了什么？嗯，没关系的，请您直接对着电话念吧，我会让部下速记的。堺，你来记。（将话筒递给堺）

堺　（接过话筒）我接过来了。好的，请念。（一边听着话筒，一边开始速记）

明　智　（对木津和岐阜）勒索信果然送来了。目的肯定是那颗"埃及之星"。你们见过那颗钻石吗？

木　津
岐　阜　　}没见过。

明　智　　之前，它曾经在大京百货商场的宝石展览会上展出
　　　　　过。我是在那儿见到它的。那个时候可真是麻烦，
　　　　　在展览会举办期间，端着手枪的警官无时无刻不守
　　　　　在展柜旁边，客人们只能胆战心惊地从远处观望。
　　　　　那样的钻石，可能整个日本也没有第二颗了——重
　　　　　一百一十三克拉，没有半点瑕疵，完美无比。它是
　　　　　南非产的，圆钻型切工，过去曾由埃及王室所有，
　　　　　经过辗转流传，到了岩濑的手上。据说，它现在的
　　　　　价格足有一亿五千万日元……喂，记完了吗？

堺　　　是的……是的……记完了。（将话筒递给明智）

明　智　　（接过话筒）我是明智，我接过来了。已经记完了。
　　　　　我们这边会仔细商量对策，然后再给您打电话。
　　　　　好，再见。（将电话放下，对堺）你念吧。

堺　　　是。（然后念道）
　　　　　　"昨日为贵府平添风波，敬请恕罪。令千金已
　　　　　由鄙人妥善收存，藏于绝对安全之极秘所在，警察
　　　　　决然无法搜见。
　　　　　　不知您可有自鄙处购回令千金之意？如有此
　　　　　意，鄙人愿以下述条件与您商谈。
　　　　　　金额：贵处所藏'埃及之星'一颗。"

明　智　　你们看，果然。

堺　　　"支付日期：明日，四月四日下午六点整。支付地

　　点：东京塔观景台。支付方式：岩濑庄兵卫独自一
　　人于上述时刻持现货前往东京塔观景台。倘对上述
　　条件稍有违背，或将此事报知警察，或企图于交货
　　后将鄙人逮捕，则鄙人将报以令千金之死也。

　　　　若准确履行上述要求，鄙人当夜即将令千金送
　　还贵府。特此告知。

　　　　无须回信。若您未于明日规定之时间、规定之
　　场所现身，即为商谈失败，鄙人将立即执行预定之
　　行动。

　　　　　　　　　　　　　　四月三日
　　　　　　　　　　　　　　岩濑庄兵卫先生收
　　　　　　　　　　　　　　　　黑蜥蜴"

明　智　嗯……这样啊。（说罢，陷入长久的沉默。终于，他
　　　　拿起话筒）喂，是岩濑先生吗？勒索信的内容，我
　　　　已经很清楚了。我现在想问一下您的想法。……
　　　　好……好……好……好。您想放手？真遗憾，那
　　　　种东西是不能放手的。这种勒索信，还是不要理
　　　　睬……咦？……好……好……好……既然您有这样
　　　　的决心，我也不好阻止您了。我们假装中了他们
　　　　的圈套，把宝石交给他们，这也是一种可行的策
　　　　略。不如说，就我的侦探技术而言，这样还比较方
　　　　便一些。不过啊，岩濑先生，请您不要担心。唯独
　　　　这一点，我可以向您保证。不管是您家小姐还是宝
　　　　石，我都一定会给您夺回来，呈到您的面前。……

好……好。是的。就让他们先得意一小会儿吧，就那么一小会儿。

[明智事务所暗了下来。]

（C）　黑蜥蜴的秘密藏身处

[场景亮起之后，黑蜥蜴、雨宫、侏儒们维持着与（A）的结尾相同的姿势现身。]

黑蜥蜴　（对侏儒）你朝我喷点香水。在没有窗户的房间里，空气很快就沉淀下来了。

[侏儒用香水喷雾器向黑蜥蜴喷香水。]

雨　宫　啊，这气味，我想起了那个时候，我最幸福的那个时候……

黑蜥蜴　在五月的夜里，你一个人坐在公园的长椅上。虽然很年轻，脑袋里却全是去死的念头……

雨　宫　我觉得整个世间都无比无聊，穷困潦倒，孑然一身；那个晚上，我坐在公园的长椅上，想着怎么去死。那时，一辆豪华轿车停了下来，您走下了车。您是来公园散步的。终于，您停下脚步，看向了我。您穿着一身纯黑的衣服。您的美让我不禁一惊；于是，这香水的气味就静静地向我接近过来。

黑蜥蜴　那时的你真美啊。也许，不管是在那一刻之后，还是在那一刻之前，你再也不会有第二个看起来那样美丽的瞬间了；你穿着纯白的毛衣，仰着的脸庞被路灯的灯光照亮，周围漫溢着绿叶的芳香，看起来简直是一副标准的"烦恼着的年轻人"模样。拜你身体内部的死亡之影所赐，你那富有光泽的头发、清澈澄明的眼神，全都带上了宛如水彩画一般的虚幻。在那一瞬间，我就想让这个青年成为我的人偶了。

雨　宫　您对我微笑了。从那一瞬间开始，我就成了您的俘虏。您坐到了长椅上，坐到了我的身边。我们交谈了两三句……我感觉自己就像在做梦一样。下意识地，我和您接吻了。接下来，您笑着用手帕擦拭了我的嘴唇。于是，我就什么也不知道了。

黑蜥蜴　浸了氯仿的手帕。没有什么手帕比它更浪漫了。那手帕就像剧场的幕布一般，在这世上最幸福的瞬间，缓缓地降下，将世界隐藏……我的手下把你的身体搬到秘密藏身处，在那个晚上，你本来应当成为我的人偶的……可是，怎么会这样呢？等你回过神来，就开始哭闹、哀告、恳求，那眼泪……

雨　宫　您别说了……

黑蜥蜴　你的美彻彻底底地粉碎了。想要去死的你，明明是那样地美，一心只想活着的你，却是丑陋的……我留你一命，并不是可怜你，而是惊讶于你的誓言。你说，只要我饶你一命，你就一辈子当我的奴隶。

雨　宫　从那之后，正如您所见的，我一直是您忠诚的奴隶。我难道背叛过您哪怕一次吗？

黑蜥蜴　虽然你没有背叛，却不是没有犯下过失误。算了，无所谓。在我的手下中，只有你，曾经让我一度觉得美丽……不过，不管是在怎样的小事上，如果你背叛了我……你听好了，我一定会让你变成不会说话的人偶。（侏儒被吓到，钻到了椅子下面）

雨　宫　（犹如遭到雷劈一般）是……

　　　　［藏身处暗了下来。］

（D）明智小五郎的事务所

　　　　［场景亮起之后，明智背对观众，眺望窗外的夕阳。他的三名部下正在伏案工作。］

明　智　今天的太阳也平静无事地落下去了。在这大都市里——在这犹如被白蚁蛀蚀一般，被数不清的犯罪蛀蚀的大都市里，太阳落下去了。杀人、抢劫、绑架、强奸……嘴上说来，似乎无聊而琐碎，但在那每一桩犯罪之中，都有着人类的智慧与精力、愤怒与嫉妒、欲望与热情的斗争，那是每一个发起狂来偏离正道的人类竭尽全力的表现。我该从哪里着手？从客户那里吗？他们只会考虑自己。我必须永远与犯罪对峙，全身沐浴着那火焰中最为纯粹的事物。我能够看到犯罪的整体。那就好比是一座永不停歇、汲汲营营地辛勤工作着的、世界最大的工厂。几乎无数的工人。昼夜不停的作业。望着这夕阳西下的景象，我觉得，这就像是那座工厂无比巨大的高炉的亮光……现在，黑蜥蜴又在干什么呢？

堺　哎呀，真是荒唐，真是个和时代脱节的浪漫主义者。在如今这个世道里翻腾着的，是贪污和暗杀，可她却企图进行这种犹如挂满了装饰的晚礼服一般的犯罪。她实在是过度迷恋于自己的美了。难道不是吗？

明　智　她的自恋，又勾起了我的癖好。如今这个时代，不管是怎样重大的案件，都仿佛是发生在我们隔壁的房间里一样。不管案件是怎样凄惨，普遍来说，犯罪的身高都在逐渐变矮。这是确凿无疑的。而且，犯罪所穿的衣服的尺码，和我们的衣服的尺码是相同的。在如今这个世道，就连女人也穿起了牛仔裤；可她却相信，唯独犯罪，必须拖着五米长的华贵后裾前行……她的这种想法，其实我也能理解。

木　津　明智先生，您是世界上最受不了无聊的人。黑蜥蜴难道不是把您从无聊中拯救出来了吗？

明　智　可以这么说。说实话，只有这次的案件，我很怕它在电光石火之间飞速解决；我觉得，最终将它解决之后，充满了我生存意义的气球就会立即泄气，瘪下……我最害怕的是，在解决了这次的案件之后，我会暂时变得呆茶下去，最后甚至还会结个婚什么的。就像我经常说的，恐怕没有比侦探更不适合结

婚的职业了。所以，直到这个岁数，我一直竭力回
避着它……

[三名部下交换眼神，窃笑起来。]

你们在笑什么？岐阜，告诉我。

岐　阜　哎呀，这可不太方便说。是今天早上我们三个人聊
　　　　到的事……

明　智　在工作之外，你见我发过一次火吗？

岐　阜　那，我就说了……还是不太好说。

明　智　堺，你告诉我。

　　堺　哎，这个嘛，我们聊到，先生您好像是喜欢上黑蜥
　　　　蜴了。

明　智　哼……也不能说完全没有这种意思。（所有人笑）可
　　　　是呢，我喜欢别人的方式只有一种——不是握住对
　　　　方的手，而是一点点地把对方逼向破灭的结局。大
　　　　概没有像我这样纯洁又这样残酷的恋人了吧。我的
　　　　温柔，是让对方毁灭的温柔……换句话说，是一切
　　　　恋爱的模范。好了，你们去吃晚饭吧，我还要在这
　　　　里稍微工作一会儿。

[明智事务所暗了下来。]

（E）　黑蜥蜴的秘密藏身处

黑蜥蜴　你不用那么害怕，现在，你的感情还是自由的。

雨　宫　您是什么意思？

黑蜥蜴　我是说，接下来我所说的话，怎么理解，都是你的

自由——如果我说，我爱上了明智小五郎，你会怎么想？

雨　宫　（脸色因嫉妒变得苍白）……

黑蜥蜴　你放心吧，我是为了考验你才这么说的。在我说了这句话之后，就算你因为嫉妒去把明智杀了，也不算是对我的背叛。不如说，我反倒会因此奖给你爬行类的地位……这是完全不同的一回事。

雨　宫　难道说，您……

黑蜥蜴　我毕竟是女人啊，喜欢上谁，是我的自由。（一边享受着对方的痛苦，一边继续说道）自从那个晚上，我在大阪的宾馆里第一次见到他之后，就时常会做关于明智的梦。他极度自负，矫揉造作，真是个令人生厌的男人。晚上，每当那个男人的脸浮现在我的脑海之中，我都会感到无比碍事。迄今为止，还没有任何一个男人的脸能在我的脑海中这么碍事。那家伙理智的样子，那家伙仿佛无所不知的表情，那家伙的额头！那家伙的嘴唇！（说着，猛烈地跺脚。侏儒表现出恐惧）……他挡在我的梦的前面，描摹着我的梦的形状，慢慢地，竟然取代了我的梦！（对雨宫）让我一个人待着。快走！快走！我有很多事要考虑。（对侏儒）快点，你们也走。

［雨宫和侏儒们退场。］

（F）⎾ **明智小五郎的事务所**
　　　⎿ **黑蜥蜴的秘密藏身处**

［明智事务所亮起。明智独自一人对着桌子，陷入沉思。窗外是阴暗的暮色。］

明　智　正如这屋里蔓延开来的深深黑暗，

黑蜥蜴　那家伙的阴影将我包裹。如果那家伙想要抓住我，

明　智　那家伙就会逃走，逃向夜的远方。可是，就如汽车红色的尾灯那样，

黑蜥蜴　那家伙发出的光，会永远留在眼中。究竟是想要被追逐，因此才追逐呢，

明　智　还是想要追逐，因此才被追逐？

黑蜥蜴　那种事，我不清楚。不过，黑夜忠实的野兽们，却很清楚人类的气味。

明　智　人类也很清楚野兽的气味。

黑蜥蜴　人类憩泊的夜晚——在那夜晚被踩灭的篝火的痕迹里，那只靴子的足迹在我心中，

明　智　久久地留存着。真是不可思议。

黑蜥蜴　法律会化作我的情书，

明　智　牢房会成为我的礼物。

黑蜥蜴
明　智　⎱而最终获胜的，一定是我。

［舞台暗了下来。］

第三场　东京塔观景台

[舞台正面是观景台的玻璃窗。两座收费望远镜对着这面窗户。舞台右侧是电梯，中央是卖点心等物的小卖部。这里有人造樱花等装饰。]

[玻璃窗外是夕阳的残光。]

[电梯门打开，走出一大群观光客。他们往舞台左侧移动，有的人还通过望远镜眺望，最后徐徐从舞台右侧离去。]

[然而，身着美丽和服的黑蜥蜴留了下来。她靠近窗户，独自伫立。她看着手表，显然是在等人，但绝不离开窗边。]

[电梯门再次打开，比上次少得多的观光客走出，其中就有岩濑庄兵卫。和上次一样，观光客看过窗外之后，从舞台右侧离去，只留下岩濑和黑蜥蜴。二人暂时沉默地对峙。]

黑蜥蜴　东西带来了吗？

岩　濑　（气得浑身发抖）我不想再和你说话……你确定我女儿没事吧？

黑蜥蜴　她健康得很。

[岩濑粗暴地递出一个小盒。黑蜥蜴打开观看。她陶醉地看了片刻。]

的确是它……这样一来，我也会准确无虞地遵守约定……那么，请您先走。您要比我早一步离开。

岩　濑　我和你一起乘电梯下去，怎么样？

黑蜥蜴　（微笑着）这个嘛……

岩　濑　你怕我跟踪，是吗？既然你这么胆小，如果我在这里加害于你，你该怎么办？

黑蜥蜴　（从和服腰带中抽出一块红色手帕）我只要对着窗户挥舞它就可以了。这样一来，我就能把我受害的消息传出去，于是早苗小姐就没命了。我从刚才开始，一直都没有离开窗边，就是为了这个。（说罢，收起红色手帕）

岩　濑　（急忙往望远镜中投入零钱，向外望去）等你信号的人在哪儿？

黑蜥蜴　您随便找吧，东京的城区可是很广阔的。屋顶、晾衣台、窗户，要多少有多少。

岩　濑　（离开望远镜）哼。（擦着额头上的汗）

黑蜥蜴　好了，您该离开了……

岩　濑　你肯定会守约吧？

黑蜥蜴　今晚，一定……

　　　　　〔岩濑倒退着走向电梯，进入电梯，退场。〕

　　　　　〔黑蜥蜴不安地环顾四周。窗外的暮色更深了。〕

　　　　　〔黑蜥蜴走向小卖部。〕

黑蜥蜴　不好意思，我想拜托一件事……

　　　　　〔一直蹲在小卖部柜台后面的夫妇站了起来。〕

小卖部老板　您要买什么？

黑蜥蜴　不，我不是要买东西。我有一件事想求您。刚才在那边跟我说话的男人是个非常可怕的坏蛋，他正在威胁我，我马上就要遭到他的毒手了。

小卖部老板娘　（产生了兴趣）哎呀，那可真是让人犯难哪。

黑蜥蜴　您可以帮我吗？刚才我花言巧语一番，让他先回去了，但他一定还在塔底下候着我。拜托了，只要一小会儿就行，您来当我的替身……

小卖部老板　你怎么能当这么漂亮的女士的替身呢……

小卖部老板娘　不，不，只要是我能帮上忙的，您尽管吩咐，太太。

黑蜥蜴　谢谢您。请您作为我的替身，暂且装成在用望远镜的样子，可以吗？只要我们两人交换衣服就好。

小卖部老板娘　哎呀！

黑蜥蜴　然后，我还有事要拜托您先生。实在不好意思，我扮成您太太的样子之后，请您护送我到下面的出租车搭乘站去。我会给您很多报酬……我身上带的钱都给您。（从钱包里掏出七张千元纸币，硬塞给老板娘）……好吗？拜托您了。就当帮我个忙。

　〔夫妇俩交头接耳了一番。黑蜥蜴装成不安的样子，环顾四周。观光客三三两两地从舞台右侧转了回来。老板把黑蜥蜴拉进小卖部。他指向小卖部后面的门，老板娘和黑蜥蜴走了进去。然后，他开始向观光客售卖点心。〕

　〔门开了，扮成老板娘的黑蜥蜴和扮成黑蜥蜴的老板娘走了出来。看到她们的样子，老板一惊。老板娘把口罩递给黑蜥蜴，黑蜥蜴戴上口罩。她催促着被吓到的老板，从小卖部里走出。老板锁上柜台，也走出小卖部。]

[老板娘开始用望远镜眺望。老板痴迷地看着她的背影。黑蜥蜴催促着老板，混进了等电梯的人群。]

[电梯门打开，人群进入电梯，电梯门关闭。只有扮成黑蜥蜴的老板娘一个人留在舞台上。舞台暗了下来。]

第四场　芝浦附近的桥边

[在更换舞台道具时，播放一段汽车从右至左横穿舞台的音效。汽车前照灯亮起。]

[在暮色之中，出现了运河上的木桥，以及公共电话亭。在桥边的卸货场下，系着一条老式木船。]

[舞台道具更换完毕之后，从舞台右侧传来急刹车的声音。小卖部老板（实为明智小五郎）登场，四处观察，看他跟踪的对象是在哪里消失的。接着，他看到了桥下的木船，便向舞台右侧招手，叫司机过来。]

[司机登场。明智把钱塞给他，和他交头接耳地说着什么。然后，明智做出把脚边的大石头投入水中的动作，司机做出大声惨叫的样子。然后，明智又做出和司机商量的动作，意思是要他在惨叫之后，把汽车前照灯照向木船。司机挠着头答应。]

[司机从舞台右侧离场。汽车前照灯关闭。响起了汽

车改变方向的声音。]

　　[明智等待着这个声音，然后，搬起一块大石头，潜藏在河边的黑暗中。]

　　[突然，从舞台右侧传来了惨叫。]

司　机　救命啊！哇——救命啊！

　　[随着惨叫声，响起了明智把石头投入水中的声音。木船的油纸拉窗打开，露出了黑蜥蜴的脸。然后，汽车前照灯把她的脸一下照亮，黑蜥蜴措手不及，被晃得闭上眼睛，赶紧关上拉窗。]

　　[明智悄悄起身，走进公共电话亭，开始拨号……]

　　——幕落——

第三幕

第一场　怪船内部

（A）黑蜥蜴的起居室

　　[起居室的地上铺着波斯地毯，天花板上挂着考究的枝形吊灯，内部的家具有三面镜梳妆台、庞大的衣柜、首饰柜、圆桌、几张扶手椅，在中央的庞大衣柜旁边有一张巨大的长沙发。只有这张长沙发的花色、造型与其他家具不同，以便观众可以立即认出，这就是在第二幕第一场中出现过的那张长沙发。长沙发上有一些修补过的痕迹，如修补布面撕裂的痕迹等。

　　　　窗户为圆形的舷窗，舞台左侧为通往上甲板的
　　门。——夜。]

[黑蜥蜴身着色丁质地的黑色连衣裙，耳朵上、胸
前、手指上均戴有闪闪发光的宝石首饰。]

[幕布拉开之后，黑蜥蜴坐在三面镜梳妆台前面的小
椅子上，从小盒里取出"埃及之星"，照着镜子，把
它放在自己的胸前比量。]

黑蜥蜴　（就像在和镜子说话）终于得到它了。我实在是渴
　　望得太久了……我对这种死去的、冰冷的石头的欲
　　望，会带来那么多的辛苦和危险。即便如此，能配
　　得上我冰冷肌肤的，也只有那些死去的、美丽的宝
　　石，以及那些死去的、美丽的人偶……啊，活着的
　　东西，流动着血液的东西，全都是那么地不可信，
　　而且还聒噪。警察、富翁、罪犯、有前科的人——
　　我和这些生活在不安之中的家伙进行着永无止境的
　　应酬……只有宝石不同。只有宝石是可信的。这
　　颗"埃及之星"明明是这样地到了我的手上，这样
　　地在我的胸前闪耀，它却丝毫不会对我献媚。即使
　　是被装饰在女王的胸前，它大概也不会献媚吧。宝
　　石就是一个透明的、完整的小世界，只有它自己的
　　光辉将它的世界充满。无论是谁，也无法进入那个
　　世界……就算是拥有它的我，也无法进入……人也
　　是一样。我特别讨厌那些可以让我轻而易举地进去
　　的人。至于那些像钻石一样，我绝对无法进入的

人……存在这种人吗？如果存在的话，我就会爱上他，想要进入他的里面。我为了防止自己爱上他，就只能杀了他……可是，如果对方想进入我的里面，又会怎样？啊，那是不可能的，因为，我的心就是钻石啊……可是，即便如此，如果他还是要进来呢？到了那个时候，我就只好杀死我自己了。我就只好让我的身体也变得像钻石一样，让它变成一个任何人都无法进去的、冰冷的、小小的世界……

[门被敲响了。]

雨宫的声音　我是雨宫。

[黑蜥蜴把钻石放回小盒，把小盒放进抽屉，把抽屉锁好，然后才回应。]

黑蜥蜴　进来。

雨　宫　（戴着胡须，身穿船上事务长的制服。走进房间）打扰您了。

黑蜥蜴　什么时候到？

雨　宫　现在海上很平静，本船正在大仁附近海域，以十五海里的时速前进，预定在凌晨四时进入Ｓ港。十分幸运，没有发现海上保安厅的监视船或类似船只。

黑蜥蜴　春天的凌晨四点，是了，那就是日出的一个小时之前吧。你告诉他们，无论如何，必须在天亮之前到达。

雨　宫　遵命。（在门口扭扭捏捏地）……还有……那个……

黑蜥蜴　你要说什么，雨宫？

雨　宫　　实在是难以启齿……本船从东京出航之后，在船员
　　　　　　中间出现了一则谣言。

黑蜥蜴　什么谣言？

雨　宫　　据说，好像是有幽灵出没……

黑蜥蜴　这是什么蠢话。难道说，有人看见幽灵了？

雨　宫　　不，倒是没人看见，但有人听到了声音。就在那位
　　　　　　客人的房间里。

黑蜥蜴　哎呀，在早苗小姐的房间里？

雨　宫　　是的。船出航之后不久，北村从早苗小姐的房门前
　　　　　　经过，他似乎听到里面有人在悄声私语。早苗小姐
　　　　　　一直被塞着嘴，不可能说话。

黑蜥蜴　是不是她把塞嘴的东西弄掉了？弄掉了之后，那位
　　　　　　千金小姐一直在低声诅咒？

雨　宫　　可是，等北村去拿钥匙，再回来把房门打开的时
　　　　　　候，她的嘴还好好地塞着，捆住双手的绳子也和原
　　　　　　来一样。当然，房间里除了早苗小姐之外，也没有
　　　　　　第二个人。这幅场景，似乎令北村不由得毛骨悚然
　　　　　　起来。

黑蜥蜴　他当然询问了早苗小姐吧？

雨　宫　　是的。他把塞嘴的东西取下来，问她是怎么回事。
　　　　　　结果，她反而吓了一跳，说自己完全不知情。

黑蜥蜴　这可真是奇怪。是真的吗？

　　　　　　[二人暂时沉默。可以听到波浪的声音。蓝乌龟一声
　　　　　　不响地出现在打开的房门那里。]

　　　　　　（敏锐地）什么人？是蓝乌龟呀。你有什么事？

蓝乌龟　　出现了一件怪事。幽灵似乎潜入了炊事室，里面的
　　　　　整鸡少了一只。

黑蜥蜴　　鸡……？

蓝乌龟　　正是。因为我喜欢收拾厨房，所以您把这个责任委
　　　　　派给我；迄今为止，食品的数量没有一次短少。这
　　　　　一点，想必您是清楚的。

黑蜥蜴　　是的，我清楚。

蓝乌龟　　不见了的，是被拔掉了毛整只炖好的鸡。在吃晚饭
　　　　　的时候，本来应该端上七只，可是现在只有六只，
　　　　　有一只怎么都找不到了。

黑蜥蜴　　事情越发奇怪了。雨宫，你让大家分头在船里找
　　　　　找吧？

雨　宫　　就这样吧。那我尽快……

黑蜥蜴　　越快越好。

　　　　　〔雨宫行礼，离去。〕

蓝乌龟　　啊，对了，还有一件关于早苗小姐的事，我要告
　　　　　诉您……

黑蜥蜴　　什么事？

蓝乌龟　　刚才，我给她端去了饭菜。当我解开她的绳子，拿
　　　　　掉她塞口的东西之后，不知道为什么，她美美地吃
　　　　　光了饭菜。而且她还说，她再也不闹、不叫了，请
　　　　　我不要捆上她。

黑蜥蜴　　（表现出意外的样子）她和顺起来了？

蓝乌龟　是的，就是这样。她说她彻底改变了主意，变得十分开朗。和昨天相比，简直判若两人……

黑蜥蜴　真是奇怪呀。那，麻烦你去跟北村说一声，让他把小姐带过来吧？

蓝乌龟　遵命。

　　〔说罢，行礼，离去。黑蜥蜴站起身来，难以镇静，环顾四周，最后坐在那张长沙发上。这时，北村带着憔悴的早苗进入房间。〕

黑蜥蜴　你在门口把守。

北　村　是。

　　〔说罢，行礼，将房门带上，离去。〕

黑蜥蜴　（微笑着）早苗小姐，你现在的感觉如何？别站着呀，过来坐吧。

早　苗　嗯。（说罢，迈出两三步，看到那张长沙发，一惊，后退）

黑蜥蜴　啊，是这个？你害怕这张沙发？这也可以理解。你就坐在那边的扶手椅上吧。

　　〔早苗提心吊胆地坐在指定的椅子上。〕

早　苗　我之前那么大闹，实在抱歉。从今往后，您说什么我都听。对不起。

黑蜥蜴　你是逐渐死心了吧？这样也好。既然事已至此，和顺一点，也是为了你好……不过，真奇怪呀，昨天那么拼命反抗的早苗小姐，却突然变得这么老实了。发生了什么事情？这是因为什么？

早　苗　不，没什么……

黑蜥蜴　北村他可听见了。你的房间里有说话的声音。是不是有谁进了你的房间？……我劝你老实交代，这是为了你好。

早　苗　不，我完全没有注意到。什么也没有听见。

黑蜥蜴　（敏锐地）早苗小姐，你该不会在撒谎吧？

早　苗　不，绝对没有……

　　　　〔暂时沉默。可以听到波浪的声音。〕

　　　　那个，这艘船，是开往哪里的呀？

黑蜥蜴　这艘船？那就让我来告诉你，这艘船的目的地是哪儿吧。再过三四个小时，就到Ｓ港了。我在Ｓ港有一座私人美术馆。（微笑）那是一间多么非凡的美术馆啊，我真想让你快点看一看……我要把你和"埃及之星"陈列在那里，因此才这么着急啊。

早　苗　……

黑蜥蜴　坐火车会快一点，但是，带着你这个活生生的行李乘车，未免太危险了，因此我不能走陆路……早苗小姐，这艘船属于我。吓了一跳吧？拥有一艘船的财力，我还是有的。

早　苗　（仿佛很固执地）……可是，我……

黑蜥蜴　可是？

早　苗　我不想去那种地方。

黑蜥蜴　你当然不会想去了。但我会把你带去。

早　苗　不，我是不会去的，绝对……

黑蜥蜴　哎呀，你还真是挺有自信的呀。难道你觉得你能逃
　　　　出这艘船吗?

早　苗　我相信着。

黑蜥蜴　你相信着谁?

早　苗　您不明白吗?

　　　　〔——停顿。〕

黑蜥蜴　啊!……北村! 北村!（叫喊着，站了起来）

北　村　（走入房间）在。

黑蜥蜴　把这姑娘照原样捆好，塞上嘴，关进那个房间。你
　　　　也待在那个房间里，从里面锁上门，直到我叫你开
　　　　锁为止，都必须在那里守着。你最好准备好手枪。
　　　　不管发生什么，只要她逃跑，我就拿你是问。

北　村　是。（说罢，就要拖着早苗退场。但是，就在这时）

黑蜥蜴　等一等。你还要告诉大家，我命令他们把这艘船的
　　　　每一个角落都彻底搜查一遍。我已经知道幽灵的真
　　　　身了，就是明智小五郎。

北　村　咦?

黑蜥蜴　好了，快去!

　　　　〔北村和早苗一起离去。黑蜥蜴陷入可怕的冥想。船
　　　　只引擎的响声。波浪声。——黑蜥蜴霍然站起，仔
　　　　细检查刚才她所坐的长沙发。再次在长沙发上坐
　　　　下。——长沙发像有脉搏一样搏动，像心跳一样跳动。
　　　　她又站起来，然后不安地坐下。——终于，她难以忍
　　　　受，站了起来，咚咚地敲了敲长沙发的靠背。〕

黑蜥蜴　明智先生……明智先生……

　　　　　[等了很久，都没有回答。]

　　　　　明智先生。

明智的声音　（从长沙发里传出）我不能像影子那样随时待在你的身边。你做的这个机关，真是帮了大忙啊。

黑蜥蜴　（声音不由自主地颤抖着）明智先生，你不害怕吗？这里可都是我的同伴啊。这里可是警察鞭长莫及的海上啊。你不感到害怕吗？

明智的声音　（发出令人毛骨悚然的笑声）难道不是你在害怕吗？

黑蜥蜴　我不害怕，但我很钦佩你。你是怎么知道我在这艘船上的？

明智的声音　我并不知道是哪一艘船，只是跟在你的身边而已。于是，我就自然而然地来到这里了。

黑蜥蜴　我的身边？

明智的声音　能够从东京塔一直跟踪你到这里的男人，应该只有一个。

黑蜥蜴　啊，那个小卖部的……（说着，咬住嘴唇）

明智的声音　嗯，就是这样。想要欺骗别人，可是却被别人欺骗的你，实在是很有魅力呀。

　　　　　[黑蜥蜴靠近墙边，按了呼叫铃。]

黑蜥蜴　这么说来，桥边那奇怪的叫声，以及落水的声音，也是……

明智的声音　正如你想到的。（在这期间，黑蜥蜴靠近旁边的圆桌，用铅笔在纸上写着什么）那个时候，如果你没有从油纸拉窗里露出脸来，也许就不会变成现在这样了。

黑蜥蜴　果然是这样啊。那么，你是怎么跟踪我的？

明智的声音　我借了辆自行车。（这时，两名侏儒进入房间。黑蜥蜴用手指放在自己的嘴唇上，示意安静，招手叫他们过来，把纸递给他们。侏儒离去）为了不跟丢你坐的船，我从一段河岸骑到另一段河岸，一直在陆地上跟踪你。然后，当你坐小船换乘到这艘船上的时候，我又趁着暮色，玩了一手像杂技一样的把戏，终于登上了这艘船的甲板。

黑蜥蜴　（一边注意着房门，一边在长沙发上坐下）可是，甲板上有放哨的人啊。

明智的声音　的确"有过"放哨的人。所以，下到船舱里，还是费了我一番功夫的。然后，找到早苗小姐被关着的房间，这也让我煞费苦心。等我好不容易找到那个房间，（笑）真是活该啊，船已经启航了。

黑蜥蜴　你为什么不早一点逃出去呢？藏在这种地方，不是肯定会被发现的嘛。

明智的声音　这么冷的天气，我可不想下水。我并不是很擅长游泳。和那相比，躺在长沙发暖暖和和的布面下面，不是舒服多了？

黑蜥蜴　……

明智的声音　喂……

黑蜥蜴　咦？

明智的声音　我吃过晚饭之后，一直在这里躺着，已经待腻
　　　了。而且，我想看一看你美丽的脸。我可以从这里
　　　出来吗？

黑蜥蜴　（狼狈地）小声点。不行，你不能出来。要是被男人
　　　们发现，你一定会没命的。你再安安静静地在里面
　　　待一会儿吧。

明智的声音　嘿，你这是在保护我吗？

黑蜥蜴　嗯，我不想失去你这个好对手。

　　　〔这时，以雨宫润一为首的五名船员带着长长的绳
　　　子，小心谨慎、悄然无声地走进房间。黑蜥蜴用眼
　　　神示意。男人们从长沙发的一端起头，开始用绳子
　　　捆起长沙发。黑蜥蜴冷笑一下，从长沙发上站起。〕

明智的声音　喂，怎么了？是不是有人来了？

黑蜥蜴　嗯，现在正在用绳子捆呢。

　　　〔捆绑结束。〕

明智的声音　绳子？

黑蜥蜴　嗯，是啊。日本第一的名侦探，现在正在变成席子
　　　卷儿①呢。

　　　〔说罢，她笑了起来，用眼色向男人们示意，叫他们
　　　离开，自己关好房门，回到长沙发处。〕

　　　〔她在长沙发旁边侧耳静听。只能听到轻微的呻吟，

---

①　指日本古代的一种刑罚，把人用席子卷起，捆绑之后，投入水中。

没有说话声。]

［黑蜥蜴难以平静，站了起来，走到梳妆台前。她望着镜子，叹息一声。少顷，她转向长沙发。］

黑蜥蜴　　明智先生，就此告别吧。在寒冷春季的海底，我为你建了一座长沙发形的坟墓。（没有回答）哎？为什么不回答？为什么？这可是我们二人独处的最后一点时间啊……（说罢，盯着长沙发。终于无法忍耐，跑到长沙发旁，跪在地上，紧紧地抱住长沙发）可怜啊！好可怜啊！因为害怕，你连话都说不出来了。哎呀，你的心跳多么激烈！你的身体在扭动、挣扎。好可怜啊！就像你在我的体内挣扎一样。你伸开手脚，想要寻找出口……可是，不行哦。在你面前的只有"死"，只有它而已……哎呀，你喘息得这么厉害，明知徒劳，却还在这样地折腾……你一定满身大汗了吧？冰冷的春潮，很快就会冷却你的汗水……明智先生，如果是现在的话，我说什么都可以了。如果是现在的话，就算你会逐字逐句地听我说了什么，海水也会很快流过你的耳朵，把一切都洗掉、冲走。（吻长沙发）你能感觉到我的吻吗？越过西阵织的锦缎，你能感觉到我真心的吻吗？（吻长沙发的各处）我正吻遍你身体的每一个地方。你能感觉到吗？能感觉到吗？尽管我的嘴里吐出了如此冰冷的言语，我的嘴唇却是如此火热，你能感觉到吗？就算你的身体会在海底冷却，我的吻也会如红色的海藻一般，缠绕在你身体的每一个角落。……现在，我终于能坦率地说出来了。明智先生，请不要回答我！在沉入大海之前，请你保持沉默！迄今为止，我都没有遇到过像你这样的人。我第一次恋爱了，我黑蜥蜴……一站到你的面前，就浑身发抖，觉得一切都完了。那样的我，那样的黑蜥蜴，我是不能容忍的。所以，我要杀了你。我杀你，不是因为无聊的绑架事件产生的怨恨，你明白吗？我害怕，如果你继续活下去的话，我就会失去我自己。所以，我才要杀了你……因为喜欢，所以我要杀了你。因为喜欢……

[说着，她久久地把脸埋在长沙发上。]

[终于，她重新下定决心，站了起来，打开房门，向舞台左侧喊道。]

黑蜥蜴　来吧，执行水葬！

[以雨宫为首的船员们进入房间。]

雨　宫　（大喜道）这样一来，明智小五郎就完蛋了。

[黑蜥蜴沉默着，打了雨宫一个耳光。]

雨　宫　（捂着脸）这么说来，您果然……

黑蜥蜴　你甚至没有背叛我的勇气。你只是为我做的事情感到高兴，在暗地里窃笑。就算杀了明智，也没有你什么功劳。当然，这更不是为了你。你就别在这儿无聊地自作多情了。好了，赶紧搬走吧。

[她这样严厉地说道。以雨宫为首的船员们就像抬棺

一样，把长沙发抬起，从舞台左侧离去。黑蜥蜴有气无力地跟着他们离去。]

[少顷，之前一直矗立在长沙发背后的庞大衣柜的门吱呀一声打开了。丑陋的、满脸胡须的锅炉工松吉窥探着周围的动静，走了出来。梳妆台上的三面镜照出了他的脸。他的胡须稍微歪了一点，他对着镜子把胡须重新粘好，以此告诉观众他是明智。他环顾四周之后，慢慢地从舞台左侧离去。]

（B）上甲板

[舞台向右转动90度，变成上甲板。松吉小心地不被任何人注意到，暂时从舞台右侧离场。]

[所有人肃然并列，长沙发上又加捆了两根粗绳，这两根粗绳将长沙发徐徐吊起，越过栏杆，放下。当长沙发彻底从视野中消失之后，响起了巨大的水声，绳索突然迅速滑动，朝海中飞去。所有人暂时沉默。]

黑蜥蜴　（愤怒地大叫道）好了，大家都走吧！没时间磨蹭了！都回到岗位上去！都回去！

[所有人一惊，四散而去。黑蜥蜴独自一人倚着栏杆，陷入思索。]

[从舞台右侧，锅炉工松吉（实为明智）战战兢兢地登场。]

黑蜥蜴　（盘问道）你不是松吉吗？

松　吉　非常抱歉。

黑蜥蜴　怎么了？

松　吉　我在船舱里不知不觉睡着了，没听见紧急召集……

黑蜥蜴　（声音突然温柔起来）这么说来，在水葬的时候，的确没看到你。

松　吉　是的，我不知不觉地睡着了……

黑蜥蜴　（深深地感动道）只有你一个人没有帮忙进行水葬……

松　吉　是的，我该怎么道歉才好……

黑蜥蜴　不用了。在这条船上的男人里，只有你才是我真正的同伴。

松　吉　（吓了一跳）咦？

黑蜥蜴　那些听从我的命令、帮忙进行水葬的男人，无论是多么忠实的手下，在我的心中，他们都已经变成了永远的敌人。和他们不一样的，真的只有你。由于你的糊涂，你拯救了自己，同时也拯救了我——虽然只把我拯救了一丁点。从今往后，我会关照你的。

松　吉　（慌张地）是，那还真是谢谢您了。

黑蜥蜴　而且，你的丑陋、你的肮脏、你的愚蠢……对现在的我来说，这些都让我感到高兴。你过来。

松　吉　是。

黑蜥蜴　你看到我的眼泪了吗？

松　吉　（仔细盯着）是。

黑蜥蜴　你知道这是为谁而流的眼泪吗？

　　〔松吉摇头。〕

黑蜥蜴　这是为了我喜欢他胜过任何人的那个男人、为了已经不在世上的那个男人而流的眼泪。你知道那是谁吗？

松　吉　……（摇头）

黑蜥蜴　你是不会知道的。我还挺佩服你的。那个像北极星一般，在天空的一角永远煌煌闪耀的名字，你是读不懂的。从今往后，在我的脑海里，那个永远染满鲜血、永远不会消逝的名字，你是读不懂的。我却能够读懂，能够清楚地读懂……所以，我才可以这样和你对话。

松　吉　啊，是。

黑蜥蜴　你看这大海，很黑暗吧？

松　吉　（仔细盯着）是。

黑蜥蜴　夜光虫闪着多么明亮的光芒啊。

松　吉　……

黑蜥蜴　在这个世界上，再也不会有奇迹发生了。

第二场　港口的废弃工厂

〔在上一场转暗之后，落幕，幕布上描画着庞大的废弃工厂内部的景象。屋顶没有天花板，却安装着许多玻璃窗，所有窗户的玻璃都已经破碎、掉落，没有一扇完好。在损坏的机械、生锈的传动轴和驱动轮，以及断裂的传动带之间，到处都张着蛛网。透过一扇高处的窗户，可以看到一弯残月。]

[一行人打着手电筒从舞台左侧登场。走在最前面的是披着斗篷的黑蜥蜴，然后是双手被缚在背后的早苗和牵着绳子的雨宫。后面是蓝乌龟、锅炉工松吉、北村、五名船员、两名侏儒，以及其他人。五名船员扛着各种行李。]

[汽笛声告诉观众，这里是海港附近。]

黑蜥蜴　（站在预设好的地方）月亮依然是那么明亮。在黎明之前到达，真是幸福。海潮依然在保护着我。

蓝乌龟　为什么您要说"依然"？像您这样仁慈的人，无论是大海还是我们，都会想要永远地保护您。

黑蜥蜴　是吗。可我不那么想。那月亮不久之后就会隐入白色的朝云，我感觉自己也会像那月亮一样，很快就消失不见……（笑）我居然会说这种懦弱的话，可真不像黑蜥蜴呀。（重振精神）喂，早苗小姐，你知道这是哪儿吗？

早　苗　（摇头）……

黑蜥蜴　我们的船抵达了港口小小的海湾，然后又换乘小舟来到这里。我们终于到了你的家，这里是你永远的居所。之前，在大阪的 K 宾馆，我曾经和你约定，要让你目睹一个崭新的世界；这里就是那个世界。请你仔细地看一看。那高耸天花板的铁梁上安着玻璃窗，从破碎的玻璃里洒下月光——在这晦暗的月光旁边，蝙蝠做了它们的巢。你看它们的样子，它们猛地张开黑色的翅膀，到处飞来飞去的样子……在这座工厂废弃之前，这里的工人经常被车床夹伤，失去自己宝贵的手指。如果收集一百根手指，它们就会变成一百枚戒指的台座。钻石、红宝石、蓝宝石戒指。这些年轻、粗壮的手指，在活着的时候和宝石戒指完全无缘，可在死后，它们却变成了这个世界上无与伦比的优雅手指。无论这手指摆弄过车床还是弹珠机，摆弄过澡堂的澡票还是当铺的当票，又或者摆弄过寒酸肮脏的女孩子的手，等到死后，它们都会变成无所事事的、高贵而苍白的手指，变成镶嵌着宝石的、穷极无聊的美丽手指……

早　苗　不要！不要啊！

　　　　［她喊叫起来，想要逃走。雨宫紧紧地按住了她。这时，她偶然碰到了雨宫的脸。雨宫不由自主地吻了她。］

黑蜥蜴　（冷冷地）你在干什么？好了，走吧，早苗小姐。我和你约定过，要带你参观一下我的美术馆。

　　　　［说罢，走在前面，所有人从舞台右侧离场。］

第三场　恐怖美术馆

　　　　［幕启，舞台上一片黑暗。在舞台右侧上方有一个巨大的盖板，它徐徐开启，手电筒的光从缝隙中射入。］

黑蜥蜴 打开台阶的灯。

雨宫的声音   是。

[随即，灯光亮起，照亮了台阶。在距离盖板数级台
阶的下方，有一个宽阔的圆形平台，一道曲线形的
大台阶从平台一直延伸到舞台地面。除此之外，舞
台的其余部分依然包裹在黑暗之中。一行人缓缓从
这段台阶走下。]

[这时，在台阶的中途，又有第二个平台像瞭望台一
样往左侧突出。黑蜥蜴拧亮开关，这一部分被一下
照亮。这里是宝石的展示处，恰好靠近放置在舞台
中央的牢笼的顶部。昏暗的牢笼仿佛正顶着一个光
辉灿烂的巨大花冠。样式奇特的天鹅绒花朵上缀满
了宝石，这些花朵向四面八方延伸出去。在它们的
中央，高高地耸立着一朵最为豪华的黑天鹅绒花，
但是，只有这朵花的花萼上没有宝石。]

黑蜥蜴 早苗小姐，你看，迄今为止，这株忧郁的黑草无论
如何都无法绽放；多亏了你爸爸的礼物，现在，它
可以绽放了。

[说罢，她取出"埃及之星"，把它放到花朵的花萼
上。"埃及之星"放出灿烂的光辉，在这光辉之下，
周围的数百、数千朵宝石花仿佛全都在一瞬之间黯
然失色。所有人一齐发出感叹。]

来吧，我还有东西要给你看。到这边来。（对所有
随从）你们回上面的房间休息吧。北村，你在外面

放哨。

[除雨宫和早苗之外的所有人一齐行礼，转身走上台阶，关闭盖板。黑蜥蜴走在前面，宝石的灯光熄灭，三人走下台阶。等到三人完全走下之后，台阶的灯光熄灭。黑蜥蜴一边用手电筒把舞台中央的牢笼照得时隐时现，一边走向舞台左侧。]

[在舞台左侧的一个地方，摆着豪华的桌椅。她走到这里，停下脚步。]

黑蜥蜴　好了，早苗小姐，请你仔细看看。

[说罢，按动舞台左侧的开关。在舞台左侧深处的墙壁上，上下两排，每排两个，一共凿出了四个壁龛。其中一个壁龛的帘子拉开，里面的灯光亮起，一个全身赤裸的健壮黑人叉开腿站在里面，他交抱着粗壮的双臂。接下来，第二个壁龛的帘子拉开，灯光亮起，里面是一个全裸的金发少女，她以妖艳的姿势坐着，双膝并拢，小腿倾斜。然后，第三个壁龛的帘子拉开，灯光亮起，出现了一个全身肌肉隆起、摆出投掷铁饼姿势的全裸日本青年。]

怎么样？是非常精巧的生人形①吧？不过，它们是不是太精巧了一点啊？你再靠近一点看看。（说着，推搡早苗的后背。早苗靠近人偶）你看啊，这个人身上生着细微的汗毛呢。从来没有听说过人偶会生

---

① 生人形，日本的一种传统人偶，以栩栩如生著称。

着汗毛，对不对呀？（早苗察觉到恐怖的事实，愕然后退）你明白了吧。你终于明白了吧。（微笑着按下开关。三个壁龛里的灯光消失，帘子拉上，第四个壁龛的帘子拉开，灯光亮起。这个壁龛里什么也没有）请你看那里。（指向第四个壁龛）我无论如何都想往那里放进一个日本姑娘的纯洁无垢的身体。你明白吗？早苗小姐，你会听我的话吧？

［早苗过于惊骇，呆立在当场。突然，她趁雨宫不备，拔腿逃跑。雨宫追了过去。］

快把她关进笼子！快点！

［在宝石的大花冠下，灯光照出了一座昏暗的牢笼。黑蜥蜴打开笼门的锁。雨宫押着早苗回来，假意要把早苗推进笼子，却突然从黑蜥蜴的手中夺过锁，猛地一推，把黑蜥蜴推进笼子，从外面锁上，拉着早苗的手跑上台阶，想要逃出这里。黑蜥蜴在笼子里大叫。］

［当雨宫和早苗到达台阶上方的平台时，台阶上的盖板稍微掀开，锅炉工松吉从中现身。他迎着二人，在平台上打倒雨宫，将他打昏。松吉一只手拉着早苗，另一只手拖着昏倒的雨宫，走下台阶，来到牢笼前。］

黑蜥蜴 快，用这把钥匙！

［说着，从牢笼的缝隙里递出一把钥匙。松吉接过钥匙，把牢笼打开。黑蜥蜴以威严的态度走出牢笼，

她示意一下，松吉便把早苗拽入笼中。]

把他也关进去。（指着昏倒的雨宫）他背叛了我。我果然还是应该把他做成人偶。我要改变一开始的计划，制作一对男女沉浸在恋爱喜悦中的人像。等天亮之后，我就开始工作。

[松吉把昏倒的雨宫搬进牢笼，并且上锁。]

黑蜥蜴　（一边走向舞台左侧，一边说道）你又救了我一次。这份恩情，我不会忘记。

[松吉跟随着她。二人走到舞台左侧，舞台左侧的桌椅一带亮了起来，牢笼则暗了下去。]

黑蜥蜴　你坐在这里。

松　吉　是……

黑蜥蜴　不要有什么担心，我叫你坐你就坐。

松　吉　是。

[松吉战战兢兢地坐下。黑蜥蜴脱下大衣，露出豪华的衣装。她以女王般的威严坐在椅子上。]

黑蜥蜴　你的功劳非常伟大。迄今为止，你只不过是一名卑贱而无用的锅炉工；但我现在要破格提拔你，授予你爬行类的地位。

松　吉　咦？

黑蜥蜴　不要那么惊讶，你有这样的价值。从今天开始，你可以自称为"黄鳄鱼"。我现在要给你奖赏。（说着，从自己的手指上取下一枚戒指）我赏给你这枚钻石戒指。

松　吉　钻石！

黑蜥蜴　你在发抖啊。放心吧。只有今天，我非常大方。我
　　　　觉得，这就仿佛是我的遗物一样。

松　吉　咦？

黑蜥蜴　你不用在意，黄鳄鱼。（摆弄着自己的头发）和往常
　　　　不同，现在，这种讨厌的想法正源源不断地从我的
　　　　脑海里冒出来。这一定是因为我太累了。我得到了
　　　　所有我想要的东西，因此松懈了下来；肯定是因为
　　　　这样，我才觉得这么累。我看了太多的梦，因此才
　　　　觉得这么累；肯定是这样。

松　吉　真的非常感谢您。（说罢，就要离去）

黑蜥蜴　等一等！我能信任的人只有你了。除了你，我无法
　　　　相信任何人。在我的命令下，那些家伙杀了明智。
　　　　下令的是我，杀了他的是那些家伙。

松　吉　……

黑蜥蜴　你要知道，黄鳄鱼，在这世界上，我是孤零零的一
　　　　个人。在那样的努力和危险之后，在这样收集起来
　　　　的宝物中，我是孤零零的一个人。我该依靠谁呢？
　　　　我该依靠什么呢？

松　吉　（令人意外地，用毅然的口吻说道）请您依靠我吧。

黑蜥蜴　（高声大笑，笑了片刻）啊，你真是说了一句很有意
　　　　思的话啊，黄鳄鱼。所以我喜欢你。我喜欢你那滑
　　　　稽的言辞，喜欢你那肮脏而愚蠢的脸庞。（深切地）
　　　　你是真心想逗我笑的，对吧……好了，我该去稍微

睡一会儿了。从昨晚开始，我都没合过眼呢。太阳出来的时候，把我叫醒。如果能把头在枕头上稍微搁一会儿，什么也不想的话，我的情绪就能恢复过来。如果我像一个清白无辜的孩子那样睡着的话……

［她站起身来，拍了拍手。从舞台上方，两名侏儒抓着绳子荡了过来，在黑蜥蜴面前着地，向她行礼。］

就像往常一样，你们来给我揉脚。如果熟睡的时候，我的头发缠结起来，那么，为了让我做一个好梦，你们就将气息吹进我的发隙吧。如果熟睡的时候，我开始后悔地磨牙，那么，为了让我轻柔地将那些悔恨咬碎，就让我轻轻地咬住你们浸过了香水的手指吧……好了，来吧。

［黑蜥蜴带着两名侏儒，打开舞台左侧的门，进入卧室。］

［松吉深深行礼，目送她离去。然后，他准备从舞台右侧离去，但又停住脚步，从口袋里掏出一份报纸，思考要把它放在哪里。最后，他把报纸放到卧室门前，登上舞台右侧的大台阶，离场。］

［和松吉离场同时，牢笼那里亮了起来。］

［早苗正试图摇醒昏倒的雨宫。雨宫的上衣已经被她脱下，上身只穿着一件衬衫。］

早　苗　雨宫先生！雨宫先生！

［她这样叫着，同时继续看护着他。雨宫终于苏醒。］

啊，你醒过来啦。

雨　宫　我……在什么地方？

早　苗　不是什么地方，是在笼子里。

雨　宫　你说，在笼子里？（说着，环顾四周）

早　苗　刚才，松吉把你打昏，然后把你拖进了这个笼子。

雨　宫　（还没有完全清醒）为什么我和你一起在笼子里？

早　苗　你就要和我一起被杀了。

雨　宫　咦？

早　苗　刚才，黑蜥蜴这么说了。她要让你和我都成为她的人偶。她要制作一对男女沉浸在恋爱喜悦中的人像。天亮之后，就开始工作……

雨　宫　（突然高兴起来，抓住早苗的衣领）喂，你说的是真的吗？黑蜥蜴真的这么说了？

早　苗　她这么说了。她会说到做到。

雨　宫　（竭力掩饰着巨大的喜悦）……是吗……

早　苗　虽然你是个坏人，但我现在觉得很对不起你。都是为了救我，你才落得这样的下场……你就这么喜欢我吗？

雨　宫　（依然在陶醉）……是吗……

早　苗　你就那么喜欢我吗？即使舍弃自己的性命，也要救我？

雨　宫　是啊。（说罢，站起）你好好看看我的脸。我是一个应当出手救你的人。（说罢，将变装用的胡须全部扯掉）

早　苗　哎呀!

　　　　［她呆呆地望着雨宫。长久的停顿。］

雨　宫　你想起我来了吗?

早　苗　想起你?

雨　宫　你这么盯着我看……

早　苗　我没想到，在你的胡子下面，竟然藏着一张这么英
　　　　俊的脸。雨宫先生，你是真正的雨宫先生吗?

雨　宫　你的忘性可真大呀。

早　苗　因为，我是第一次看到你没有胡子的脸嘛。

雨　宫　（以怀疑的表情思考着。突然）……这么说来……

早　苗　什么?

雨　宫　你真的是第一次见到我没有胡子的样子?

早　苗　是啊。

雨　宫　是吗。那么，就当是这样吧……刚才你是这么说的
　　　　吧? 我不惜性命救你，是因为我喜欢你?

早　苗　我是这么说的。因为，除此之外，我想不到别的
　　　　原因。

雨　宫　可是呢，早苗小姐，我来救你，并不是因为喜欢
　　　　上了你。从一开始，我就讨厌你这种资产阶级的
　　　　小姐。

早　苗　那么，是因为什么?

雨　宫　我之后再解释。但是我并不喜欢你，这一点希望你
　　　　搞清楚。反正咱们的命已经不长了。

早　苗　你讨厌我什么地方?

雨　宫　有钱的宝石商人娇生惯养的女儿，坚信自己就是一颗宝石，不管对谁都会随随便便地投以轻蔑的眼神——在你的眼睛里，充满了这种恶俗的确信，我讨厌你的眼睛。我讨厌你那装模作样的态度……基本上，我就是看不惯你们这种人。我饱受贫困之苦。我会沦落进这一行，也是因为觉得，如果只能在东京这个大都会的底部蠕动着过活，这样的青春未免太可怜了。

早　苗　（眼中亮起希望之光）真的吗？这是真的吗？因为我是资产阶级的小姐，所以你讨厌我。因为我是岩濑庄兵卫的女儿，所以你讨厌我。仅仅为了这个？

雨　宫　是的。

早　苗　……那样的话……（说着，环顾四周）我就告诉你吧。虽然我已经跟人约定，就算死也不会说出这件事，我还是告诉你吧。反正，跟我约定的明智先生已经死了，我也不觉得会有人来救我……

雨　宫　是的，已经没有人会来救你了。

早　苗　雨宫先生。

雨　宫　嗯？

早　苗　我不是早苗。

雨　宫　嗬。

早　苗　你被吓到了吧？我是替身。我跟早苗小姐长得特别像，像得简直叫人害怕。就算是我自己，第一次跟早苗小姐见面的时候，也不禁怀疑自己的眼睛……

之前，我被男人抛弃，穷困潦倒，想要自杀；就在
要自杀的时候，我被明智先生的部下救了。当时，
他正让他的部下在全东京分头寻找能够担任早苗小
姐的替身的人。虽然我知道这是危险的工作，但报
酬十分丰厚，而且，反正这条性命已经被我抛弃过
一次了，所以我爽快地答应下来。我花了一周时间
接受训练，学习如何模仿早苗小姐，然后，在一个
晚上，我被带到岩濑先生的家里，和真正的小姐替
换了。在那之后，没过多久，我就被塞进那张长沙
发，被黑蜥蜴拐走了……

雨　宫　这样啊……

早　苗　我也是个贫穷的姑娘。我曾经寻过死，所以，第二
　　　　次接受死亡，并没有太大的负担。你一定吓了一跳
　　　　吧，雨宫先生？你已经没有讨厌我的理由了……你
　　　　为什么摆着一副那么无聊的表情呢？……你已经没
　　　　有讨厌我的理由了。因为我并不是早苗小姐呀。

雨　宫　（冷漠地）这种事，我知道。刚才我摘下胡子的时
　　　　候，你并没有被吓到，所以我马上就明白了。因为
　　　　在此之前，真正的早苗小姐曾经在绝对无法忘怀的
　　　　状况下，看到过我的脸。我只是想让你亲口说出你
　　　　是赝品的事实罢了。

早　苗　哎呀！

雨　宫　你听好，尽管如此，你依然要至死守住你是赝品的
　　　　秘密。对我来说，你无论如何都必须是真正的早苗。

早　苗　你真过分，给我设下了陷阱。你果然是喜欢真正的资产阶级小姐。

雨　宫　不管是真货还是赝品，我都不喜欢。无论你是真货也好，赝品也好，我从一开始就对你没有兴趣。

早　苗　那么，你为什么要救我？

雨　宫　你至死为止，都必须是真正的早苗。刚才想要救你的我，为什么被黑蜥蜴扔进了这个牢笼？你想一想。你明白吗？这难道不是太棒了吗！因为黑蜥蜴嫉妒我了！……正因为你是真正的早苗，所以黑蜥蜴才会嫉妒我。对我来说，比什么都重要的，正是她的嫉妒。

早　苗　如果知道我是替身，她就不会嫉妒你了？

雨　宫　没错，你说得对。

早　苗　（思考片刻）……我明白了。现在还有救你一命的办法。我在这里大声喊道："我是替身！是赝品早苗！"这样一来，就算只有一点可能，也有希望拯救你的性命。不是吗？我喜欢你！我不愿意眼睁睁地看着你被杀。我要喊啦！好吗？我……

　　　　［雨宫急忙捂住她的嘴。］

雨　宫　你听着，不要有那种无聊的想法。你一定要至死为止都是真正的早苗。这是为了我。

早　苗　为了你？

雨　宫　如果不这样的话，我的恋爱就无法成就了。

早　苗　你的恋爱？

雨　宫　是的……我让她第一次对我产生嫉妒之情了。

早　苗　所以，你喜欢黑蜥蜴。

雨　宫　从第一眼见到她的时候起，我就被永无止境的嫉妒
　　　　所苦。她对我极其残酷。我只能认为，她允许我继
　　　　续活着，只是为了让我继续受苦。我是她的奴隶。
　　　　我的心灵永远无法满足，无论何时都吹着空虚的
　　　　风。我嫉妒她所爱的一切东西。早苗，也包括你。

早　苗　哎呀！

雨　宫　还有那些剥制人偶。我万分嫉妒它们。黑蜥蜴时常
　　　　会和那些人偶轻轻接吻，自从我看到那一幕的时候
　　　　起，我就嫉妒它们。最让我为嫉妒所苦的，还是知
　　　　道她爱着明智的时候……而那个明智现在已经死
　　　　了。是被我杀死的。杀了他的时候，我是多么高
　　　　兴，你能理解吗？……可是，在那一瞬间之后，她
　　　　对我愈发地冷淡下来了。我下定了决心……我最后
　　　　的愿望只有一个，就是自己成为剥制人偶，时常接
　　　　受她的爱抚……为了这个目的……你明白吗？只有
　　　　一个办法。我假意帮你逃走，让她以为我背叛了
　　　　她。这就是我的办法……哪怕只有一次也好，我要
　　　　让她的眼里燃起对我的小小的嫉妒之火。这就是我
　　　　的办法……

早　苗　（心寒）你为的是这个。为的是这个。你仅仅为了自
　　　　己希望的死法，就暂时利用了我……

雨　宫　你终于明白了吗？

早　苗　……我明白了。

雨　宫　所以，你无论如何都必须是真正的早苗。

早　苗　事到如今，我也不会说"救你一命"这种话了。

雨　宫　你就让我以我喜欢的方式去死吧。

早　苗　我会让你用你喜欢的方式去死的。我会竭尽全力，
　　　　让你用你喜欢的方式去死……我已经不再那么喜欢
　　　　你了，所以我不会背叛你。但是，我对你还是有那
　　　　么一丁点喜欢，所以我想让你实现你的愿望……

雨　宫　（抱住早苗）你说得真好。我第一次觉得你可爱
　　　　了……我们是一对赝品恋人。你是赝品早苗。

早　苗　你是赝品奴隶。

雨　宫　我们之间产生了赝品爱情，然后进行了赝品殉情。
　　　　明明一点也不相爱，却在同一个早晨，在同一个时
　　　　间被杀了。

早　苗　然后，我们会被做成剥制人偶……

雨　宫　永远地拥抱在一起生活。

早　苗　我们这赝品的爱，

雨　宫　会成为男人与女人的不朽的喜悦之像。

早　苗　这是真正的爱的喜悦，

雨　宫　不管谁看到我们，都不会怀疑——我们描绘出了真
　　　　正的爱的形状！

早　苗　雨宫先生，我们……真的没有相爱吗？

雨　宫　这是错觉。是愚蠢的错觉。在活着的时候，我们绝
　　　　对没有相爱。但是在死后……

早　苗　是啊！再过一会儿，我们就相爱了！

　　　　[舞台左侧的卧室门吱呀一声打开。

　　　　　牢笼当即暗了下来。

　　　　　两名侏儒从卧室登场。其中一个被脚边的报纸
　　　　绊了一下。恰在这时，黑蜥蜴也走了出来，于是侏
　　　　儒便把报纸呈给她。]

黑蜥蜴　早晨会有报纸送到门口，感觉就像生活在尘世的人
　　　　家一样。（展开报纸阅读）哎呀，这不是昨天的报
　　　　纸吗。什么？"明智名侦探的胜利——岩濑早苗小
　　　　姐平安归来——宝石王一家喜上加喜——早苗小
　　　　姐与早川财阀公子订婚——"……哎呀，还有照
　　　　片！……报纸怎么会撒这种谎……不，这不是撒
　　　　谎……这么说来，笼子里的早苗是……

　　　　[她刚想走近牢笼，台阶上的盖板突然被掀开，五名
　　　　船员及蓝乌龟吵吵嚷嚷地带着松吉走了下来。]

蓝乌龟　黑蜥蜴大人，这个松吉可真是个大骗子呀。放哨的
　　　　北村被人捆起来了，他说是松吉干的。所以，我们
　　　　就把松吉送来，让您亲自审问……

黑蜥蜴　松吉，你……

松　吉　这都是他们冤枉我的。求您，求您……

黑蜥蜴　（含着眼泪）连你也背叛我了吗？

松　吉　不不，绝对没有。我只是担心人偶……

黑蜥蜴　你说，人偶？

蓝乌龟　你差不多得了，不要再狡辩了。

［黑蜥蜴端着手枪后退，将舞台左侧的开关悉数打
开。四个壁龛亮了起来。壁龛中已经没有了人偶，
每个壁龛里都站着一个端着手枪的刑警。众人大惊，
"啊"地叫了一声。松吉趁乱逃开，跑下台阶，背对
刑警，摆出架势。五名船员和蓝乌龟全都举起双手。
黑蜥蜴向松吉开枪，但手枪只发出了咔嚓一声。］

黑蜥蜴　可恶！子弹被卸走了。

松　吉　请您把牢笼的钥匙交给我吧。

［黑蜥蜴用充满憎恨的眼神盯着他，把钥匙交过去。
一个刑警打开开关，舞台整个亮起。刑警们包围了
黑蜥蜴及其手下。侏儒们瑟瑟发抖。松吉打开牢笼
的门锁，放出雨宫和早苗。］

松　吉　（对早苗）哟，辛苦了。我遵守约定，来救你了。

早　苗　哎呀！难道说……

松　吉　这么说来，你们两个……

早　苗　
　　　　├（拥抱在一起）我们互相爱着对方。
雨　宫　

松　吉　我就觉得是这样。好了，随便你们逃到什么地方去
吧。（对早苗）别忘了让你的恋人自首啊。

［二人欢喜不尽，跑进舞台左侧的一座壁龛。这里的
墙壁已经被刑警们事先打破。二人摆出相拥的姿势
之后，从墙壁上的破洞里离开，消失了。］

［松吉走近黑蜥蜴，摘下伪装的胡须。原来是明智小
五郎。］

黑蜥蜴　你还活着呀。

明　智　那可怜的、被我作为替身的松吉，和长沙发一起，被你们杀死了。

黑蜥蜴　你还活着呀。

明　智　你就死心吧。

黑蜥蜴　（充满爱意地）你真可恨。

　　　　　[转身躲开，打开戒指上的盖子，服毒了。所有人一惊。蓝乌龟悲哀地喊了一声，抱起倒地的黑蜥蜴。]

明　智　你……

黑蜥蜴　如果被逮捕了，我就死不了了。

明　智　我明白。

黑蜥蜴　所有的话，你都听到了……

明　智　听到真相，实在是无比痛苦。我不习惯这种事情。

黑蜥蜴　在男人之中最为卑劣的你，已经不能比这更完美地践踏女人的心了。

明　智　对不起……但是，没有办法。你是女贼，我是侦探。

黑蜥蜴　但是，在心灵的世界里，你是小偷，而我是侦探。你早就把东西偷走了。我一直在寻找你的心，找啊找啊，一直在找。我现在终于抓住了它；可是，仔细一看，我才发现，那是一颗犹如冰冷石头一般的心。

明　智　我知道，你的心是真正的宝石，是真正的钻石。

黑蜥蜴　你狡猾地偷听我，所以才知道，对吧？可是，如果这件事被知道了，我也就完蛋了。

明　智　但是，我也……

黑蜥蜴　不要说。我不希望看到你真正的心，我想就这样死去……不过，我真高兴呀。

明　智　有什么可高兴的……

黑蜥蜴　我真高兴呀，你还活着。

　　　　〔黑蜥蜴死去。蓝乌龟哭着，紧紧地抱住她。

　　　　　　刑警们把五名船员和侏儒们关进卧室。明智默然沉思，然后站起身。〕

　　　　〔突然，台阶上的盖板被大大地掀开，朝阳的光辉大幅射入。岩濑庄兵卫及其夫人、早苗、早苗的未婚夫登场，在舞台上方的平台上并肩站立。〕

岩　濑　哎呀，明智先生，真是漂亮，真是漂亮，这样一来，就万事大胜利，万事了结了。对于您的手法，我心里只有佩服。正如您所见的，早苗也这么健康，我向您介绍一下，这位就是早苗的未婚夫，早川君。

明　智　请您从那朵宝石花里，把"埃及之星"取走吧。

岩　濑　我看看。（走下台阶，取走"埃及之星"）哎呀，的确是它没错。（然后，又返回原处，和家人站在一起）

明　智　您的东西已经全部回到了您的手上。我的任务就此告终了。

岩　濑　我们一家的幸福和繁荣，明智先生，都是多亏了您呀。您的这份恩情，我们永远不会忘记。

明　智　您就算忘了，也无所谓。您家想必会更加繁荣兴
　　　　旺，接二连三地买卖赝品宝石，尽情地讴歌此世之
　　　　春吧；这样就好。我就是为此而工作的。

岩　濑　咦？赝品宝石？

明　智　嗯。因为，真正的宝石，（说着，低头看向黑蜥蜴的
　　　　尸首）已经死去了。

　　　　——幕落——

　　　　——1956.7.15——

源氏供养

一幕

——《近代能乐集》内之一篇

[在海边悬崖上的松林中，立着一块能将大海一览无余的文学碑。晚春的午后，两名文学青年手拿小说，一边擦着汗一边攀登上来。]

青年A　终于到了……呵，这就是野添紫女士的纪念碑啊。怎么立在这么不方便游览的地方呢。

青年B　这也没有办法，谁叫这里是《春潮》的主角光在结尾跳崖自杀的地方呢。如今，所有人都已经毫不怀疑地把光当成一个实际存在的人物了。

青年A　（翻着自己手里的小说）因为这小说就是这么畅销啊。包括文库版在内，据说总发行量已经达到二百五十万本了。

青年B　除此以外，还得算上借书来读的人呢。

青年A　虽然因此赚了一大笔钱，身为作者的野添紫却患子宫癌去世了。她在二十五六岁的年纪就成了寡妇，然后开始写小说。丝毫没有和男性交往的流言蜚语，还是一位美女……

青年B　这些也都更加增添了她的人气呀。

青年A　不过，这块碑倒是没什么人气啊。来这里游览的，只有我们俩而已。虽然我听说，山脚下是观光巴士的一站……

青年B　笨蛋，观光巴士下午三点就停了，咱俩不是从车站一路走过来的嘛。像咱俩这样的好事之徒还是挺少的。嗳，看那儿，那边有废纸、便当盒，哦，还有女人用的手绢呢。

青年A　（俯下身看手绢）哎，这手绢还是崭新的呢。

青年B　（把脸靠近碑面）这上面刻的，是紫女士亲笔写下的原稿吧。（把手里的《春潮》翻到最后一页）第三百八十二页，第五行。"光就像一只生着潇洒的绸翼的鸟，向春潮投身而去了。"……字写得很草，真难认。

青年A　小说家的字都是这样的。

青年B　不过，这小说也真奇怪。明明被五十四位女人依次爱上，这样的美男子怎么会在书的最后，独自一人跳崖自杀了呢?

青年A　也许可以说，是某种神经衰弱吧。这也让他更受读者欢迎。所谓"厌倦了人生和女人"，虽然是很老的哲学，但读者就喜欢这种"厌倦了"的故事。

青年B　"生着潇洒的绸翼的鸟"……这么写是因为光无论冬夏，都穿着丝绸西装吧。无论冬夏都穿着丝绸西装……这家伙可真矫情啊。

青年A　你看，你也开始相信光是一个实际存在的人物了吧?

青年B　（喝着水壶里的红茶）这个呢，就是这小说奇怪的地方了。真实到不可思议的存在感。虽然是那么精心雕琢的文字，但里面的人物却栩栩如生，简直像是伸出手去就能摸到似的。思想拥有了血肉，血肉拥有了思想，她的文字，就像会流汗、流血的宝石一样。那是宛如硫酸般的力量，它用无意识的创作力不断腐蚀着现实。而小说本身，则像是置放在深夜里、覆盖着黑色细棉布的鸟笼，它浮在空中，从外面明明只能看见它那优雅的形状、组成牢笼的冰冷骨架，以及镂金的花边轮廓，但是却能感觉到，鸟笼里的确沉睡着一只鸟，在睡梦中，它还时不时地拍打着翅膀。我们能清清楚楚地感觉到它那小小的、跳动着的心脏，感觉到那强健的、微颤着的腿肌。这部小说的结构，正是这样。

青年A　你这不是从桑田诚的《论野添紫》里现学现卖的嘛。

青年B　你这家伙可真烦人。你也读过啦？

青年A　（翻着小说）不提这个，先来还原一下光跳崖的路线吧。（指向舞台右侧）那儿有一棵孤立在松林以外的松树，他大概就是在那棵松树脚下一圈圈地环绕，最后从崖边最高的岩石上跳下去的吧。为什么不把碑立在那块岩石上呢？

青年B　是因为那边很危险吧。而且，稍微离开个一寸半分的，建在旁边，这样显得很洒脱，也是紫女士的情趣。

青年A　哎呀，打雷了。天色好像有点怪，咱们还是赶紧看完回去吧。

青年B　好啊。

　　　　[两人向舞台右侧走去。春雷鸣响，周围突然昏暗下
　　　　来。这时，从石碑后面出现了一个身穿女式便裤和
　　　　圆领毛衣、头发蓬乱的中年女人。她粗鲁地坐在碑
　　　　上，跷起二郎腿，开始用一根安着细长的珊瑚烟嘴
　　　　的烟管抽烟。青年们喊着"是这边""啊，是那边
　　　　啊"，从舞台右侧走了回来。周围渐渐明亮。暮色已
　　　　深，亮起了诡异的光。两名青年从舞台右侧回来，
　　　　看到女人，一惊。]

女　人　请把那里的手绢捡起来。那是我的……

青年A　你是谁？

女　人　我是谁都无所谓。请把我的手绢捡给我……

　　　　[青年B就像被女人的气势压倒一样，捡起手绢，递
　　　　给她。女人拿过手绢，把它塞进自己的女式便裤的
　　　　口袋。]

青年B　你到底是谁？为什么坐在野添紫的纪念碑上？

女　人　不是说了吗，我是谁都无所谓。总之，我只能说，
　　　　我是一个有权坐在这块碑上的女人。不说这个，请
　　　　看，请看那边。

　　　　[女人叫两名青年走到石碑旁，把手放在两人的肩
　　　　上，让他们扭头看向舞台右侧。]

青年A、B　啊！

女　人　你知道那是谁吗？

青年A　那是光啊。

女　人　我从这里看到了。你们两人沿着光跳崖自杀的路走过来，不辞辛苦，把小说那悲剧的结局实地考察了一番。所以，我要让你们见一见真正的光。看哪，在半面被夕阳照亮的松影之中，光逐渐显现出来了。

青年B　真是个绝美的男子啊。身上穿着丝绸的西装，刘海遮在苍白的额头上。那的确是光啊。

女　人　是的，那的确是光。我的话没有半点错误，因为那是我的话啊。

青年A　那被五十四位女人所爱的苍白的面庞，那犹如被船蠹蛀蚀的、美丽而古老的帆船的船首像一般的面庞。在他的眼睛里，如今反射着夕阳的亮光。

女　人　（旁白）那是我写的文字啊。脑袋空空的青年们。

青年B　他开始奔跑，在一棵棵松树间环绕，就像疯了一样。

青年A　白色的领带在海风中飘动……

青年B　啊，他终于站到了岩石上

　　　　　[——停顿。]

青年A、B　啊！（要跑过去，但被女人拉住）

女　人　已经来不及了。

青年B　你到底是谁？

女　人　不要用这种责怪的眼神看着我。光就是如你们所见的那样跳崖自尽的。就和《春潮》里写的一样。他遵照那小说的命令而死了。遵照那华美的文章的命令而死了……

青年A、B　这么说来，你是……

女　人　我的名字，怎样都无所谓。再向那边看，你们看到了什么？

青年A　哎呀？

青年B　真奇怪啊。刚刚跳崖的光，又出现在松影里了……

青年A　对，是一模一样的光。

青年B　刘海遮在苍白的额头上……

青年A　真是奇妙啊。和刚才简直毫无二致，一脸为思念而消瘦的模样，四下张望。

青年B　完全一样。包括他踏着草丛的步态……一模一样的光。真的是一模一样。啊，他开始奔跑，在一棵棵松树间环绕，就像疯了一样。

[女人从石碑上站起来，不再看舞台右侧。两名青年依然专心致志地望向那里。女人一边吞云吐雾，一边踯躅着。过了一会儿。]

青年A　啊！

青年B　又来了！

女　人　不管看多少遍，都是一样的。我已经看了几百万遍、几千万遍了……都是一模一样的光景在循环往复。半面被夕阳照得红煌煌的松树、苍白的美男子的容颜在树干间浮现……我已经看腻了。但只要那还没有穷尽……

［青年A、B终于看向女人这边。］

青年A　只要那还没有穷尽，就会怎样？

女　人　只要那男人的业障还没有穷尽，我的灵魂就会一直在虚空中迷茫。那男人的身影，就是我的身影。

青年B　你……

女　人　对，我不是活人。虽说如此，在活着的时候，我就已经像是行尸走肉一样了。

［青年A、B面面相觑。诡异的光又亮了起来。］

青年A　那，您就是野添紫，不，野添紫的幽灵吗？

女　人　正是。坐在这儿，听我说。我最喜欢你们这种脑袋空空的爱好者、只知道重复别人的评论的人了。为什么那么害怕地看着我？你们怕我吗？

青年B　不，您和照片里一模一样……

女　人　曾经的我更漂亮哦。

青年B　是啊，但您现在，跟您去世前的照片一模一样。

女　人　是的，那张照片。拍那张照片的时候，疾病已经在不知不觉中把死亡刻到我的脸上了。（摸摸自己的脸）但那张照片拍得并不坏……常年创作虚假之物的人，都会变成那种模样。虚构真实的事物、把不存在的东西写得像存在一样，真是恶劣的恶作剧。我一生都在骗人；这就是报应。

青年A　可是，野添老师，像您这样的人……

女　人　（笑）就不要管幽灵叫"老师"了吧。

青年A　那，野添女士，像您这样的人，怎么会……

女　人　我不是说了吗，是报应。大家是那样地爱着那位主角，是那样地妄信他是实际存在的；我虽然创造出了那样富有真实感的主角，却没有拯救他，因此遭到了这样的报应……入夜之后，我会在这块石碑的周围徘徊，和活着时一样抽烟，和活着时一样，像这样拿着烟管。这是用珊瑚制成的烟管，是我的某个崇拜者送给我的……我总是一边用这根烟管吸着土耳其烟草一边工作，这是我的习惯。烟雾从烟管的最远处冒出，我的呼吸在离身体那么远的地方升上天空。穿过珊瑚细细的洞穴……滤过海洋生物那覆满烟油的、冰冷的桃色肌肤，蜕变得溢彩流光……

青年A　您明明被世人那么尊敬，可是却在这寂寞的海边荒野上彷徨吗？

女　人　是啊。我有时会去那座小站，坐在钟楼的屋檐上，望着火车进站出站。即便到了现在这个季节，也还能看到来自北方、车顶带着积雪的货车呢。活着时，我经常旅行，但是我看向景色的眼光却很恶劣。我用一种犹如医生处理兔子尸体一般的眼光看着风景，哪怕在眺望大海、高山、杂木林、山涧的时候，我也仿佛是要让潜藏在我体内的疾病也看到它们一样，精心地把这些景色翻起来，似乎要亲手摸到隐藏在群山深处的鲜红内脏……但是，就算变成了这样，对我来说，也不是没有乐趣可言。每天三次，周六周日五次，观光巴士会来这里。那些愚蠢而空洞的崇拜者——不，不是指你们——我会看到那些人的脸。那些幸福的凡人，他们混淆了艺术和真实的区别，但他们既不属于艺术，也不属于真实。我以那些人作为食粮，活了很久，即使在死后，看着那些食粮的脸，也是颇有乐趣的……不过，当冬天的漫漫长夜到来，一个人在这里，真的是非常寂寞啊。听着从海上吹起的狂风的呼啸、松树的枝梢互相擦撞的哀号，我当然不会感到寒冷，但却会深切地觉得，我会变成这样，就像是如此荒凉的自然的一个影子，这实在是玩弄自然的报应啊。

青年B　您说，您没有拯救光，因此变成了这样；其实，关于这一点，我一直感到很奇怪，为什么您会让那么饱受恩惠的主角自杀呢？这是您的报复吗？

女　人　（轻蔑地）别说蠢话了。为什么作者非得拯救自己的主角不可呢？就因为害怕不这么做会让自己堕入地狱？平庸的小说家会给自己的主角准备廉价的拯救，但那只不过是便宜的毒品罢了。他们会在小说里巧妙地安排什么"让主角活下去的向导"，但那只是贩卖毒品的广告而已……当然啦，写小说、用虚假的东西模仿真实的存在，这是欺骗，是罪过，我很清楚。但正因如此，我不想连虚假的拯救也放进小说……话是这么说，话是这么说，（说着，

哭了起来）因为我的这份用心，我反倒成了这副
模样。

青年A　这么说来，在您想要模仿的"真实的存在"上，当
然是附带着拯救的。所以，您才会有那样的想法，
是吧？而您特意把那拯救从它身上抽走……

女　人　原来如此，看来你们没有我想的那么蠢嘛。那么，
我这么解释的话，你们大概能理解：我变成这副模
样，是因为遭到了上天的嫉妒。我想要模仿的存
在，最终被世人信以为真的存在——被五十四位女
人所爱的光这个人，从一开始就不是那种随处可见
的普通存在。为什么不是随处可见的？为什么他是
特殊的？那是因为，他是宛如月亮一般的存在，他
永远被太阳的拯救之光照耀着，散发着光辉；女人
们都被那光辉的魅力攫住，爱上了他。她们仿佛有
一种感觉：如果自己被他所爱，那么就能得到拯救。
听好了，我所做的事情是，仅仅利用——充分利用
那拯救之光，来否定拯救本身。因此，我遭到了上
天的嫉妒。如果我只是拿"廉价的拯救"在俯拾皆
是的存在身上缝缝补补，弄出个什么东西的话，上
天大概就会笑着宽恕我。可我却没有得到宽恕。这
是因为，像光那样，明明全身沐浴着拯救的光辉，
却拒绝拯救的人，恰恰是上天最想创造的事物……
你们明白吗？上天明明最想创造他，却创造不出
来。光之所以美丽，是因为拯救，可上天却无法否

定那拯救。能否定那拯救的，只有艺术家而已。将手伸入拯救之泉，然后仅仅掬取浮在泉水最顶层的那一片美——这种事，只有艺术家才能做到。正是这一点，招致了上天的愤怒。

青年B　在那部小说里，光每天早上都要吃煎鸡蛋和脆玉米片，请问这是为什么？

女　人　我刚才不是说了吗，光是月亮，所以会渴望动物和植物的生命。那样的早饭，对他来说是一种仪式。

青年A　这么说来，光穿的丝绸西装也是……

女　人　是啊，如果月亮会穿西装，就一定会穿丝绸的。

青年B　光和女人睡觉的时候，会亲吻她们的脖子，在那里留下一个浅浅的牙印。

女　人　那是月亮的印记。在你们的嘴里，也有一对死去的新月呀。像弓一样弯曲、雪白的、上下排列的牙齿。那就是月亮留下的痕迹。

青年A　小说里还有这样的描写：光会在梦里，被昔日为自己而自杀的女性的面庞侵扰，因此彻夜不眠。

女　人　那是患了失眠症的月亮。

青年B　被那些女性赞美的、光美丽的手指……

女　人　那是月光。他那会摸进女性的被子里、内衣下的手指，就是月光。

青年A　我还有一件事想问。您曾经爱过哪个男人吗？

女　人　没有。不管对男人还是对女人，我一次也没有爱过。先夫无论怎么努力，都没法使我燃起爱意，最后疲惫而死了。但这又不是我的罪过。

青年B　导致您去世的疾病，恕我直言，是子宫癌吧，那很痛苦吧?

女　人　很痛苦……但那也是恩惠。在我丝毫没有察觉的时候，它侵犯了我。没有一个人类能够做到的事情，却被疾病做到了。真是不可思议呀。我本想活得更久一点。因为疾病在身体的深处抓住了我，我才有了这样肤浅的愿望……从未生过孩子的我，那时第一次怀孕了，孕育着死亡……春天，大海表层的微生物变得赤红，海面上的赤潮像奇异的红旗一样飘扬——那就是我的病。在我体内，某种比我更大的东西发芽了。在难以形容的漫长时间中，它茁壮成长。我很痛苦，很痛苦，但痛苦的同时，又感到幸福。就像蔓葛盘虬在废墟的石壁上，在里面延展根系，疾病抓住了我……我从没有那样地被爱过，从生下来开始，一次也没有过。(看向舞台左侧的什么东西)啊! 他们来了。为什么会在这个时候来呢?

〔巴士停车的声音。嘈杂的人声。〕

是坐观光巴士过来的客人。不能让那些人看到我的这副样子。再见吧，再会吧，请再来吧。只是和年轻人谈谈话，我就非常高兴了。再见吧。(又看向舞台左侧)啊，我必须赶紧走了。这块劳烦你们捡起来的手绢，就送给你们做纪念吧。

〔说着，从女式便裤的口袋里掏出先前的手绢，扔向青年们，走到石碑背后，消失了。]

［在两名青年与女人对话时，天色逐渐暗了下来，当女人消失的时候，太阳已经彻底落山了。青年A、B茫然地站着。]

［青年A仔细看向手里的手绢。]

青年A　哎呀，上面全是血。

［把手绢扔在草上。]

［青年B看向舞台右侧。]

青年B　你看，光又出现了。在松影里。啊，开始跑了，一圈圈环绕着。

［两人压抑着恐怖感，看向舞台右侧。过了一会儿。]

青年A　什么啊，（拍拍B的肩）你仔细看看。冷静，冷静。

青年B　什么啊，不是灯塔的光嘛。建在对面悬崖上的旋转灯塔的光照到这里，从松树的缝隙之间射过来了。

青年A　从一开始，光就是这个嘛。我们完全被骗了。

青年B　那，这手绢……

［青年A战战兢兢地捡起手绢。]

青年A　雪白的手绢啊……从刚才开始就一直掉在这里。

青年B　真是被骗得好惨啊。

青年A　紫女士就是这样愚弄大家的吧。真是低劣的骗术。

青年B　她的作品也不过是这样的东西而已。

青年A　我再也不会被骗了。

青年B　可恶，我再也不看了。这种破玩意。（把手里的小说扔向舞台右侧）

青年A　我也是。（把手里的小说扔向舞台右侧）

青年B　这样一来，我就和文学这种东西彻底一刀两断了。

青年A　感觉清爽多了。

青年B　是啊。

　　　　　〔说罢，两人笑了起来。这时，打着手电筒的导游从
　　　　　舞台左侧登场。〕

导　游　哎呀，你们两位……是学生吗？

青年A　我们是来看文学碑的，但天已经晚了……

导　游　从这里很难走回去吧？破例让你们搭巴士到车站
　　　　　好了。

青年A、B　那可真是谢谢您了。

　　　　　〔在他们对话的时候，一大群团体游客打着手电筒登
　　　　　场。青年A、B机灵地混了进去。〕

导　游　（提高声音）各位，辛苦各位走夜路过来。这就是那
　　　　　位著名的野添紫女士的文学碑，上面铭刻着紫女士
　　　　　亲笔写下的原稿。请看，（用手电筒照亮碑文）"光
　　　　　就像一只生着潇洒的绸翼的鸟，向春潮投身而去
　　　　　了"。这字字珠玑的名句，正如各位知道的，就出
　　　　　自那部不朽的名著《春潮》的结尾。在大结局中，
　　　　　风华绝代的美男子藤仓光，虽然被五十四位女人爱
　　　　　着，却依然从这浦田岬的断崖上投身自尽了。这句
　　　　　话就是对那一刻的描写。现在，正值春天的海风猛
　　　　　烈地吹过这座断崖，这部在文学史上永世留名的杰
　　　　　作的哀切悲凄的终幕，还请各位在心中慢慢品味。

青年A　哈哈哈哈哈。

青年B　哈哈哈哈哈。

　　　　［两名青年大笑起来。其他人疑惑地看向他们。］

　　　　——幕落——